KB143150

T. S. 엘리엇의 아동 감성교육: 인성교육의 힘 '에어리얼 詩'

T. S. 엘리엇의 아동 감성교육: 인성교육의 힘 '에어리얼 詩'

양병현 지음

도서출판 | 동인

요정의 나라 '에어리얼 詩'

노벨문학상을 받았던 20세기의 문호 T. S. 엘리엇(Eliot)은 『황무지』 (The Waste Land)를 쓴 시인으로 잘 알려져 있다. 그런 위대한 시인이 대중을 싫어하고 민주주의에 불신을 갖고 엘리트 기반의 도덕적 사회를 지향하였다는 사실은 매우 흥미롭다. 4월은 가장 잔인한 달이라는 그의 생각은 살기 힘든 황무지 같은, 혹은 도덕성이 상실된 세상을 향한 나름의 절규인가도 흥미로운 대목이다. 대중을 싫어하고 민주주의를 불신한 그의 생각은 책임성이 부족한 대중을 믿지 못하는, 소위 이들의 도덕성을 믿지 못하는 그의 정신적 질병인지도 모른다. 그의 삶에 있어서도 어린 시절부터 질병에 시달렸던 기록이 있다. 늘 죽음을 앞둔 환자처럼 자신의 미래를 예측하지 못한 삶에서 긍정적인 사고를 접한다는 것이 어려울 수도 있다.

하지만 엘리엇이 찬양하는 사람들이 있다. 주로 기독교계의 성자들이다. 이들은 현실 삶을 떠나지 않고 종교적 가르침에 충실하였던 대표적인 인물들이다. 달리 말해, 엘리엇이 좋아한 인물들은 도덕성이 확실하고 사회에 책임 있는 삶을 살았던 과거의 성인(聖人)들에 초점이 맞추어 있다. 이러한 인물들은 매우 비현실적으로 비치기 때문에 주위에서 흔히 볼 수 있는 사람들은 아니다. 엘리엇은 그래서 어른 시기보다 어린 시기와 그때의 교육에 대단한 가치를 부여하고 있었다. 어른들이 부도덕하고 만족스럽지 못한 삶을 산다는 것, 그리고 그러한 사회 현실은 엘리엇에게 결국 아이들을 어떻게 가르쳐야 하는가 하는 감성교육의 과업으로 인식되었다.

엘리엇이 본 아동의 특성은 무엇일까. 그의 말년의 대표적 시였던 『네 사중주』(Four Quartets)를 보면 최상의 덕목은 천진난만한 어린아이의 웃음이다. 순수하고 티 없는 아이의 웃음에 비추어 어른들이 사는 세계는 말 그대로 부도덕하고 무책임하고 죽음과 같은 황무지이다. 왜 이렇게 어른들은 아이 시기의 순수함을 잃어버리고 사는 것일까. 늘 아이 시기에 머무르고 싶고 어른이 되고 싶지 않은 피터 팬(Peter Pan)의 심정을 엘리엇이 모르지는 않지만, 결국 아이는 나이가 들고 타락한 어른 사회로 진입할 수밖에 없다는 사실은 슬픈 일이기도 하다. 엘리엇이 평생에 걸쳐 귀감을 삼았다는 고전은 단테(Dante)의 『신곡』(Divine Comedy)이다. 산다는 것은 지옥과 연옥을 살아야 하는 힘든 여정에 비유되고 있다.

어른들은 평생에 걸쳐 아이의 감성을 간직하고 살 수 있을까? 엘리엇은 성서에서의 원죄에 비추어 인간의 선악을 규정하지는 않는다. 인간이 선하다고 하지도 않는다. 비어 있는 아이의 마음에 무엇을 채워야 하나? 아이가 어떻게 나쁜 어른이 되어가나? 선한 사람이 되기가 정말 어려운 일인가? 악은 불가피하게 아이의 마음에 들어가는가? 사는 것은 악을 배우는 일인가? 사는 것은 선을 지키기가 어렵다는 일인가? 엘리엇의 시와 시극에 등장하는 캐릭터들은 하나같이 부도덕하고 타락하고 무지하고 좌절된 인물들이 대부분이다. 그에게 아이는 새로운 사회, 혹은 바람직한 사회를 지켜주는 희망이다. 그가 바랐던 아이의 모습은 어떤 형태일까.

이런 진단은 그의 대표적인 작품인 『에어리얼 시집』(*Ariel Poems*)에 드러난다. 중년 이후에 쓰기 시작하였던 이 시집을 통해 엘리엇은 우리 사회에 무엇을 전하고 싶었을까? 과연 엘리엇이 말하는 아이가 우리들이 바라는 아이일 수 있을까? 아니면 그가 만든 이미지인가? 그가 원하는 아이들이 성장한 사회는 과연 바람직한 공동체가 될까? 너무 성자 같은 아이들을 바라는 것은 아닐까? 어른으로 성장한다는 것은 정말 불가피하게 타락해 가는 과정인가? 아이들을 잘 교육시키면 과연 맑고 순수한 세계가 가능한 일일까? 처음부터 엘리엇은 허망한 꿈을 꾸고 있었는지 모른다. 그는 실제 인류가 경험하였던 과거로부터 다양한 인간 군상들을 진단해 현재의 삶을 진단해 본다. 그리고 이런 삶의 역사를 통해 인류의 미래를 진단해 본다. 결론을 말하면, 인간성에 의존하는 한 미래는 여전히 어둡다는 것이다. 인간은 믿을 수 없는 존재라는 것이다. 아이 때부터 종교적 가르침이 필요한 이유이기도 하다. 그는 경험적으로 보아 그중에서도 영국의 성공회를 가장 이상 형태로 뽑는다. 교회와 삶이 현실에 녹아 있다고 보기 때문이다. 아이에게 바라는 것은 이러한 종교사회 환경에서 성장하며 그 고유의 가치를 죽을 때까지 간직하며 실천하는 일이다. '에어리얼'은 말 그대로 요정 같은 아이를 가리킨다. 맑고 순진하고 천진난만한 아이가 그 요정이다. 아마도 엘리엇은 어린 예수의 이미지를 우리들 아이에게서 발견하고자 하지 않았을까?

어린 예수가 성장해 고통을 받고 잔혹한 죽음을 맞이한다고 생각해 보라. 우리의 아이들이 그렇게 고통을 받고 성장하며 죽음을 맞는다면 정말 끔찍한 일이지 않겠는가. 나쁜 사람들이 많아 아이들이, 아니면 어린 예수가 고통을 받으며 죽어가는 운명이라면 이 세상은 정말 지옥이라 해도 틀린 말이 아닐 것이다. 단테의 『신곡』(지옥, 연옥, 천국)을 아이의 탄생, 어른의 고난, 지옥 같은 사회, 그리고 죽음의 과정으로 이해하였던 엘리엇은 우리 아이들이 아이 때부터 예수의 이미지를 간직하고 성장해 평화로운 사회를 살았으면 바랐다. 성서에서의 동방박사가 아기 예수를 찾아 힘든 여정에 나서는 엘리엇은 아니었을까. 세상을 구원하는 주체는 아기 예수만이 가능하지 않았을까 하는 염원이 엘리엇에게 있었지 않았을까. 이런 바람은 세상의 모든 부모님의 마음이지 않을까 싶다.

또한 성서에 노년에 죽음을 앞둔 시므온이 유아기의 아기 예수와 부모를 만나러 간 심정이 엘리엇의 꿈은 아니었을까. 시므온이 아기 예수로부터 이스라엘의 평화를 바랐던 것처럼, 엘리엇은 아이가 순수하고 고귀하게 올바른 사람으로 자라 공동체의 평화와 안녕을 바라는 마음이지 싶다. 그것이 거의 종교적인 수준이라면 그가 영국 성공회로 개종한 이유가 설명이 되고, 아이에게 있던 그러한 감성이 무엇인지 이해가 된다. 도덕성을 갖추고 사회에 책임감이 있는 어른들로 엘리엇은 성자 루시(St. Lucy), 십자가의 성 요한(St. John of the Cross), 실제 영국 정치사회 환경에서 성자로 살았던 토마스 베켓(Thomas Becket) 등을 찬양한다. 아기 예수의 감성으로 도덕성과 책임감으로 살았던 이들이 엘리엇의 모델들이다. 실제 이들은 아기 예수로부터 어른 그리스도의 삶을 따랐던 역사적 인물들이기도 하다.

엘리엇은 중년에 들어 1927년 8월 25일 단독으로 출간하였던 「동방박사 여정」("Journey of the Magi")과 1928년 9월 24일 단독으로 출간하였던 「시므온을 위한 찬가」("A Song for Simeon")를 『에어리얼 시집』에 실었다.

『에어리얼 시집』은 1927년에서 1930년 사이에 출판된 시집으로, 이 두 시 외에도 1929년 10월 9일 출간된 「작은 영혼」("Animula")과 1930년 9월 25일에 출간된 「머리나」("Marina") 등 총 네 편이 실려 있다. 하지만 그는 노년에 1954년 페이버(Faber & Faber) 시리즈로 출간된 『에어리얼 시집』을 다시 출간하였다. 그 의도는 무엇일까? 이 두 번째 에어리얼 주제 시집에는 1931년 10월 29일 출간한 「개선 행진」("Triumphal March")과 노년에 쓴 1954년 10월 26일에 출간된 「크리스마스트리 재배」("The Cultivation of Christmas Trees") 일부가 포함되었다.

중년에 쓴 「개선 행진」과 노년에 쓴 「크리스마스트리 재배」를 포함해 요정의 뜻이 있는 에어리얼 주제로 초기 네 편의 시를 함께 묶어 출간한 이유는 무엇일까. 그 이유는 아기 예수 탄생, 유아기와 부모, 아동 시기, 청소년기, 청년기, 그리고 어른들이 겪는 고난의 세월과 관련이 깊다. 무엇보다 「크리스마스트리 재배」에서처럼 노년의 삶이 주목된다. 노인이 되면 아이 같은 감성이 있다고 한다. 그가 아이의 환한 웃음을 높게 샀다면, 이 시는 노년에 삶의 환희를 얼마나 소중하게 생각하였는가를 한눈에 살펴보게 한다. 결국 자신의 삶의 모든 궤적을 이 『에어리얼 시집』에 다 실었다고 해도 과언이 아니다.

다소 특이한 시는 「개선 행진」이다. 이 시는 세속적 성공을 하였던 한 인물의 성공과 좌절에 관한 이야기이다. 그래서 그런지 「개선 행진」은 처음 『엘리엇 시 및 희곡 1909-1950』(The Complete Poems and Plays 1909-1950)에 수록되어 있지 않았다. 이 「개선 행진」은 에어리얼 관련 시들이 끝난 바로 다음 『미완성 시집』(Unfinished Poems)의 「코리올란」("Coliolan") 1편(Section I)에 실려 있었다. 왜 그랬을까. 「개선 행진」이 천사와 요정의 시라는 『에어리얼 시집』 내용과는 맞지 않아서였을 것이다. 하지만 말년에

「크리스마스트리 재배」 시와 함께 「개선 행진」 시가 새롭게 편집한 『에어리얼 시집』에 1954년 페이버의 후편 시리즈 일부로 출간된 것이다. 그 의도는 무엇일까? 자명한 사실은 그 세속적 영광을 누렸던 한 인물의 몰락 원인이 어린아이처럼 너무나 순박하고 순진하였다는 점이다. 아이의 감성으로 살 수 없는 이 세상은 도대체 어떤 세상일까? 혹시 아이의 감성이 살 수 있는 세상은 크리스마스트리를 장식하고 어린 예수를 기리는 그 마음들이 모여 사는 세상이 아니었을까.

구체적으로 살펴보면, 아기와 유아, 아동 및 청소년, 그리고 청년 시기를 다룬 『에어리얼 시집』 네 편은 중년 남성의 종교적 고백에 가까운 1930년 『재의 수요일』(*Ash Wednesday*) 다음에 실렸다. 크게 보아서 이 네 편의 시는 삶의 황폐함을 기록한 1922년 『황무지』(*The Waste Land*)와 삶의 공허함을 토로한 1925년 「텅 빈 사람들」("The Hollow Men")과 연관되어 있다. 그렇게 보면 『에어리얼 시집』을 중심으로 이전 시들과 이후 시들은 엘리엇이 1927년 6월 29일 영국 성공회 교회에서 세례를 받고 개종하였던 사실과 관련이 깊다고 하겠다. 세례를 받고 개종하였던 무렵에 『에어리얼 시집』이 주목을 받는 이유이기도 하다. 그가 찾고자 하는 마음은 아기 예수의 감성이었던 셈이다. 말년에 『네 사중주』의 철학적 소재가 아이의 천진난만한 웃음에 모여 있다는 점은, 사회가 아이의 감성을 소중하게 받아들이지 않는다면 언제든지 이 세상은 타락할 수 있다고 엘리엇이 믿고 있었다는 것을 보여준다.

본서의 순서는 이 『에어리얼 시집』의 순서를 따르고자 한다. 첫 시 「동방박사의 여정」은 아기 예수를 찾아가는 동방박사처럼 엘리엇이 아이의 천진난만하고 단순한 이미지를 아기 예수로부터 찾고자 하기 때문이다. 아이의 특성이라 할 아동성이란, 달리 말해 아기 예수의 이미지를 그 원형으로 삼고 있다. 두 번째 시는 「시므온을 위한 찬가」이다. 그 주제는 탄생할 때의 아이가 고통 속에 죽어가야 하는 삶 자체로 설명되고 있다. 이 시는 노인 시므온이 아기 예수를 보며 탄생과 죽음에 이르는 사람의 삶을 전체적으로 조망해보고 있다.

두 번째 시 「시므온을 위한 찬가」는 종교적 성격의 시임이 분명하다. 이 시는 아기 예수의 탄생을 축하하러 온 동방박사들과는 달리 첫 아들인 예수의 정결의식을 치르러 예루살렘 성전에 들른 부모를 만나는 성서의 시므온을 다루고 있다. 그래서 청소년까지의 아동 시기를 다룬 세 번째 시 「작은 영혼」과 청년기를 다룬 네 번째 시 「머리나」 이전에 배치한 「시므온을 위한 찬가」는 아기의 탄생과 노년의 죽음을 다룬 시라 하겠다. 송영성구의 하나가 된 성서의 「시므온의 찬가」를 죽음에 임한 시므온의 삶에 비추어 번안한 「시므온을 위한 찬가」는 엘리엇이 영국 국교인 성공회로 개종한 사실과 관련이 깊다고 하겠다. 엘리엇이 이 시를 통해 그때까지의 자신의 삶을 되돌아보고, 시므온의 삶을 자신의 삶의 지표로 세운 점에서 말 그대로 '시므온을 찬양'한 시라 하겠다. 이로써 시므온을 위한 찬가는 엘리엇을 위한 찬가에 해당된다.

결과적으로, 성서의 시므온이 예수의 모친 마리아에게 예수의 삶과 그녀의 삶이 고통스러울 것이라고 예언하기 때문에 아이가 성장해 고난의 삶을 살 것이라는 통찰력은 엘리엇이 바라본 아이의 운명에 대한 관점이다. 이처럼 시므온의 진단은 사람과 삶에 대한 엘리엇의 진단이기도 하다. 동시에 우리와 우리 아이들의 삶에 대한 진단이기도 하다. 달리 말해, 「시므온을 위한 찬가」는 『황무지』 이미지와 「텅 빈 사람들」의 이미지를 통해 아이의 삶이 무엇으로 어떻게 만들어져야 하는가에 대한 탐색이고, 동시에 아이를 통한 구원을 향한 엘리엇의 종교적 성찰이라고 할 수 있겠다.

그러므로 1930년에 출간되었음에도 1927년경의 『에어리얼 시집』 네 편의 시 앞에 『재의 수요일』(종교적 고백 시)을 배치한 『엘리엇 시 및 희곡 1909-1950』의 출간 의미가 여기에 있다고 하겠다.

시 「작은 영혼」은 우리가 살고 있는 세상에서 어린 영혼이 정신적으로 잘 적응하지 못하게 되는 이치를 보여주고 있다. 이처럼 엘리엇에게 삶의 경험을 축적하는 일은 "신의 손"(the hand of God)에서 탄생되는 작은 영혼이 그 혼의 '근원'(God)으로부터 점점 벗어나는 일로 이해되고 있다. 그래서 이 시는 탄생과 죽음의 주기를 전도한, 즉 죽음과 탄생에 관한 주기를 교훈적으로 대비시켜 진행하고 있다. 「작은 영혼」에서 3단계의 마지막 행을 보면 성장한 어린 영혼이 영성체 후에 배우는 지혜는 세상에 대해 침묵으로 항변할 수밖에 없다는 점이다. 처음으로 주위에 대해 침묵으로 살게 되는 지혜를 배우는 일이다. 이 점은 시 마지막 행에 나타난 타락한 영혼을 가진 캐릭터들의 삶과 육체적 죽음과 관련이 깊다. 이는 어렸을 때부터 어른까지, 즉 탄생에서부터 종교적 구원이 필요하다는 점을 역설적으로 조명해 주고 있다. 따라서 엘리엇은 영혼의 수양을 위해서는 어린 시절부터 예수와 같은 감성교육이 필요하다는 점을 역설하고 있고, 단지 어린 시절뿐만 아니라 성장해서도 아이의 영혼으로 살아가야 한다는 명제를 지속적으로 시를 통해 설명해주고 있다.

결과적으로 「머리나」는 어른의 감성이 아이의 감성과 통일되어야 한다는, 즉 모든 삶의 드라마적 구성요소들을 '감성의 통일'(a unity of sentiment)로 '통일화'(unification)시키는 경지를 말한다. 성인 예수의 감성은 통합되는 감정의 질과 종류 그리고 통일화 패턴의 정교함이라고 다시 말할 수 있다.

이처럼 『에어리얼 시집』은 현실 삶에서도 감성의 통일이 경지에 이를 수 있는 정도가 무엇인지를 보여주고 있다. 이 시집 이후에 수록된『코리올란』과『반석』은 세속적 성공에서도 아기 예수의 통일화된 감성이 왜 필요한가를 말하고 있다. 소위 세속적 성공은 '위대한 영광'이 아니며, '위대한 영광'은 아기 예수와 성인 예수의 삶이 동일하듯이, 즉 감성의 질과 종류 그리고 그 정교함이 세속 삶에서 이어지는 형태를 말한다. 이를 현실적으로 그려내야 했기 때문에 엘리엇은『코리올란』의 경우 성공한 한 군인이 정치가로서 몰락하는 로마 정치사회제도를 그렸다.『반석』의 경우는 그러한 세속적 성공을 확보하려면 실제 그러한 정치사회 환경이 필요하다는 사실이다. 그 이상 형태를 위해 엘리엇은 영국 국가종교 사회제도를 살펴보았다. 이런 측면에서『코리올란』과『반석』두 작품은 로마 정치가와 성서의 인물을 인유하고 있기는 하지만 정치적이거나 종교적인 환경을 다루고 있다. 달리 보면 어린 시절의 코리올란, 어머니의 영향, 조국에 대한 분노와 배신, 자신의 몰락 등을 다룬 점에서 엘리엇은 어린 시절부터 나름의 감성교육의 필요성을 다루고 있다. 따라서 정치와 종교가 조화될 수 있는 영국 국교 기반의 정치사회를 바라는 엘리엇의 의도는 오늘날 유희성을 쫓는 디지털시대에도 더욱 그 가치가 주목된다. 그 사회적 모델은 아기 예수와 성인 예수의 통일화된 감정 패턴에서 찾고 있다는 점이라 하겠다.

　엘리엇이 종교 기반의 감성교육에 관심을 가졌던 이유는 어떤 사회가, 즉 어떤 교회와 국가가 아이의 감성을 아이 때부터 죽을 때까지 성찰해 주는가였다. 일반적으로 그는 한 사회가 존재해 온 문화와 역사적 기반의 가치관을 무시할 수가 없었다. 엘리엇에게는 그러한 가치관이 오랜 전통에 의해 이미 입증된 사실이었기 때문이다. 따라서 그는 영국 사회에 미친 종교의 역사성을 실체로 당연시하였다. 이러한 실체적 진실을 살펴보면 엘리엇에게 '영국은 기독교 사회'(a Christian society in England)로 국가가 곧 교회이며 그러한 기독교적 문화의 가치가 모여 이루어진 나라라고 할 수가 있다. 물론 교회와 국가를 말한다면 엘리엇의 마음속에 있는 종교의 실체는 '영국 국교회'(the Anglican Church)라고 할 수 있다. 영국 국교회는 국가종교 사회제도로서 오랫동안 영국 사회와 역사 속에서 시민들의 삶과 함께 해왔기 때문에, 아이가 어른이 되어서도 세속적이면서 영적인 가치들을 조화롭게 살던 삶을 떠나 설명할 수가 없다.

그래서 엘리엇은 1927년 정신분석학자 프로이트(S. Freud)가 『환상의 미래』(*The Future of an Illusion*)를 발표하자 이를 한마디로 '이상한 책'(a strange book)으로 평가할 정도였다. 그 '이상하다'는 반응은 프로이트의 오이디푸스 콤플렉스 측면의 종교관을 받아들이기 어려웠던 때문이다. 엘리엇에게 종교는 현실을 거부한 소망스러운 환상 체제가 아니었고, 동시에 신의 믿음은 이상화된 '아버지' 인물을 투사한 유아적 망상이 아니었다. 아이 때부터 종교적 신념과 기독교 교육의 중요성을 찾게 해준 실체가 영국 정치사회제도였다. 결과로서 엘리엇은 영국 국교를 통해 종교문화는 사회교육의 실체라는 사실을 상기시키고 있었다. 그는 장년이던 1938년에 『기독교 사회에 대한 사고』(*The Idea of a Christian Society*)와 10년 후 노년이던 1948년에 『문화 정의에 관한 소고』(*Notes Towards the Definition of Culture*)를 통해 종교의 국가사회제도 측면을 적극 변증하였다.

노년에 들어 엘리엇은 소위 "엘리엇 이후 진영"(Post-Eliot Camp)을 주도할만한 후반부의 작품 활동을 시극 작품과 산문에 치중하였다. 희곡 작품으로는 1949년에 『칵테일 파티』(*The Cocktail Party*), 1953년에 『비서』(*The Confidential Clerk*), 1959년에 『상원 의원』(*The Elder Statesman*) 등이 시극 형태로 출간되었다. 산문으로는 1938년에 『기독교 사회에 대한 사고』(*The*

Idea of a Christian Society)와 1948년에 『문화 정의에 관한 소고』(*Notes Towards the Definition of Culture*)에 이어, 말년에는 1951년 『시와 드라마』 (*Poetry and Drama*), 1954년에 「시의 세 목소리」("The Three Voices of Poetry"), 1956년에 「비평 선구자들」("The Frontiers of Criticism"), 1957년에 『시와 시인』(*On Poetry and Poets*) 등을 연달아 출간하였다. 사후 1965년에 출간된 『비평가 비평하기』(*To Criticize the Critic*)는 종교적 기반이 없는 글들을 비판하던 논집이다. 이들 작품을 살펴보면, 엘리엇은 대체적으로 종교를 기반으로 한 문화비평과 사회비평에 몰두하면서도 물리학자 아인스타인(Albert Einstein)이 느꼈듯이 노년에 들어 아동 때의 종교적 환희와 경외심에 차 있었다.

엘리엇의 종교적 환희는 몇몇 작품에 잘 반영되어 있다. 엘리엇은 감성교육 차원에서 직접 아동시를 썼다. 엘리엇의 아동시는 '시로 아동 감성교육'의 원형이거나 종교적 감수성을 아이 때부터 가르치고자 하는 의미가 클지 모른다. 어른의 내면세계는 어린이의 내면세계를 반영하고 있다는 프로이트의 감성이론이 아니더라도, 아동의 눈은 현실 사회, 문화, 종교, 가치관들을 살펴보는 진실일 수도 있기에 엘리엇의 시는 시의 학습과 함께 감성교육 학습에도 적지 않은 의미를 주고 있다. 그런 의미에서 엘리엇은 모자 장수에 비유된다. 모자를 파는 행상인으로서 모자 장수는 평범한 행상인이라기보다 자신의 등에다, 머리 위에다 물건들을 지니고 다닌다. 처음에 그는 자신만의 체크무늬 모자를 쓰다가 다음에 회색 모자를 쓰고, 그다음에 푸른 모자를 쓰다가 붉은 모자를 쓴다. 엘리엇의 『늙은 들쥐』는 노회한 모자 장수를 연상시키며 그는 학교의 교사도 되고 읽기 전문가이기도 하며 필요에 따라 새로운 모자 패션으로 자신을 잘 맞추는 '유용한' 사람이다. 아동 전문 감성교육 코치 역할을 생각한다면 일찍이 엘리엇은 시를 통한 감성교육의 선구자라 할 수 있을 것이다. 시의 음운론적 파닉스(음성기호 해석과 의미), 두운(alliteration), 모운(assonance), 자운(consonance) 등의 어휘 이해, 시의 텍스트 이해(읽기 전략), 리듬과 라임 패턴을 따른 유창성(구두), 동기유발에 『늙은 들쥐』(Old Possum) 만한 시집도 찾기가 쉽지 않다.

　마지막으로 엘리엇이 노년에 쓴 시 「크리스마스트리 재배」는 아기 예수 탄생의 경이로움과 노년의 환희가 가득 차 있다. 나이가 들어 죽음을 생각하던 엘리엇에게 아기 예수의 탄생을 기리는 크리스마스트리는 인간의 삶 전체에 대한 통찰과 깨달음의 시이다. 「크리스마스트리 재배」 시는 노년과 아동의 순수함과 단순성을 찬양하며 성자 루시의 삶과 순교를 신비롭게 조명한다. 이러한 신비는 아동에게 경외심을 주던 같은 신비이며, 이를 잃어버린 영혼과 세상에 대한 심판을, 즉 죽음의 두려움을 초월한 아동의 순수한 즐거움과 겹쳐 있다. '크리스마스트리'가 엘리엇에게 주는 의미는 천사의 예언과 함께 온 예수의 탄생, 아이의 신비로운 경험, 그리고 살며 겪어야 할 수난과 영광, 이어 노년의 행복한 죽음과 평화에서 찾아진다.

　과연 엘리엇은 자신이 그려보고자 하였던 아이의 모습을 찾았을까? 궁금해진다. 진실로 아기 예수였을까. 아기 예수가 아니라면 현실 삶에서는 찾아보기 어려운 성서적 의미에서만 가능한 모습이었을까. 엘리엇은 이를 단호히 배격한다. 종교적 도그마로서가 아니라 아기 예수의 감성이 어른이 되어서도 가능하게 성장할 수 있어야 한다는 소신이 엘리엇에게 있었다. 즉, 어른인 예수의 감성으로까지 성장한 아이는 삶의 경이와 순수한 즐거움이 일상에 넘쳐날 것이며, 죽음에 임할 때도 그러한 행복을 가질 수 있다는 확신이다. 아이에게 어렸을 때부터 감성교육의 필요함을 아무리 강조해도 지나치지 않는 이유가 여기에 있다. 본서는 엘리엇이 필요하다고 본 아이 때부터 노년까지 감성교육의 중요성과 종교적 성찰을 다룬 글들을 모아 순서에 따라 재구성하였다.

상암골에서
저자 양병현

차 례

제1장

「동방박사의 여정」, 아기 탄생의 환희[1]

I

엘리엇(T. S. Eliot)은 1927년 8월 25일에 「동방박사의 여정」("Journey of the Magi")을 단독으로 출간하였다. 그리고 이 시는 1927년에서 1930년 사이에 출판된 『에어리얼 시집』(*Ariel Poems*)에 실린 첫 번째 시다. 『엘리엇 시 및 희곡 1909-1950』에 실려 있는 시의 순서를 내용으로 살펴보면, 아기와 유아, 아동 및 청소년, 그리고 청년 시기를 다룬 『에어리얼 시집』 네 편은 중년 남성의 종교적 고백에 가까운 1930년 『재의 수요일』(*Ash Wednesday*) 다음에, 크게 보아서 삶의 황폐함을 기록한 1922년 『황무지』(*The Waste Land*)와 삶의 공허함을 토로한 1925년 「텅 빈 사람들」("The

---

1) 이 글은 논문 「Yeats와 Eliot의 문학적 상상과 종교적 상징: "The Magi"의 수사학을 중심으로」(『한국예이츠저널』, 13 (2000))를 수정·보완해 재구성하였음.

Hollow Men")에 이어져 있다. 그리고 『에어리얼 시집』을 중심으로 이전 시들과 이후 시들은 엘리엇이 1927년 6월 29일 영국 성공회 교회에서 세례를 받고 개종하게 된 종교의식과 관련이 깊다.

아기 예수와 동방박사의 여정은 영국의 시인들에게서도 큰 관심 중의 하나였다. 영국이 서구의 기독교 국가이기도 하지만 영국 국교인 성공회나 로마 가톨릭이나 신교의 하나인 청교도가 역사적으로나 정치적으로나 사회적으로나 문화적으로 영국 국민에게 오랫동안 영향을 미쳐왔기 때문이다. 아기 예수와 동방박사의 여정에 대한 입장은 다소 다를 수 있겠지만, 영국 국교도 입장에서는 실천적 의미에서 아기 예수의 탄생과 죽음에 이르는 고통의 삶을 중시하였다. 아일랜드 시인이었던 윌리엄 예이츠(W. B. Yeats)는 「동방박사」("The Magi") 시를 1914년 시집 『책임』(*Responsibilities*)에서 발표하였다. 대체로 그의 중기 시집에 실린 「동방박사」는 짧은 시지만 예이츠의 시적 성숙과 아기 예수에 대한 동방박사의 시각을 읽게 해준다. 상대적으로 엘리엇은 동방박사의 여정("Journey of the Magi")을 1927년 발표하였다. 두 시가 동방박사를 공통의 주제로 다루고 있어 두 시인 간에 무엇인가 상호교감이 있어 보이지만 직접적으로 관련은 없다. 다만 예이츠가 이 시를 쓴 지 15년 후 엘리엇이 같은 주제를 다루었다는 사실이 흥미롭다.

두 시인 사이에 보다 직접적인 관계가 있다면 엘리엇으로부터 찾을 수 있다. 엘리엇은 시에서는 고전주의요, 종교는 영국 성공회(1927년 개종), 정치는 왕당파로 알려져 있다. 따라서 예이츠의 신교와 낭만주의 정신은 엘리엇의 비판이 되기도 하였다. 한때 엘리엇은 예이츠를 "마법에 의해" 천국을 갈 수 있는 사람으로까지 평가하였다(*UPUC* 140). 그만큼 예이츠의 시가 "자기도취적"(self-induced trance)이고 환상적이라고 비판한다.[2] 모더니

즘 계열의 시인이며 '신비평'(New Criticism)의 기수인 엘리엇이 당시 예이
츠의 낭만주의나 신비주의를 이렇게 직접적으로 비판한 자세는 자연스러
운 것인지 모른다. 그러나 여기에는 엘리엇의 종교적 이데올로기나 편견
이 크게 자리하고 있는 것도 사실이다. 이러한 예는 엘리엇이 예이츠의
시적 환상 상태를 "신지학" 혹은 "접신학"(theosophy)이라는 종교적 용어3)
로 정의하는 데서 찾아진다. 이는 예이츠의 문학이 전통 종교로부터 벗어
나 있다는 다소 부정적인 시각에 있다. 엘리엇에 따르면 예이츠의 시적
체험은 종교적인 측면에서 볼 때 매우 사적이며 "마취"(hashish) 상태에서
나타날 수 있는 환상이나 신비 이상이 아니다. 이처럼 두 시인의 관계는
예이츠의 시 세계에 나타난 동방박사의 여정에 대한 엘리엇의 다른 시각
에서 찾아진다.

예이츠에 대한 엘리엇의 평가가 정당한 것인지는 시대가 변함에 따
라 다르게 평가되고 있다. 안영수 교수는 "엘리엇이 낭만 시인들을 영시

---

2) 원문을 그대로 인용한다.

No one can read Yeats's Autobiography and his earlier poetry without feeling
that the author was trying to get as a poet something like the exaltation to be
obtained, I believe, from hashish or nitrous oxide. [Yeats] was very much
fascinated by self-induced trance states; calculated symbolism, mediums,
theosophy, crystal-gazing, folklore, and hobgoblins. Golden apples, archer, black
pigs and such paraphernalia abound. Often the verse has a hypnotic charm: but
you cannot take heaven by magic, especially if you are, like Mr. Yeats, a very
same person. (*UPUC* 140)

3) 참고로 랜덤 하우스 사전 정의는 "any of various forms of philosophical or
religious thought in which claim is made to a mystical insight into the divine
nature or to a special divine revelation"이다. 국어사전의 경우 접신(接神)의 정의
는 신이 사람의 몸에 내리어 신통한 능력이 생기는 알"이다(신국어사전, 동아출판사
1989).

전통의 주류에서 철저히 배제"하였지만 그 자신 또한 낭만주의 전통을 벗어나기 어려웠다고 지적한다(113). 물론 이러한 배경에는 엘리엇의 시를 낭만주의나 고전주의 중 어느 특정한 범주로 규정하기 어렵다는 데에 있다. 엘리엇에게서 낭만주의 특성이 있다면 그의 예술기법에 있을 것이다. 물론 예술기법이 정신 현상과 별개일 수는 없다. 모던 예술이 "신화적 방법"을 사용하는 공통점이 있다. 이때 "신화적인 방법"이란 인류의 신화를 현대 예술이 목적에 따라 변형하고 현대적인 의미로 이를 재구성하는 기법을 말한다. 예를 들어, 모던 예술의 기법의 하나는 무력해 보이고 무정부적으로 느끼는 세상에 신화는 "통제하고 질서를 부여하며 형태와 의미를 주는 방법"이라고 한다(Skaff 112 & SP 177). 엘리엇 역시 이러한 신화적인 방법을 그의 시 세계에 적극적으로 활용하고 있다. 그러나 신화는 직관과 통찰에 의해 비로소 의미 파악이 가능할 수 있기 때문에 "그를 낭만적이거나 고전적이라고 명칭 하기 어렵다"고 지적한다(Skaff 153). 이처럼 예이츠에 대한 엘리엇의 평가는 본질적으로 정당하다고 보기 어려운 측면도 있지만 시대에 따라 사람들의 관심도 변한다고 보면 예이츠의 동방박사에 대한 시각도 달라지기 마련이다.

예이츠의 동방박사에 대한 엘리엇의 평가는 두 사람의 스타일을 비교해 볼 때 그 나름의 의미는 있다. 그의 에세이 「율리시즈, 질서, 그리고 신화」("Ulysses, Order, and Myth," 1923)에서 엘리엇은 제임스 조이스(James Joyce)의 소설이 주로 신화를 문학 구성의 한 방법으로 사용하고 있고, 예이츠가 이를 "의식적"으로 자유롭게 활용한 "첫 번째 동시대인"이라고 평가한다(SP 178). 이 점에서 예이츠나 엘리엇은 신화를 현대 예술의 중요한 모티브로 활용하고 있고, 당시 신화를 주요 소재나 주제로 하던 모던 예술의 특징에서 볼 때 예이츠에 대한 엘리엇의 평가는 타당성이 있다. 다만 신화를 표현할 때도 예이츠와 달리 엘리엇의 시는 대체적으로 산문에 가까운 시가 많다. 동방박사 주제의 경우도 엘리엇 시는 형식이나 전개가 매우 느슨하게 구성되어 있어 예이츠의 시 「동방박사」처럼 어법이나 운율이 정형화되어 있지 않다. 사실 엘리엇의 시는 산문에 가깝다. 동방박사라는 종교적 신화를 소재로 하는 이 시에서조차 이러한 산문 형식은 두드러지게 나타난다. 오히려 엘리엇은 이처럼 산문에 가까운 시를 통해서 상대적으로 짧고 간결한 예이츠의 서정시를 능가한다고 생각하는지 모른다. 그러나 엘리엇은 도저히 예이츠처럼 간결하면서도 상상력이 풍부한 시를 쓰지 못할 것이다.

이들의 공통점은 스카프가 지적한 대로 "감성과 이성을 통합할 수 있는 정신 경험의 형태"를 발견하고 "원시적이고 고대의 사건이나 신화를 현대에 살아있도록 허용하는 몇 가지 집단적이고 역사적인 무의식"에 있다. 즉 통일된 감성으로 통합되는 감정의 질과 종류 그리고 통일화 패턴의 정교함이라고 할 수 있다. 이 점을 스카프는 엘리엇이 조이스나 예이츠와는 다른 "제3의 시각"으로 표현하였을 것이다(153). 사실 이러한 제3의 시각은 엘리엇의 시가 산문에 가깝기 때문에 예이츠와는 다르다고 지적한 측면이 있다. 산문은 이성과 논리에 치중한 인과성에 의존하고 있기 때문에 감성을 중시하는 예이츠 유형의 시와는 다르다. 엘리엇의 산문에 가까운 시는 신화 자체를 감성과 분리("dissociation of sensibility")시키지 못하는 예이츠 시에 대한 엘리엇 비판 자체이다.

이처럼 예이츠와 엘리엇은 신비주의나 낭만주의 관점에서 볼 때 형식이나 스타일까지 대립되어 보이는 것이 사실이다. 그러나 엘리엇이 보여준 차이 자체는 삶과 예술에 대한 관점의 차이라 보인다. 따라서 예이츠에 대한 엘리엇의 평가 자체를 우리가 그릇된 편견으로 고려하기보다 엘리엇의 제3의 시각을 아기 예수의 삶에 대한 다른 관점으로 이해할 필요가 있다. 이들이 보여준 관점의 차이는 사실 아기 예수가 살아간 삶에 대한 대응이 매우 다르다는 느낌을 준다. 무엇보다 엘리엇의 아기 예수의 삶에 대한 문학적인 상상력과 종교적 상징은 표현에 있어 차이가 크다. 엘리엇의 시가 상상력을 우위로 두기보다 이성이나 지성에 중심을 두고 아이와 어른 간의 통일된 감성에 두고 있다면, 예이츠의 시는 우아하고 상상력이 뛰어나면서도 시적 감성이 훨씬 감동적으로 느껴질 만큼 아기 예수의 감성에 가깝다. 특히 동방박사와 아기 예수에 관한 주제를 다루었던 「동방박사」의 경우 이 두 시인은 이처럼 시적인 스타일과 주제에 대한 접근이 달랐다. 예이츠가 "동방박사" 시였다면 엘리엇은 "동방박사의 여정"에 초점을 두었기 때문이기도 하다. 두 시인의 이러한 차이는 아이와 어른을 보는 시각의 차이로 정리하는 것이 바람직하다.

그래서 본 장은 예이츠나 엘리엇에 관한 이 시대의 비평 이론이나 담론 중심을 벗어나고자 한다. 여기서는 이들이 보인 아이의 동심과 어른의 관계에 관심을 두고자 한다. 동일한 주제를 다루고 있지만, 이들의 관점과 스타일의 차이는 아이와 어른 간의 감성을 이해하는 별개의 시각을 우리에게 제공하고 어른이 보는 아이의 삶을 더욱 진지하게 바라보게 해주기 때문이다. 특히 이 두 시인은 아이를 보는 어른의 시각을 다양하게 살펴볼 기회를 준다. 그러므로 본 장은 이 두 시인이 보여주는 공통점과 차이점에 일차적인 관심을 두기보다 아이와 어른 간의 감성에 대한 주제를 어떻게 두 시인이 다르게 접근하고, 나아가 아이가 태어나 살아갈 삶과 세상을 어떻게 다르게 표현하고 있는가에 초점을 갖겠다.

ll

메리 콜럼(Mary Colum)은 두 시인의 시 스타일의 차이를 미국인과 영국인의 의식 차이로 규정한다. 사실 예이츠와는 달리 엘리엇은 미국 태생이고 영국에 귀화한 인물이기 때문이다. 콜럼에 따르면, "미국인의 위대한 꿈의 하나는 도시 의복을 입고 도시 매너를 보이고 도시의 습관을 갖는 도시인이 되는 것"이고 "영국인의 위대한 꿈의 하나는 말과 개와 총을 가지고 시골의 집을 소유한 시골의 신사가 되는 것"이다(657). 대표적으로 엘리엇의 인물들인 스위니(Sweeney), 프루프록(Prufrock), 버뱅크(Burbank) 등은 모두가 미국식에 있어 신경증 환자로 묘사되고 있고, 이들은 미국적 속물근성과 도시의 세련됨을 추구한다. 무엇보다 엘리엇이 "영국과 영국의 전통을 사랑함에도 불구하고 그의 글은 비영국적"이라는 콜럼의 지적이다(657). 사실 예이츠 같은 영국풍의 시인에게서 쉽게 발견되는 전통 형식은 엘리엇에게서는 찾기가 어렵다. 특히 동방박사 시의 경우 예이츠의 시는 8행으로 매우 짧고 간결한 반면에 엘리엇의 시는 3연으로 43행이나 이어져 있다. 이처럼 예이츠의 시는 압운과 운율을 엄격하게 적용하면서도 깊고 심오하며 독자에게 많은 상상을 불러일으키지만, 엘리엇의 시는 전통적인 시의 운율 형식보다 내러티브 형식을 통해 고전 문구에 대한 인용과 암시를 빈번하게 사용하여 객관적인 의미가 전달되도록 하고 있다. 즉, 엘리엇의 시는 다양한 이미지를 모자이크 형식으로 구성한 산문에 가깝다. 엄격한 의미에서 이러한 스타일의 차이는 영국 전통과 미국 전통의 차이라고 여겨지는 부분이 있다.

콜럼은 엘리엇이 미국적인 분위기를 많이 풍기고 있다고 보고 있고, 이 점 때문에 그의 시에 대한 냉소를 숨기지 않고 있다. 미국적인 분위기가 나쁘다는 시각은 아니겠지만, 시의 리듬의 경우 다양한 힘을 느낄 수 있지만 표현되는 감정은 대부분의 미국인처럼 절제되어 저음으로 짧고 신경적인 징후를 보인다는 지적이다(657). 엘리엇의 초기시가 대체적으로 감정이 풍부하고 개성적인 스타일이 분명하게 드러나 보이고 가장 낭만적이라고 생각되고 있음에도 불구하고, 전체적으로 볼 때 엘리엇의 인물들은 인간이 보여주는 극적인 승화된 감정이나 이에 대한 수사는 없어 보이기 때문이다. 콜럼이 보는 미국인들의 신경 증후란 예이츠가 환희에 찬 감성을 중시하는 반면에 엘리엇은 걱정과 망설임, 그리고 사소한 걱정거리들이 감성에 유입되어 있다. 예이츠의 경우 아이의 탄생을 보는 어른의 환희라면 엘리엇의 감성은 아이의 탄생을 보는 어른의 걱정이다.

엘리엇의 걱정거리는 일반적인 산문에서 볼 수 있는 사건 배열과는 다르게 매우 심리적이며 언어적이다. 이 걱정거리는 내러티브 형식으로 어른의 마음속에 형성되는 사건이 일정한 플롯에 따라 전개된다고 생각하면 된다. 하지만 이 사건은 우리가 현재 체험하는 일상적인 사건은 아니다. 경우에 따라서는 어른의 걱정거리가 현 시간과 공간을 넘어 역사의 어느 곳에서나 편재해 있던 그러한 걱정거리이다. 달리 말해 동방박사와 아기 예수의 탄생이라는 역사적인 시간 개념을 넘어 어른의 의식 안에서 아이와 어른 간의 감성이 자유롭게 존재한다. 이런 걱정거리는 성서에서 이들이 만나는 모습은 아니다. 목적에 따라 다소 변형된 모습으로 나타나는 은유적인 존재이다. 이 존재가 현대라는 시간적인 문맥에서 노인의 죽음과 아이 탄생의 주제가 동시에 반복된다.

엘리엇의 시에서 시간적인 문맥이란 아이가 탄생해 살아가며 어른이 되어 매우 무력하게 존재하고 세상에 대한 환멸과 혐오로 가득 찬 환경과 장소를 가리킨다. 물론 이때 시간과 공간에 대한 문맥은 엘리엇이 가진 아이가 살아갈 세계와 인생을 대변한다. 이 삶의 문맥은 의식적인 면에서 매우 심리적이다. 예이츠가 아이의 탄생을 보는 어른의 심리를 환희의 감성으로 처리하고 있다면, 엘리엇은 의식의 흐름에 따라 아이가 살아갈 사건을 언어로 이어간다. 예를 들면, 노인이 된 동방박사가 역사상 많은 장소와 시간을 넘나들며 만난 인물들이 모두가 비극적이고 정신적으로 황폐해져 있다. 이러한 접근은 아이가 태어난 사건을 인간의 비극이라 보고, 환희보다 비극적이고 정신적으로 고통을 받던 수많은 인물들을 시간적으로 반복시키고 재현시키는 데에서 찾아진다.

엘리엇이 구성한 이야기에 나오는 동방박사는 시인 자신일 수 있고, 그가 창조한 인물일 수도 있다. 그러나 매우 혼란스러워 보인다. 그가 생각한 비극적 인물들은 어떤 정해진 공간이나 시간에 나타나기보다 걱정거리가 부합하는 곳에 언제든지 등장한다. 주인공은 대체적으로 고전 속의 비극적 인물들이고, 그들이 살고 있는 환경은 걱정거리가 가득 찬 황무지에 비유되어 있다. 스위니(Sweeney)의 환경이나 프루프록(Prufrock)의 환경이나 햄릿(Hamlet)의 환경이나 동방박사(Magi)의 환경이나 아기 예수의 환경이나 엘리엇의 환경이나 모두 유사하다. 단지 이들 각각에 대한 이야기가 다를 뿐이다. 모두 절망에 빠지고 무력한 인물로 등장하고 이들이 사는 곳은 하나같이 황무지 자체이다. 결국 엘리엇의 시 스타일은 이러한 비슷한 인물들을 비슷한 환경 속에서 반복시키는 패턴을 유지하고 있다. 이것은 언어의 수사학적 패턴에 대한 발견을 용이하게 한다. 즉, 엘리엇의 심리 전개는 인물과 사건을 지시하는 언어가 가진 힘에 의지하고 있다.

이런 엘리엇의 객관적인 측면이 예이츠의 주관적 심리와는 다르다. 예이츠의 심리 세계가 언어적인 측면보다 아기 예수의 탄생을 보는 동방박사의 환희, 즉 이들의 주관적인 체험을 강조한다면, 엘리엇의 심리 세계는 여러 인물들과 환경을 객관화시킨 빈 공간이다. 시의 산문, 즉 이야기라 할 내러티브는 이 빈 공간을 흐르고 있다. 그러면서 감성은 공간 밖에 있다. 공허함은 엘리엇의 시의 세계이며 그의 스타일에서 단적으로 발견되고 있고, 엘리엇 자신의 자아나 세계는 존재의 공허함이나 삶의 허무가 역설적으로 존재하고 있다. 엘리엇의 내러티브 스타일은 어느 경우이든 그의 전용된 말처럼 다양한 은유들이 "객관적 상관물"(objective correlatives)로 처리되어 다양한 스토리 속에 전개되어 있다. 시에서 표현되는 다양한 인물들의 이미지는 모두 시인 자신의 감성을 나타내는 대상이지만 사건 속에서 언어로 형상화되어 있다는 뜻이다.

예이츠 시의 스타일은 다양한 이미지들을 분산시키기보다 이들을 통합시키는 상상력의 힘에 의해 순간 체험되는 환희에서 발견된다. 엘리엇이 전개시키는 이미지는 "감수성의 분리"라는 그의 전용된 말에서 알 수 있듯이 따로따로 분리되어 있거나 외면적으로는 전혀 통일성이 없어 보이는 측면에서 예이츠의 기쁨의 감성과는 다르다. 예이츠 시의 경우 시 안과 시 밖에 아이와 어른이 따로 존재하지 않는다. 이미지 자체가 아이와 어른의 삶을 전체적으로 함께 포용한다. 예를 들어 댄서와 댄스의 구분을 찾아볼 수 없듯이, 댄스 자체가 댄서이고 댄서가 댄스 자체로서 시적인 체험이 암시적이기보다 구체적이고, 부분적이라기보다 통합적이고, 시에는 아이 같은 어른밖에 없다. 어른인 시인이 모든 세계의 중심에 서 있고, 공허하기보다 아이의 존재로 가득 차 있다. 아이와 어른의 자아가 함께 세계의 중심이고, 아이와 어른 간의 신비적인 통합이 기쁨과 환희 체험을 낳는다.

엘리엇과는 달리 이처럼 예이츠의 시 세계는 낭만적 신비주의 경향을 띠는 일체의 수사학을 보여준다. 아이와 어른 간의 통합적 체험을 대용하는 다른 감성은 없다. 자신은 동방박사이고 동방박사와 융합되며 자신 안에서 시공을 초월해 탄생한 아이에게 자신을 투영시킨 감성적인 인물이다. 그것은 아기 예수와 동방박사는 일체의 순간이고 역사와 신화가 동화되는 순간이며 영원을 지향한다. 예이츠의 정신적 환희는 이러한 글짓 자체의 행위에 해당된다. 이 체험된 감성은 다양한 인물들의 유사한 반복에서 나타나 있기보다 순간에 이루어진 기쁨과 환희의 절정이다. 따라서 그 체험은 예이츠의 특유의 수사학으로 역사적인 예수 탄생과 동방박사의 신화가 다른 사건의 문맥에서 반복적으로 재현되고 있기보다 존재론적이다. 그러므로 예이츠의 수사학 패턴에 따르면 어른은 아이를 통해 아이의 감성에 해당되며 어른의 체험은 탄생한 아이의 기쁨에 해당된다. 체험은 항상 다르다. 그러나 체험의 본질은 같다. 다만 시인 자신이 동방박사의 은유에 해당되고 자신의 체험은 아기 예수로 인식될 뿐이다. 이는 어른인 자신과 아이의 체험 자체가 차별을 둘 수 없는 정도에서 은유도 환유도 경계가 허물어진다. 이 점에서 예수 탄생의 역사와 신화의 경계가 허물어지고 동시에 시간과 공간이 허물어진다. 곧 아이처럼 어른이 되는 순간 어른의 자아와 삶의 세계는 아이와의 경계가 허물어진다. 이 모든 체험은 시인의 상상력을 떠나 존재하지 않는 아이의 순수함, 이를 순간 체험하는 숭고함에 있다.

다니엘 앨브라잇(Daniel Albright)은 예이츠가 "상상력 자체보다 이미지에는 별 관심이 없다"(31)고 지적한다. 양자 파동 이론을 적용한 앨브라잇에 따르면 엘리엇은 동방박사에 관한 은유나 이미지들을 "매듭으로 엮는 내러티브"를 사용(241)하고 있는 반면에, 예이츠는 "물속에 반사되는 인상"(32)과 같은 아기 예수 은유들을 사용하고 있다. 이러한 은유는 어른에게 매우 환상적이라고 한다. 아기 예수에 관한 종교적인 상징으로는 예이츠가 소위 "계시론적 수사학"(49)을 사용하고 있는 반면에, 엘리엇은 아기 예수와 어른이 된 그리스도의 이미지를 대비시켜 세속에서 자기 구원의 과정을 그려낸다. 특히 예이츠에게는 "어둠 속에서 보다 강렬한 불빛"(31)을 일으키는 방출 파동과 같은 감각적 아기 예수 이미지가 파도처럼 유연하게, 그러나 모호하게 어른인 시인의 마음속에 소용돌이친다.

동방박사에 관한 시에 있어서 중요한 종교적 수사학이란 시간과 죽음, 그리고 상징에서 비롯된다. 수사학의 기저는 기독교의 역사적이고 상징적인 사건인 예수의 탄생과 예수 탄생지로 가는 동방박사의 여행이다. 이러한 여행은 사건에 의해서든 심리 현상이든 종교적인 의식이며 제의일 수 있다. 그리고 이 종교적인 의식과 제의 행위에는 문학적인 표현이 필연적으로 따르게 된다. 크게는 현실 삶에 대한 불만족을 문학의 상상력으로 표현해내는 자체가 종교적인 의식이나 제의라 볼 수 있고, 작게는 이러한 제의 행위 자체가 구원을 함축한다고 말할 수 있다. 우리가 하는 이야기 짓기, 말하기, 듣기는 구원의 몸짓과 다르지 않다고 보기 때문이다. 이때 종교적인 의식이나 제의라는 틀 안으로 문학적인 상상을 어떻게 끌어들이나 하는 것은 그것을 표현해내는 글쓴이의 스타일이나 주제에 따라 매우 다르게 나타날 것이다. 무릇 글짓은 그 자체가 종교적일 수 있는 행위를 함축하고 있거나, 종교적인 행위를 글짓으로 나타낸다고 볼 때, 서울대 정진홍 교수의 지적처럼, "문학적 상상(글짓 문화)은 제의(구원론 또는 몸짓 말짓의 복합 문화)를 충동하는 다양한 기제"(98)일 수 있음을 보여준다. 예이츠와 엘리엇은 아기 예수 탄생과 동방박사의 여정을 다른 시각으로 보여주는 시인들이지만, 아이와 어른 간의 감성적 체험에 대해서는 종교적인 제의 문화를 충동하는 다른 기제임을 알 수 있다.

아이에 관한 예이츠의 이야기는 환상적인 순수 동화 형태이고 엘리엇의 이야기는 현실 기반의 동화 형태이다. 아이가 살아가며 만나는 사건은 융(C. G. Jung)의 "집단 무의식"(collective unconsciousness)에서처럼 이들의 시적 상상력의 근저가 다르다는 점을 말해준다. 예수 탄생은 서구의 커다란 종교적 사건이지만 동방박사들의 성지 순례는 그 아기 예수를 만나는 신화에 가깝다고 하겠다. 이들의 순례는 어른이, 혹은 노인이 아이가 태어난 성지 순례를 의미할 수 있다. 이처럼 아기 예수 탄생은 인류의 고난과 구원을 의미하고 있다. 하지만 예이츠에게는 그 자체가 구원이자 환희이며 엘리엇에게는 그 자체가 고난으로 걱정거리이다. 이로부터 시 자체는 이러한 체험과 만남의 감성을 주관적이고 환상적인 세계로, 혹은 객관적이고 걱정거리 세계로 우리를 인도한다. 다만 이러한 아기 예수의 탄생이라는 역사적인 사건과 동방박사들의 성지 순례라는 신화적인 사건은 예이츠의 경우 아이와 어른 간의 일체된 감성이고, 엘리엇의 경우 아이와 어른 간의 통일된 감성, 즉 통일화 패턴이 어른이 되어서도 유지될 수 있느냐의 여부를 현실에서 찾는다는 차이가 있다.

말하자면 '시'라는 글짓은 아기 예수의 아동성을 어른에게 자극하고 충동하는 하나의 기제라 할 수 있다. 이때 이들의 글짓과 구원을 향한 몸짓은 종교적인 제의 문화를 상징적으로 보여주는 예라 여겨진다. 그리고 이러한 다른 제의 문화는 아이의 감성과 어른의 체험을 표현하는 스타일과 양식을 다르게 형성하는 다양성을 보여준다. 소위 이들의 시는 아이를 보는 시각이 다르다는 것이며, 어른의 기쁨과 걱정을 달리 표현하는 기제라 할 수 있다. 어느 접근이 옳다고 보기는 어렵다. 아이들처럼 그러한 세계를 꿈꾸는 예이츠가 있는 곳에 걱정거리가 가득 찬 현실을 걱정 어린 눈으로 보고 있는 어른의 모습이 엘리엇에게 있다. 마치 예이츠의 낭만적 신비주의가 있는 곳에 엘리엇의 고전적 형식주의가 나타나고, 같은 종교적 사건과 신화를 접근하는 데에 있어서도 다른 양상을 보여주는 이치와 같다.

　예이츠의 경우 동방박사의 신화는 여기에서 무의식적인 측면에까지 개인의 체험으로 다가올 수 있는 반면에, 엘리엇의 경우 이야기 속의 인물이 어떤 사건을 겪으면서 갖게 되는 의식적인 플롯에서 강조된다. 이러한 형식의 차원에서 예이츠의 시가 인간의 깊은 내면 탐구에 비추어 동방박사의 신화에 접근한다고 보면, 엘리엇은 상대적으로 이 신화를 고전에 대한 암시를 통해 기독교 전통에 비추어 외면화하거나 객관화한다. 이러한 종교에 대한 다른 입장은 예이츠보다 엘리엇이 훨씬 기독교 전통에 천착해 있는 듯이 보인다. 그러나 동방박사 신화를 종교적인 제의 문화로 형상화하는 작업은 탄생과 죽음이라는 우리 삶을 고려해 볼 때 매우 상이하게 목격된다. 이럴 때 예이츠는 아기 예수를 사적인 체험으로 승화하는 측면에서 비기독교적이라는 비난을 받을 수 있지만 비종교적이라는 의미는 맞지 않는다.

　예이츠는 자신의 『자서전』(*Autobiography*)에서 "자신은 매우 종교적이다"(77)라고 말한다. 자신이 종교적이라고 말하는 것은 특별한 고백이 아니다. 예이츠의 국가 환경과 가정 배경이 구교이든 신교이든 기독교이고 그 기독교로부터 성장했기 때문이다. 어린 시절부터 자연스럽게 종교를 접해왔을 것이다. 이한묵 교수는 이러한 예이츠의 환경이 매우 종교적이라는 것과 그가 49살 때까지 성경을 공부하고 시에서 이를 사용하고 있음에도 불구하고 그의 종교적인 관심에 대한 연구는 간과되었다고 지적한다(109). 이 교수에 따르면 헤롤드 블룸(Harold Bloom)이나 리처드 엘먼(Richard Ellmann)은 예이츠가 간접적이든 직접적이든 3,000번 이상 성경을 사용하였다고 지적하고 있다. 문제는 성경의 사용과 기독교 전통에 대한 예이츠의 태도가 무엇인가 하는 것이다.

아기 예수와 어른 간의 체험을 일체적으로 보았던 예이츠의 경우 성경을 정통 기독교의 의미에서 사용하지 않았다는 것은 분명한 듯싶다. 이런 자세는 성경을 해석하는 차원에서 볼 때 매우 자의적이라는 것을 알 수 있다. 이러한 성경에 대한 자의적인 해석이나 비기독교적인 의미에서 성경을 차용하고 있기 때문에 그동안 예이츠의 종교성에 대한 연구가 다소 미흡하였거나, 혹은 성경에 대한 인용이나 암시, 문맥을 중심으로 예이츠의 종교성에 대한 연구를 신비주의 시각으로 탐색한 측면이 있다. 그러나 중요한 것은 예이츠가 아기 예수를 자신의 시에서 이상적이고 예언적인 문맥에서 주로 사용하고 있다는 부분이다. 이 점은 그가 지속적인 성경의 사용을 통해 "신의 예술을 인간의 예술로 전환시키기 위해 철학적이고 정신적인 가능성을 탐구하였다"(110)는 입장이다. 이러한 차원에서 예이츠는 아기 예수 탄생의 사건, 이미지, 상징, 언어 등을 신비적으로 사용하고 있음이 틀림없는 것 같다.

동방박사 시는 이러한 아동성을 살펴보는 두 시인의 문학적 상상력과 종교적인 상징을 살펴보기에 매우 적절한 형식과 주제를 보여준다. 예이츠의 경우 어른으로서 동방박사의 이미지는 화폭 속의 인물처럼 죽음이나 화석으로 그리고 있고, 엘리엇의 경우 예수가 태어난 베들레헴을 향해 여행을 떠나는 인물로 그리면서 그들이 노정에서 겪게 되는 어려움과 고통을 묘사한다. 전자는 어른이 된 죽은 영혼을 순간 깨우고 자극하고, 후자는 고통스러운 순례 여정을 통해 종교적 구원을 상징적으로 그리고 있다. 종교적인 상징이란 동방박사가 시간이나 죽음의 문제를 종교적인 제의 문화로 받아들이는 데서 의미를 갖는다.

우선 동방박사에 대한 사건은 시에서 시간을 뛰어넘는다. 오히려 현재에서 과거로 이행해 가고 과거에서 현재로 다시 거슬러 올라오는 현상이 생긴다. 동방박사에 대한 추적은 시인의 회상 속에서 이루어지기 때문이다. 아기 예수의 탄생으로 우리를 돌아가게 만들고 돌아오게 하는 시간의 구조로 우리를 안내한다. 다시 말하면, 흐르는 시간에 따라 아이 때의 과거로부터 어른 때의 현재를 확인하고, 다시 어른으로서 우리의 정체성을 동시에 확인한다. 이처럼 시간을 거슬러 최초의 사건을 현재에 되살리게 되면 최초의 사건에 비추어 볼 때 현재에 사는 우리가 어떤 정체성의 위기를 맞고 있는지 이해하게 된다. 예이츠의 경우 성경의 역사적인 사건이 역사적 시간을 넘기 때문에 환상적인 시간들로 느껴지게 되고, 엘리엇의 경우 역설적으로 항상 옛 사건이 동시적인 삶의 경험으로 인식된다. 엘리엇의 경우는 특히 유사한 삶들이 다양한 형태로 시간 속에 배열되는 차이가 있다. 이러한 배열들은 복합적으로 연계되어 있다. 그러면서도 이를 엮고 있는 스토리는 단일한 주제를 이루면서 배열되어 이끌어진다.

아무튼 이 두 시인 모두에게 동시적인 체험이 환상 속에서 영원성을 지향하든, 사건의 배열에 의해 지속되든 이것은 시간의 간격을 뛰어넘는 아이에 대한 신비적 시간을 가리키고 있다. 이에 대한 체험은 직관에 의해 비로소 현실적으로 느껴진다. 이러한 과정은 심리적 시간이라 볼 수도 있다. 이는 시인의 내부에서 과거나 현재의 시간이 초월 되고 역사적 사건이 불가피하게 파괴되거나 소멸된다. 이로 인해 우리는 동방박사를 우리와 동일시하는 혼란을 겪게 되고 정체성에 대해 혼동을 경험한다. 결국 특별한 역사적인 시간이 인간의 고통이나 환희로 전환되는 과정에서 시간 개념은 무력해진다. 다만 이러한 탄생의 고통과 환희를 표현해내는 이미지나 상징은 어른을 통해 구체적인 실존으로 다가온다.

문학은 이러한 실존적인 과정을 상상력에 의해 언어로 표출해내고, 동시에 종교적 구원을 향한 모티브를 발견한다. 예이츠가 동방박사를 화석의 이미지로 그리는 배경과 엘리엇이 동방박사를 고통과 절망에 쌓인 이미지로 그리는 배경에는 인간이 존재론적 위기를 느끼고 있는 데서 비롯된다. 이는 과거로부터 현재에 이르기까지 아이가 태어나 자라고 어른이 되는 과정이 인간 존재에 대한 회의와 고통이 가득하기 때문이다. 아이의 모습은 지금 현재의 어른 스스로에 대한 정체성의 회의이다. 어른 스스로 갖는 질문은 우리가 어떻게 아기 예수의 모습에서 이러한 모습으로 살게 되었는가이다.

이런 관점에서 보면 인간은 염세적이고 비관적이고 현재에 대한 회의로 고통을 받는 존재들이다. 그리고 이러한 존재에 대한 회의는 당연히 시간에의 공포를 수반한다. 그리고 이로부터 탈출하겠다는 욕망이 생긴다. 이때 과거의 사건이나 상징이 시간을 초월해 현실 속에서 의미를 갖게 된다. 이래서 신화는 의식적으로 혹은 무의식적으로 반복되며 새로운 생명력을 갖게 된다. 따라서 현재를 탈출하고자 하는 욕망이 시간의 소멸을 자극하고 과거를 현재화하게 된다. 최초의 사건을 읽고 다시 쓰는 행위가 곧 최초의 신화를 새롭게 구체화시키는 몸짓이다. 이러한 몸짓을 의식화하는 형태가 종교적인 제의일 것이다. 그러므로 시인의 회상은 구원을 찾기 위한 욕망이 하나의 동기로 발동하게 되고, 아기 예수를 삶에 재현하고 형상화한 노력 자체가 어른에 관한 비판적 소산이다.

동방박사는 노인이다. 노인에게 죽음은 삶의 소멸을 의미하지만, 죽음 자체는 탄생에서부터 미지의 세계, 즉 미래의 시간과 공간에 대한 현실이라 볼 수 있다. 또한 동방박사의 죽음에 대한 인식은 현실을 살아가는 인간의 자기 정체성에 대한 다른 표현이라 할 수 있다. 이 점에서 죽음은 현실 속에서의 자기 인식을 하는 의지의 표현이다. 두 시인 모두에게 노인이어서 그런지 동방박사는 죽음의 이미지로 그려져 있다. 예이츠에게 동방박사는 이미 과거에 죽은 생명이 없는 신화 속의 주인공일 뿐이다. 당시에 예수 탄생의 신비와 구원을 체험하였을 노인의 모습은 아이의 모습이 시간이 지남에 따라 가혹한 세상에 의해 소멸되어 버렸다는 뜻일 것이다.

엘리엇에게 동방박사는 별을 따라 예수 탄생지로 향하는 음산하고 긴장된 이야기 속에 나오는 주인공들이다. 동방박사는 탄생의 기쁨과 미지의 죽음을 동시에 느끼는 현실적인 인물로 묘사된다. 그런데 이러한 탄생과 죽음이 시인의 삶 내부 깊은 곳에도 천착해 있다. 실제로 그 탄생과 죽음의 의미는 알 수가 없다. 오히려 아기 예수의 탄생은 죽음의 의미를 모호하게 한다. 태어나 왜 그렇게 고통스럽게 죽는가이다. 그래서 시인은 현실적인 인식 기능을 가지고 이 깊이를 측정하려 한다. 징표를 발견하여 그 의미를 알고 싶어 한다. 그리고 삶의 현실 속에서 그 죽음의 의미가 고통을 얼마나 차지하고 있는 것인지 느끼고 싶어 한다. 또한 시인은 고통스러운 죽음에 스스로 적응할 수 있는 한계를 느낀다. 마치 동방박사처럼 예수 탄생과 죽음은 엘리엇에게 탄생의 신비와 죽음의 고통 문제를 제기한다.

엘리엇은 탄생 못지않게 어떻게 죽어야 하는지의 한계를 밝히고 싶었을 것이다. 그에게는 육적인 것과 영적인 것에 대한 질의 자체가 무겁게 자신을 압도하고 있다. 때로 죽음은 죽음으로부터 해방을 감행한다. 죽음에 대한 두려움이 그렇게 비약을 요청하거나 비약을 감행하도록 요구할 것이다. 죽음을 알려는 태도는 결국 사고의 비약을 낳는다. 그렇지 않으면 현실에서 오는 존재의 위기를 극복하기 어려울 뿐만 아니라 좌절과 절망에서 비탄하고 있을 것이다. 죽음을 만나고 죽음을 읽는 행위는 두려움과 공포를 당연히 수반하게 되고 현실은 설명하기 불가능하게 다가온다. 엘리엇은 예수의 삶에서 그것을 느꼈을 것이다. 우리는 일상 속에서 죽음을 만나는 것을 꺼린다. 하지만 엘리엇은 동방박사와 같은 인물을 기꺼이 환영한다. 아기 예수를 찾아가는 그들이 엘리엇 자신의 삶을 조명해주기 때문이다.

시에서 탄생만큼이나 죽음은 시인들의 즐겁고 가장 재미있는 놀이이다. 노인인 동방박사처럼 두려우면서도 아이들에게서 기꺼이 죽음의 의미를 찾는 놀이다. 현실과는 달리 시 속에서는 새로운 미지의 세계가 그려지고 동시에 현실 삶 속에서 이를 누릴 것이라는 즐거움이 있다. 놀이 자체는 전율하는 즐거움을 안겨준다. 환상적이면서도 체험에서 오는 환희이지만, 달리 비극성을 내포하고 있다. 어쩌면 시는 죽음에 대한 고통의 다른 표현일 것이다. 이것이 죽음에 대한 인간의 본연적인 모습일 것이다. 때로는 죽음 놀이에 대한 회상은 현 세계로부터 강한 저항에 부닥칠 수 있다. 시 속에서만 가능해진다. 죽음을 맞는 환희는 아이의 탄생에서만 가능해진다. 우리는 시간을 극복하지 못한다. 그래서 아이의 순수를 승인하지 않으려 한다. 죽음 놀이를 즐기지 못하는 어른에게는 죽음이 슬픔처럼 드러나고 있다. 진정한 아이의 모습으로 돌아가려는 어른에게 도달하지 않으려는 세속적 저항이 긴장으로 도사리고 있다. 예이츠에게 죽음은 시간을 초월한 영원히 해방된 실체라면, 엘리엇의 죽음은 시간과 무시간의 교차로에서 시간의 소멸에 저항하는 긴장된 모습을 보여준다. 죽음의 신비와 죽음의 현실성을 시인들은 아이의 탄생을 통해 각기 다르게 묘사하고 있다.

따라서 아이의 아동성은 회피해야 할 대상이 아니고 혹은 수용해야 하고 극복해야 할 대상도 아니다. 오히려 아동성은 어른이 자신의 내부에 존재하고 영원한 타자로서 자신의 삶의 궤적을 살펴볼 대상인 셈이다. 예이츠가 이 아동성을 서정적인 구조에서 표현한 것이라면 엘리엇은 서사적 구조를 통해 이야기하고자 한다. 시가 담고 있는 아이에 대한 어른의 체험과 일련의 이야기는 아동의 순수함과 단순함을 어른이 기쁘게 받아들이냐 아니면 슬프게 받아들이냐는 시각에 달려 있다. 이러한 차이는 시인들의 인생관과 세계관의 차이에 따라 극적인 효과를 다르게 드러내고 있는 차이라 말할 수 있다. 그리고 아이의 성장에 따른 시간과 어른으로서 죽음을 회상하는 일은 어떻게 살아야 하는가에 대한 다른 고민을 현실적으로 나타낸 것이다. 아이로부터의 구원이란 새로운 비전과 미지의 세계에 이르고자 한 존재 양태의 변화로 볼 수 있다. 이들의 시가 이러한 아이의 존재 양태를 염두에 두고 있다면 우리는 어른으로서 동방박사들의 체험을 구원의 의미로 수용하는 데 아무런 어려움을 느끼지는 않는다.

이처럼 시에서뿐만 아니라 삶을 표현하는 곳에서도 예이츠와 엘리엇은 상반되어 보인다. 이는 동방박사 시가 삶과 시의 관계를 매우 상반되게 보여주는 시로 적절하다는 의미이다. 삶과 시 모두에서 예이츠와 엘리엇을 대비시켜 보면 아이와 어른 간의 감성이 통합하는 곳에 분열이 있고, 통합된 환희가 있는 곳에 고통이 있고, 비약이 있는 곳에 겸양이 있고, 말과 의미 사이의 일치가 있는 곳에 불일치가 있고, 생생한 체험이 있는 곳에 관성과 무력이 있고, 긍정적이고 적극적인 곳에 부정적이고 소심함이 있고, 직접적이고 통일된 구조가 있는 곳에 간접적이고 산만한 구조가 있고, 활기 있게 그대로의 가치를 수용하고 자기 승화를 찾는 곳에 지치고 풍자적이고 자기 비하가 있고, 완고하고 용감한 독자가 있는 곳에 현실에 승복하고 회의하는 독자가 있다. 이들의 삶과 예술은 통합된 구조와 분리된 구조라는 수사학의 패턴에 따라 아동성에 대한 주제가 순수한 개인의 차원에서 숭고하게 다가오거나 신앙의 틀 안에서 걱정거리로 다가온다.

결과적으로, 예이츠의 시가 신비적이고 감성에 의한 삶을 통합하는 형태라면 엘리엇의 시는 합리적이고 이성에 의한 삶을 초연히 묘사하고 있는 형태이다. 물론 이 두 시인 모두가 직관과 상상력에 의존하고 있다. 모순되어 보이고 이분법적으로 보이는 두 시인에게서 아동성에 대한 상반된 통일된 감성이 나타나고 있다. 아이와 어른 간의 통합되는 감정의 질과 종류 그리고 통일화 패턴의 정교함이 서로 다르다는 뜻이다. 즉, 엘리엇에게는 이성과 합리적인 사고와 상상력이 서로 상반되게 통합되어 있다는 것이다. 예이츠가 직관과 상상력에 의해 이성에 도전하고 궁극적인 삶의 가치관을 시의 세계에서 구현하고 있다면, 엘리엇은 직관과 상상력에 의해 고전 작품 사이에서 걱정거리를 자극하고 이러한 고민은 시의 전반적인 형식이나 구조에 영향을 미치고 있다.

III

시 자체를 분석해보자. 예이츠에게 예수의 탄생은 "짐승 우리"(the bestial floor)처럼 암시적인 의미에서 우리 세상에 대한 물리적이고 정신적인 위협이었다. 이 점은 엘리엇의 세상관과 유사하다. 예이츠는 세상이 신의 성육신이 명시하는 기독교의 정신을 상실하였다고 믿고 있다. 기독교에서는 골고다의 수난 혹은 "갈보리의 수난"(the turbulence of Calvary)은 십자가에 못 박힌 예수의 수난이며 곧 그의 죽음을 의미하지만, 그리스도에 대한 믿음의 실체를 거부하는 세속 세계의 수난을 나타낸다. 그리고 이 수난은 그리스도의 탄생에 있어 신의 물리적인 요인을 강화시키는 탄생의 고통이다. 바로 거기에 기독교의 정신이 있다. 그렇지만 예이츠가 본 기독교는 우리의 영혼과 신체를 하나로 결합할 수 없는 그러한 물리적인 요인에 비추어 볼 때는 독약이다. 해롭다는 부분은 인간의 감수성이 인간의 완성을 성취할 수 있는 순기능을 한다는 사실을 기독교가 부정하거나 차라리 거부하고 있다고 생각되었기 때문이다. 그리스도의 탄생은 이러한 인간성의 완성을 부정하고 오로지 정의를 실현하려는 엄격하고 가혹한 세상에 오히려 위협적이고 공포였다. 예이츠에게 그리스도의 역사적인 탄생은 세상에 대한 계시적 희망이었고, 그 아이의 순수함이 인간의 완성이 추구될 수 있는 새로운 비전이었다.

노인으로서 동방박사 이미지는 가장 비천한 곳인 "짐승 우리"에서 "걷잡을 수 없는 신비"(The uncontrollable mystery)를 이들이 목격한 이후였다. 이들이 아이를 만난 이후 세상은 이들이 회귀한 이후에도 과거와 똑같은 삶을 살아가야 하는 죽음 자체였다. 시인은 "딱딱하고 공허한 의복을 입고"(In their stiff, painted clothes) "창백하게 행복하지 못한"(pale unsatisfied) 얼굴로 "창공 깊은 곳에서 나타났다 사라지고"(Appear and disappear in the blue depth of the sky)하는 그들을 "항상 그랬던 것처럼 지금 마음의 눈으로 목격한다"(Now as at all times I can see in the mind's eye). 그들의 얼굴은 "풍상을 겪은 돌처럼 모든 고대인들의 얼굴을 하고"(With all their ancient faces like rain-beaten stones) "모두 은으로 된 투구를 쓰고 나란히 공중을 떠돈다"(all their helms of silver hovering side by side). 눈은 하나 같이 "정지된 채 고정"(still fixed)되어 있다. 여전히 그들은 "갈보리 수난"이 주는 불행에 고통을 받으면서도 한 번 더 짐승 우리에서 일어난 불가사의한 신비를 열망한다.

한 번 더 이 세상이 바라는 예수의 탄생은 어쩌면 아기 "예수 주현"(the Epiphany)이다. 이는 동방의 세 박사의 베들레헴 내방이 상징하는 아기 예수 자체의 그리스도의 출현이다. 이 아기는 곧 신비이다. 오로지 직관과 통찰에 의해서만 가능한 체험 그 자체이다. 세 동방박사가 체험한 신비는 합리적이고 객관적인 어른의 세상에서는 알 수 없는 신비이다. 그래서 노인이 된 그들이 아이의 세계를 찾기 때문에 어른은 세상에 의해 거부된 채 움직이지 않는 화석으로 예이츠에게 비친다. 시인에게 어른들은 항상 그런 죽음의 이미지로 목격되었다. 신비적이고 환상적인 체험에서 오는 구원에 대한 비전이 사라진 곳에 구체적이고 실제적인 현실에 의해 거부되거나 희생당한 세 동방박사는 어른인 시인 자신인 셈이다. 어른이 되면 시인 또한 딱딱하고 공허한 의복을 입고 죽어 있는 화석이 된다. 어른은 더 이상 아이의 그 불가사의한 신비를 설명할 수 없다는 사실에 있다. 그 역시 예수의 탄생이 주는 신비와 이해하지 못할 갈보리에서의 수난 사이에서 삶의 신비를 이해하지 못한다. 마치 그는 동방박사의 충격으로부터 불가사의한 삶과 죽음 사이에서 영원히 만족스럽지 못한 자기 모습을 발견한다.

다시 아이가 된 동방박사의 체험은 시간을 초월한다. 과거 예수 탄생이라는 종교적인 사건과 신화가 현재의 사건과 신화로 변한다. 당시 예수 탄생이 주는 "걷잡을 수 없는 신비"가 어른이 되어 세상에 의해 거부되고 부정되어 가혹한 죽음으로 만나는 사건은 어른들에게는 현실이다. 아이는 어른들에게 인간의 실존적 위기를 던져준다. 예수 탄생과 죽음의 구조는 동방박사의 정체성뿐만 아니라 시인이 근원으로의 회귀를 통해 정체성을 회복하는 축을 가지고 있다. 동방박사가 예수의 탄생을 다시 바라는 마음은 근원에로 회귀하고자 하는 욕망의 표현이다. 이는 곧 시인의 욕망이다. 욕망은 예수 탄생을 통해 체험한 구원에 대한 환희이다. 그리고 이 환희 속에서 스스로의 정체성을 회복한다. 그리고 이러한 정체성은 객관적이고 이성적인 산물이 아니다. 신성이 "짐승 우리"에서처럼 발가벗겨진 채 인간의 모습으로 태어났던 아이의 신비이다. 인간이 신을 만나는 정황과 일치한다. 말하자면 인간에게서 신의 탄생은 종교적 구원이며 신과 인간이 결합하는 일체를 시사한다. 그리고 그 신의 죽음 또한 궁극적인 긍정을 찾기 위한 역설적인 정황에서 이루어지는 신비이다. 이러한 숭고한 체험은 비로소 인간의 원초적인 감각과 자연 그대로의 아이의 본성을 통해 시간을 뛰어넘는다. 동방박사의 최초의 신비적인 체험은 항상 동일한 차원에서 극적으로 찾아진다. 인간의 완성은 이러한 아이의 정체성에 대한 새로운 체험과 회귀의 축에서 항상 이루어지고 있다. 신과 인간의 만남처럼 아이와 어른의 만남은 뜨겁고도 격정적이며 불가해한 신비이다.

　　동방의 세 박사가 본 그리스도의 수난이 구원을 위한 수난이라면 그들이 돌아온 세상은 엄격한 정의만이 단단한 현실로 되어있었다. 이러한 깨달음 때문에 예이츠는 인간의 정신을 찬양하고 자신의 주관적인 체험에 호소할 수 있는 예술에 대한 관심을 가지고 있었다. 그는 이러한 예술을 통해 비전과 현실 사이의 긴장을 해소하려고 노력하였다. 그에게 진정한 예술가는 동방박사의 화석화된 이미지를 벗어나 살아 있는 아이의 모습으로 변화되는 존재였다. 동방박사들이 겪은 인간으로서의 체험이란 짐승 우리에서 아이 그리스도를 낳는 동정녀 마리아의 고통이었다. 이는 세상에 대한 축복으로 여겼던 예이츠 자신의 체험이다. 다시 말해 시란 예이츠의 승화된 체험 자체이고 탄생과 죽음에 대한 예술의 숭엄한 표현이다. 어른 그리스도가 받았던 갈보리의 수난은 세상이 일찍이 저지른 가장 가혹한 행위로 시인 또한 그러한 세상으로부터 자신의 죽음을 목격한다. 시 자체는 곧 예이츠 자신의 구원을 위한 종교적인 제의형식이다. 그리스도의 탄생을 목격한 동방박사의 영광은 화석화된 생명이 없고 창백한 시인 자신을 자극시킨다. 이 점에서 동방박사는 예이츠 자신의 은유이고 시인으로서 새로운 탄생은 환희 자체로 설명된다.

이처럼 예수의 죽음 또한 시인에게 탄생의 의미를 갖고 있다. 갈보리의 사건은 예이츠에게 불행한 사건이다. "갈보리 수난"을 겪지 않았지만 미래에 있을 동방박사의 충격은 세속의 역사에 그대로 이어져 있기 때문이다. 역설적으로 인간의 역사는 그리스도 탄생의 고통을 통해 만족스러운 상태보다 불행한 모습을 가지고 있었다. 신이 기획한 "제어할 수 없는 신비"란 기독교의 진리가 현실적으로 거의 성취될 수 없다는 역설을 드러낸다. 이것은 기독교의 교리나 신학적인 입장과는 거리가 먼 시인 자신이 그리스도의 인격적 완성과 정신적으로 일치할 수 있는 예술적 감수성과 관련이 깊다. 그리스도의 죽음은 불행한 사건이면서도 그가 보인 인류 사랑에 대한 위대한 정신은 단순한 그의 희생만은 아니다. 또한 육체적 소멸을 의미한 것도 아니다. 오히려 진정한 자기 정체에 대한 인식이 사랑을 통해 완성되고 있다고도 생각된다.

아이는 사랑이다. 아이는 어른의 자기 정체에 대한 인식의 토대이다. 더욱이 아이의 희생이나 소멸을 통해 어른의 정체성이 역설적으로 이루어지는 측면도 있다. 아이답게 어른의 죽음 또한 자기 부정과 긍정, 혹은 자기 긍정과 부정이라는 역설에서 이루어지는 신비이다. 이러한 신비는 이 세상에서 이루어지는 것은 아니다. 그러나 이 아이의 신비가 어른의 현실로 이어질 수 있는 가교에 시가 있다. 시를 통해 이 신비가 현실로 다가온다. 그리고 자기 고백을 통해 불가능한 꿈을 현실적으로 이끌어 내 그 안에서 느끼고 보고 호흡하고 접촉한다. 그러므로 시가 아이의 신비처럼 신비의 세계임을 고백한다. 이러한 차원에서 어른의 죽음은 그냥 죽음이 아니다. 아이가 어른이 되어서도 축복을 받는 죽음과 현실이다. 이 현실을 글자로 음성으로 믿는다면 지나치게 비현실적이고 낭만적이라고 할 것이다. 아이를 통해 받는 구원의 신비는 나이가 들어 그 죽음을 현실화하는 과정에서도 삶 속에 살아있다는 데에 있다.

　동방박사 시에서 시간과 탄생, 그리고 죽음이 아이와 어른 간의 종교적인 의미로 표현되면서 이 세 모티브가 구원의 구조를 이루고 있음을 알 수 있다. 그러나 이러한 구조가 일련의 합리적인 이성이나 엄격한 논리를 앞세우는 지성에 의해 이루어지고 있지는 않다. 아이의 감성처럼 시의 구조는 시인의 훌륭한 감수성에 의존하는 바가 크다. 시의 구조는 직관과 통찰에 의해 이러한 구원이 신비스럽게 성취되는 체험 자체이다. 따라서 동방박사의 아기 예수 체험이란 이러한 감수성을 통한 인간의 완성이라 볼 수 있다. 예이츠는 이러한 동방박사의 순수한 경험을 자신 안에서 동일시함으로써 스스로의 감성을 순화시킨다. 그들처럼 자신의 완성과 성취를 향해 예이츠는 어른으로서 그리스도의 열정을 얻기 위해 전력을 다한다. 그는 역사와 세상의 비인간적인 면과 그리스도의 인간적인 측면 사이에 존재하는 대립되는 힘들을 조화하려고 노력한다. 예이츠의 눈에 어른으로서의 그리스도는 최고의 예술가가 그러하듯이 인간의 역설적인 힘들을 조율할 수 있는 완성된 인간이다. 마치 참된 예술가가 자신의 창조적인 행위 앞에서 기쁨을 찾듯이 그 또한 창조주처럼 환희에 차 있다.

　이처럼 세상을 놀라게 할 아기 예수 탄생은 시인의 삶에 새로운 의미로 시작된다. 그러나 예이츠에게 이 사건은 악마적인 탄생을 확실히 예견하였다. 자신의 삶을 거부해야 하고 시적인 비전을 질식시키는 반그리스도 역사를 말한다. 동방박사는 그러한 반그리스도 악마들을 상대로 아기 예수를 만나러 간 상징적인 인물들이었다. 오히려 예이츠에게 그리스도의 고통이 정점에 이른 "갈보리 수난"은 죽음이지만 아기 예수의 탄생처럼 생의 가장 기쁜 순간이었다. 그 죽음은 또 다른 삶을 위한 마지막 종교적 의식이었다. 이를 통해 인간이 저지른 가혹한 행위와 인간의 또 다른 악마적 이미지를 예수의 신비적인 힘으로 순화시킨다. 예술적인 삶에 필수적인 열정은 이러한 예수의 "제어할 수 없는 신비"이다. 그리고 이 신비는 아기 예수의 살아 있는 힘이다. 아기 예수와 노인인 동방박사 간의 통합된 감성은 예이츠에게는 시적 계시이고, 우리에게는 살아 있는 감성의 정교함이라 할 수 있다.

엘리엇의 시는 아기 예수의 탄생이 죄와 죽음으로부터 고통을 받는 인간의 불행함에 대한 분노임을 암시한다. 예수의 "탄생이란 [그의] 죽음처럼 우리의 죽음, 우리를 위한 힘겹고 쓰라린 고통"이었다(Birth was/ Hard and bitter agony for us, like Death, our death). 인간은 원죄로부터 구원받기 위해 새로운 복음을 전파한 예수의 탄생을 통해서만 신으로 향한 길을 찾을 수 있다. 신이 모세를 통해 명한 낡은 섭리는 자신의 민족이 마음과 행동으로 지켜야 할 비싼 대가이다. 인류의 첫 인간이 신에게 불복종을 저지른 이후, 그리고 인류가 신으로부터 소외되고 타락이 된 후 죄로 망쳐진 이 세상을 구원하기 위해 자신의 독생자를 보낸 것은 신의 은총이다. 사람들은 그러한 낡은 법을 파기하고 믿음, 소망, 사랑으로 새로운 섭리를 연 그리스도에 의해 신으로 가는 길을 찾을 수 있었다. 엘리엇에게 예수의 탄생은 인간의 구원을 의미하였다.

예수가 태어난 세상과 시기는 "어둠"(the darkness)과 "겨울"(the winter) 이었다. 상징적으로 그러한 공간과 시간은 사람들이 자신들을 구원할 메시아가 오기를 오랫동안 기다리고 있음을 암시한다. 아이러니하게 사람들은 메시아가 마구간의 "짐승 우리"에서 그러한 미천한 모습으로 오리라고 알지 못하였다. 그들은 그가 오는 것이 무엇을 의미하는지 이해하지 못하였다. 이국의 왕인 세 동방박사는 별을 연구하면서 이상한 일들이 일어나는 것을 알고 이상하게 빛나는 별의 의미를 찾기 위해 여행하였다. 그리고 출생의 장소에 이르렀다. 그를 왕 중의 왕인 주로 받아들였다. 주가 어린아이로 오신 것을 몸소 체험하고 그의 오심이 세상의 구원을 의미함을 믿은 후 동방박사는 변화를 거부하는 자신들의 왕국에 돌아왔다. 세상은 삶의 진실을 지탱하는 어떤 믿음도 갖지 못하고 있었다. 새로운 삶을 달리 찾지 못하는 그들은 소외된 채 어둠과 겨울에 싸여 있었다.

　기독교란 그리스도 안에서 사는 기독교인의 삶이다. 예수의 죽음 이후에 그리스도는 없었다. 엘리엇은 세상이 여전히 불행하고 비참하다고 생각하였다. 여기에서 엘리엇이 희망하는 세상은 그리스도의 세계이다. 지구에서 천국을 건설하는 것이다. 아마도 두 종류의 지형적인 의미에서 세상을 구분하는 것은 아닐 것이다. 세상을 천국과 이승으로 구분하는 자세는 아닐 것이다. 엘리엇은 지구가 사람들의 죄에 의해 망쳐졌고 그리스도의 의미가 이 땅에서 사라졌다고 믿고 있다. 이 땅은 천국이지만 죽었고 추운 지옥이라는 것을 엘리엇은 보여주고 싶었다. 동방박사 시대는 이러한 추운 지옥이었다. 이때 구세주 그리스도의 오심은 세상을 놀라게 한 사건이었다. 세상은 여전히 신의 말씀으로부터 멀어져 있었다. 엘리엇은 우리 세계가 진실을 잃고 신에게서 믿음을 잃었다고 믿는다. 세상은 황무지이다. 삶은 의미가 없다. 그는 동방박사의 세계가 자신의 세계라고 알고 있다. 기독교는 믿음, 소망, 사랑을 잃었다. 인간의 불행은 예수가 오시기 전보다 나빠졌다. 그는 자신이 궁지에 빠져있다고 느낀다. 전체적으로 존재론적인 절망 속에서 소외되고 고통받고 있다. 그는 스스로를 위해 동방박사가 물리적으로 자신을 당시의 세계로 이끌어 주기를 바란다. 육체적으로, 정신적으로 긴 겨울 여행을 스스로 택하기를 바란다.

동방박사는 엘리엇의 인물이다. 동방박사는 추운 겨울에 아이가 태어난 성스러운 장소인 베들레헴으로 가는 힘든 길을 찾아 나선 인물이다. 그 여행은 자신의 순례에 대한 목적을 의미한다. "깊은 길과 살을 에는 날씨"(the ways deep and the weather sharp)는 여행의 어려움을 말한다. 엘리엇은 아이의 모습을 잃어버린 어른이 걸어야 할 모습을 제시한다. 신체적인 어려움을 통해 진정한 가치를 찾고, 정신적인 고난을 통해 진정한 기쁨을 찾는 고난의 길이다. 그는 그리스도가 자신에게 미친 삶의 형태, 그것을 유지하는 것이 매우 고통스럽다는 것을 안다. 물질적으로 "여름 궁전"(the summer palace)이나, 육체적으로 "실크 옷을 입은 소녀들"(the silken girls)로 묘사된 많은 유혹은 여행에 대한 어려움을 반영한다. 삶의 과정에서 물질적인 욕구를 거부하고 죄를 지지 않고 인간이 산다는 것은 어렵다. 삶은 오히려 쉽게 타락할 수 있는 과정이다. 자신의 귀에 물리적인 세계가 충돌할 때의 소리는 믿음에 의해 정신적인 성장을 막는 장해물이다. 동방박사의 물리적인 여행이 자신의 정신적인 여행임을 반영하듯이 그렇게 삶은 순수하고 신비스러운 정신적인 성취에 희망을 둔다. 아마도 엘리엇은 아기 그리스도의 탄생이 만들어 냈던 신비를 자신도 이룰 수 있기를 바랐던 듯싶다. 이런 체험은 신비이고 상호 인물을 동일시하는 종교적인 기쁨을 동시에 수반한다.

아이러니하게 동방박사는 세상을 위하여 태어나 십자가를 지기까지 살아온 그리스도의 위대한 인간 드라마에서 관객이고 엑스트라 역할을 하였다. 엘리엇은 동방박사의 이러한 역할을 행복하게 그리고 있지는 않다. 그것은 그리스도의 신체적인 탄생이 주는 기쁨에 비추어 볼 때 기대할 만큼 행복하지 못하다는 의도이다. 이유는 동방박사에게 아기 그리스도가 살아가면서 겪을 고통받는 모습이 결코 상상이 되지 않기 때문이다. 그가 태어난 것은 육체적인 측면에서 보다 정신적인 조건을 만족시키는 즐거운 사건이었기에 그들의 고통은 더욱 슬픈 것이다. 엘리엇은 이러한 탄생의 즐거움과 죽음의 고통을 동방박사들로부터 자신의 것으로 받아들이고 있다. 엘리엇은 세상에 드러낸 그리스도의 성육신에다 동방박사의 의미를 연결시킨다. "낡은 섭리"(an old white horse)에 붙들린 사람들의 어리석음은 "새로운 시대"(a new bag)에 "새로운 섭리"(new wine)를 깨닫지 못한다. 자신의 정신적인 변화를 스스로 거부한다. "여섯 개의 손"(six hands)은 아마도 그리스도의 십자가 앞의 군인들을 상징한다. 이들은 여전히 "은전을 위해 주사위를 던지고 발은 빈 섭리의 껍질을 차고 있다"(dicing for pieces of silver/ Feet kicking the empty wine-skins).

동방박사가 탄생지를 찾는 여정은 그냥 만족스러울 사건일 뿐이다. 엘리엇은 동방박사를 통해서 아기의 성육신이 진실로 의미하는 것을 찾고 있다. 그는 "거기에는 탄생이 확실하였다/ 우리는 증거가 있었고 의심하지 않았다. 나는 탄생과 죽음을 목격했다"(There was a Birth certainly,/ We had evidence and no doubt. I had seen birth and death)고 말한다. 탄생의 순간 죽음의 교차는 동방박사가 행한 아이러니한 역할을 넘고 있다. 엘리엇은 삶의 진실이란 신체적인 탄생과 이의 죽음을 넘어선 영원을 향한 정신의 긴 여정으로 보고 있고, 그는 육신을 넘어선 부활에 있다는 아이러니를 목격한다. 그에게 정신적인 영광은 신체적인 어려움을 뛰어넘으면서 극적으로, 그리고 신비스럽게 성취되는 그 무엇이다. 이러한 과정은 상징적으로 하나의 종교적 제의라 할 수 있다. 이 제의에서는 자신이 속한 세상에서 신체적인 죽음을 의미한다. 그의 진실은 "나는 또 다른 죽음에 대해 기뻐해야 한다"(I should be glad of another death)에 있다. 여기에서 죽음은 삶의 또 다른 은유이다.

엘리엇은 자신이 탈출하고 싶은 세상을 시에서 낡은 섭리에 있는 왕국으로 언급한다. 그는 그리스도와 동방박사가 그들의 왕국으로부터 소외된 것처럼 스스로도 전적으로 사회로부터 소외됨을 느낀다. 하늘의 왕국은 엘리엇의 마음에 있다. 마음 밖에 어떤 천국도 존재하지 않는다. 개인적인 차원에서 얻게 되는 이러한 정신세계의 경험은 사회에 연루된 고통스러운 신체를 부정하고 있어 매우 실제적이다. 엘리엇의 시가 정신적인 것과 신체적인 것 사이에서 어떤 갈등과 긴장이 부족한 이유는 황무지같이 느끼는 사회로부터 그러한 은둔을 추구하거나 거리감을 주기 때문이다.

동방박사의 여행은 신체가 속한 사회로부터 정신세계로 향하는 시의 진행과 관련이 있다. 마치 단테의 『신곡』(Divine Comedy)을 연상시키듯 지옥, 연옥, 천국을 여행하는 동방박사는 시인을 대신한 인물이다. 베들레헴으로의 여정은 아이의 세계, 곧 천국을 향한 시인 자신의 순례인 셈이다. 동방박사는 시인 자신의 은유이며 동방박사의 여행 과정에서 겪게 되는 모든 어려움과 고통은 어른이 되어가던 시인 자신의 어려움과 고통을 가리키는 문맥으로 전환된다. 이처럼 예수가 태어난 역사적인 시대와 비슷한 사회 상황은 과거의 신화가 아니라 현대에도 계속되는 신화를 반복적으로 만들어 내고 있다. 신화의 이야기나 내용이 다를 뿐이다. 이런 의미에서 아기 예수는 동방박사들이 보기에 역사적으로 만족스러운 사건이지만 예수가 성장하며 겪은 고통은 동방박사나 엘리엇 자신에 똑같은 고통으로 다가온다.

시에서 동방박사처럼 엘리엇의 고통은 아기 예수를 통한 구원을 위한 여정이고 조건으로 비친다. 이때 어른으로서의 시인 자신의 공허한 내면은 우리가 사는 세계인 황무지로부터, 사회로부터 아이의 감성을 잃고

격리되어 있다. 이러한 순수한 예수의 아동성은 예이츠와는 달리 시인 자신이 나이가 들어서도 현실 체험을 통해 삶에서 승화해야 할 가치이다. 아기 예수 탄생과 그리스도의 죽음은 역사적인 사건으로 시인 자신의 심리적인 여행으로 대치되어 있지만, 이러한 여행은 아이를 통해 구원을 위한 현실 삶 자체를 의미한다. 시는 곧 글짓으로 이러한 아이와 어른 간의 통일된 감성을 나타내고 감정의 질과 종류 그리고 통일화 패턴의 정교함이라 할 수 있다.

IV

엘리엇의 에세이 「종교와 문학」("Religion and Literature," 1935)은 종교와 문학의 관계에 있어서 예이츠의 문학세계와 종교의 입장에 대한 비판의 정도를 진단해준다. 엘리엇은 "문학비평은 명백하게 윤리적이고 신학적인 관점을 가진 비평에 의해 완성되어야 한다"(388)고 말한다. 이처럼 문학 평가에 대한 기준을 종교적인 관점에 의해 비로소 한 작품이 좋거나 나쁘다고 판단할 수 있고, 종교에 관한 성실성의 정도에 따라 작가를 주요작가와 소수 작가로 분류할 수 있다는 신념을 가진 엘리엇이다. 특히 엘리엇은 과거와는 달리 기독교와 같은 일반적인 문화나 합의가 없는 시대에 사는 작가들에 대한 평가는 엄격해야 한다고 생각했다. 그래서 엘리엇이 작가들의 문학적인 상상력을 크게 신뢰하지 않은 것은 분명하다.

상상력에 크게 의존하는 시는 시 자체의 형식뿐만 아니라 작가의 주관적인 가치에 의존하는 경우 위대한 작품으로 평가할 수 없다는 것이 엘리엇의 시각이다. 이처럼 엘리엇의 문학의 배경에는 서구 전통문화와 기독교가 중요한 위치를 점하고 있기는 하다. 특히, 고대신화나 종교적인 상징에 의존할 경우 기독교적 전통을 매우 중요시하였다. 그래서 일상의 삶을 그리는 상황에서도 전통적인 사건이나 상징, 그리고 이미지까지 일련의 암시적인 의미를 가지고 배열시킨다.

아이와 어른 간의 모습과 삶의 형태 역시 마찬가지이다. 이 형태들은 단편적으로 구성되어 있지만, 이를 이어가는 글짓 자체는 잃어버린 아이의 순수함과 단순함에 비추어 어른의 사악함과 타락함에 있다. 엘리엇에게는 아이의 세계가 곧 어른의 세계이어야 하며, 아이는 세상으로 인해 고통을 받아 타락할 수밖에 없는 비극적 존재이다. 하지만 아기 예수는 달랐다. 아기 예수는 이성적이고 윤리적이며 사회에 대한 책임을 완성한 어른이다. 이 점이 비이성적이고 비윤리적이며 사회에 무책임해 보이는 예이츠의 시 세계와는 다르며, 시가 시이기를 바라는 예이츠에게는 비판과 테러로 작용하고 있었다.

아이와 어른 간의 긴장은 거기에 있었다. 엘리엇은 어른이지만 아기 예수로 살았던 그리스도의 참된 신앙에서 궁극적인 행복을 찾았고 종교적인 차원에서 일상의 삶을 추구하는 확실한 방법을 찾았던 반면에, 예이츠는 어른으로서 새로운 차원의 완성된 삶을 아기 예수를 동일시하며 몰입해 그 순수한 체험을 소유하고자 하였다. 이들의 비전은 동방박사에 대한 다른 시각에서 제시되었다. 엘리엇은 동방박사처럼 아기 예수를 만나며 예수 같은 새로운 삶을 추구하였고, 예이츠는 예수의 삶을 비전으로써 새로운 예술가적 삶을 탐색하였다. 두 시인이 꿈꾸는 세계는 다르게 제시되지만 상호 보완적인 것은 아니었다. 전자가 이 세상에 기독교의 왕국을 꿈꾸었다면 후자는 계시적인 왕국이었다. 이러한 서로 다른 꿈은 시의 형식과 스타일을 지배하고 있었다. 전통적인 영국 시의 정형성과 또 다른 전통인 미국 시의 산문성이었다. 이 점에서 예이츠는 엘리엇의 편견을 넘어섰다. 그래서 우리는 이 두 시인을 시대에 따라 평가할 것이 아니라 편견을 넘어 아이의 아동성을 다양하게 접근하는 측면에서 양자의 가치를 고려해야 한다. 아이의 순수한 아동성은 타고난 영원한 것인가, 혹은 고난을 통해서도 추구되어야 할 궁극적인 가치인가 하는 물음이다.

　결과적으로 아이의 아동성에 관한 주제 면에서 시 동방박사는 두 시인의 아이에 대한 시각을 각각 다르게 수용하고 표출하고 있다. 살펴본 대로 두 시인 모두 동방박사와 예수 탄생이라는 종교적 사건을 토대로 하고 있다. 하지만 이러한 종교적 사건은 시 속에서 시인에 따라 다양한 스타일을 자극한다. 즉, 주제와 스타일의 차이이다. 다만 시의 종교성에 관한 한 예이츠나 엘리엇은 아이를 보는 시각이 다르다. 시 자체의 다른 경험은 어른이 아이를 보는 접근이고, 시는 다른 구원이고 비전이고 세상에 대한 대응이다. 때로 시는 비현실적인 체험이나 세계를 다양하게 해석할 가능성을 제공한다. 이렇게 시는 제도 종교보다 종교적 상징에 대한 재생을 생생하게 가능하게 하고 영원한 삶을 향한 종교적인 제의 기능까지 수행한다. 이때 비로소 두 시인의 동방박사는 한편으로 동방박사의 신비스러운 체험을 소중히 하고, 다른 한편으로는 동방박사의 여정 자체에 의미를 둔다고 하겠다.

제2장

「시므온을 위한 찬가」, 노년의 슬픔[1)]

I

엘리엇이 「시므온을 위한 찬가」("A Song for Simeon")를 단독으로 출간한 때가 1928년 9월 24일이다. 이 시는 『에어리얼 시집』(*Ariel Poems*)에 실린 두 번째 시로, 1927년 8월 25일에 단독으로 출간하였던 「동방박사의 여정」("Journey of the Magi") 다음에 실려 있다. 『엘리엇 시 및 희곡 1909-1950』에 실려 있는 시의 순서를 내용으로 살펴보면, 위 두 시는 아기와 유아 때를 다루고 있다. 이 두 편의 종교시를 1930년의 『재의 수요일』 뒤에 배치한 저의는 이 두 편의 시에 등장하는 성서의 인물들인 동방박사와 시므온을 통해 아동성에 대한 자신의 시각과 신앙적 힘을 객관화

---

1) 이 글은 논문 「시므온을 위한 찬가에 나타난 기다림」(『T. S. 엘리엇 연구』, 23.2 (2013))을 수정·보완하였음.

시킨 노력으로 비치고 있다.

> 나는 다시 돌아가길 바라지 않기 때문에
> ·
> 나는 내가 알지 못한다는 것을 알기 때문에
> 그런 불가피한 덧없는 힘을－
>
> Because I do not hope to turn again
> ·
> Because I know I shall not know
> The one inevitable transitory power － (*CPP* 60)

「동방박사의 여정」과 「시므온을 위한 찬가」가 종교시에 가깝다는 지적은 시의 내용이 성서를 인유하고 있고, 『재의 수요일』 시를 이 두 시 앞에 의식적으로 배치하였다는 점에 있다. 이 두 편의 시는 시 속의 인물들, 즉 동방박사와 시므온을 성서로부터 직접 인유하고 있다. 이러한 시적 인유 방식은 대체적으로 엘리엇이 '객관적 상관물'(objective correlatives)과 '감수성 분리'(dissociation of sensibility)라는 시 이론을 토대로 시를 쓰고 있다는 사실을 잘 말해주고 있다. 그럼에도 이 두 시는 엘리엇 자신의 종교적, 정신적 여정을 다루고 있다는 논란을 피할 수가 없다(Barbour 189-90). 아기 예수를 찾아가던 '늙은 동방박사'와 아기 예수의 탄생을 기다리던 '늙은 시므온'에 관한 시의 내용이 영국 국교로 개종 이후 종교적 구원을 찾던 엘리엇 자신의 이미지를 비추고 있어서이다. 이러한 전기적 입장은 "시는 시로 고려하여야 한다"는 엘리엇의 입장(*SW* viii)과 정면으로 배치되고 있다. 달리 보면 『재의 수요일』에서 신앙 고백 이후, 엘리엇에게 동방박사와 시므온의 모습은 자신의 신앙 목표인 셈이다.

그래서 이러한 종교시가 엘리엇의 객관 시학과 어울리지 않는다는 것이다. 하지만 오히려 주관적인 감성을 배제하지 않은 채 오로지 시 자체에서 시 주제를 객관적으로 보여주려는 특별한 시 기법이 자연 주목된다. 시를 시로 보고 시의 형식과 구조를 면밀하게 탐구하던 '신비평'(New Criticism)의 시 기법은 엘리엇의 종교시에서도 잘 드러나 있는 것이 사실이다. 특히 이 종교시가 엘리엇의 전기적 흐름과 관련이 깊으면서도 그의 객관 시학이 잘 드러나고 있다는 주장이 제기되고 있기 때문이다. 크리스토퍼 릭스(Christopher Ricks)는 종교시를 볼 때 엘리엇의 삶과 시 주제 모든 면에서 공간과 시간 간의 '사이'(between) 의식이 작용하고 있다고 지적하고 있다(208). 다시 말해, 엘리엇의 삶을 시에 배치하는 문제, 즉 공간 간격이라 할 이 '사이'는 시간의 '사이'와 어떤 관련이 있는가 하는 문제이다. 이 '사이'는 결국 이 두 시의 주제에 나타나 있듯이, 두 세계인 늙고 죽어가는 생명과 태어나는 생명의 간극, 즉 죽음과 탄생의 '사이'를 말하기도 한다. 그러므로 이러한 '사이' 전략은 다른 공간과 시간의 간극을 두고 캐릭터를 묘사하는 시의 형식에서 비롯되고 있다. 물론 이 두 시는 엘리엇의 종교적 관점과 그에 따른 편견을 무시하기 어렵지만, 형식을 보면 과거와 현재 인물과 사건을 인유하는 시 기법이 주목된다. 이처럼 종교와 시론의 경우 엘리엇은 시를 종교적으로 쓰기보다 성서적 인물을 끌어들여 자신의 삶을 성찰해 보는 형식을 시에서 찾은 것이다.

영국 국교로의 개종과 종교적인 시 등을 보면 엘리엇이 과거의 삶으로 되돌아가기를 원하지 않는 면이 잘 드러나고 있다. 그래서 엘리엇은 정작 삶을 둘러보고 종교적 성찰을 살펴보기 위해서라도 『에어리얼 시집』의 「동방박사의 여정」과 「시므온을 위한 찬가」는 모두 생명의 유아 시기라 할 아기 예수를 다루고 있다. 이러한 성찰은 더 나아가 「작은 요정」("Animula")에서의 청소년 시기에서부터 「머리나」("Marina")는 청년 시기를, 「개선 행진」("Triumphal March")과 「크리스마스트리 재배」("The Cultivation of Christmas Trees")는 성년 시기로까지 이어지고 있다. 시 속의 인물들 모두 엘리엇의 자서전적인 성격이 강하지만, 엘리엇은 오히려 아기 '예수'나 청소년 이미지의 '작은 요정', 청년 이미지의 '머리나'나 노년 이미지의 '동방박사'나 '시므온' 등 성서의 인물이나 셰익스피어의 작품 『페리클레스』(Pericles)의 극 중 인물들을 드라마틱하게 다루고 있다. 대표적으로 「개선 행진」은 군인이며 정치가였던 로마인 코리올라누스(Coriolanus)의 비극적 삶을 다루고 있다. 따라서 「개선 행진」은 군인으로서의 삶과 정치가로서의 삶을 통해 한 위대한 인간의 삶의 궤적을 객관적으로 다루어 본 시이고, 「크리스마스트리 재배」는 말년에 쓴 시여서인지 전반적인 삶을 초연하게 성찰하는 한 노인의 삶을 기술하고 있다고 하겠다.

이처럼 『에어리얼 시집』은 유아, 아동, 청소년, 중년, 말년, 그리고 죽음에까지 이어지는 삶의 전 궤적을 담고 있는 인물들의 비극적 삶을 다루고 있기 때문에 모두 주제나 인물을 다루는 측면에서 엘리엇의 객관적 상관물 시 기법에 의존하고 있다. 본 장은 우선 '죽음'이 가까운 '늙은 시므온'이 '아기 예수'의 '탄생'을 "기다리던"(waiting) 성서적 의미를 살펴보고, 이어 엘리엇이 이러한 성서의 시므온을 인유하면서도 그가 찾던 '기다림'의 메시지를 변용해 우리에게 전달하고 싶은 아이의 탄생과 노년의 죽음과의 관련성을 살펴보고자 한다.

「시므온을 위한 찬가」에 나오는 시므온은 누가복음서에 나오는 성서적 인물로, 시에서 첫 연 4행과 7행에 기다림의 이미지로 그려져 있다.

> 제 생명은 약해요, 죽음의 바람을 기다리며,
> 제 손등 위의 깃털처럼.
> 햇빛에 있는 먼지와 구석구석 있는 기억은
> 죽은 땅으로 차갑게 부는 바람을 기다리네요.

> My life is light, waiting for the death wind,
> Like a feather on the back of my hand.
> Dust in sunlight and memory in corners
> Wait for the wind that chills towards the dead land. (*CPP* 69)

시에서 죽음을 기다리는 시므온의 이러한 이미지는 누가복음 "시므온의 찬가"(A Song of Simeon (누가복음 2: 25-35))와 다소 다르게 기록되어 있다.

> 예루살렘에 시므온이라는 사람이 있으니 이 사람은 의롭고 경건하여 이스라엘의 위로를 기다리는 자라 성령이 그 위에 계시더라. 그가 주의 그리스도를 보기 전에는 죽지 아니하리라 하는 성령의 지시를 받았던지라. (누가복음 2: 25-26)

> Now there was a man in Jerusalem called Simeon, who was righteous and devout. He was waiting for the consolation of

Israel, and the Holy Spirit was upon him. It has been revealed to
him by the Holy Spirit that he would not die before he had seen
the Lord's Christ. (*Luke* 2: 25-26)

위 인용은 하용조 목사의 영한본을 따르고 있기는 하지만, 대체적으
로 내용은 그리스어로 되어 있는 성서를 번역한 것으로 알려진 권위 있는
'킹 제임스 버전'(King James Version)에 의존하고 있다.

And behold, there was a man in Jerusalem whose name was
Simeon, and this man was just and devout, waiting for the
Consolation of Israel, and the Holy Spirit was upon him. And it
had been revealed to him by the Holy Spirit that he would not
see death before he had seen the Lord's Christ. (*New King James
Version*, Luke 2: 25-26)

하지만 다른 버전에서는 'would' 대신 'should'로 번역되어 있기도
하다.

Now there was a man in Jerusalem, whose name was Simeon,
and this man was righteous and devout, looking for the
consolation of Israel, and the holy Spirit was upon him. It had
been reveled to him by the holy Spirit that he should not see
death before he had seen the Lord's Christ. (*The Holy Bible*, Luke 2:
25-26)

물론 'would'의 경우 시므온의 주관과 의지가 크게 작용하는 표현이고, 'should'의 경우 그가 마땅히 성령의 계시대로 행해야 하는 당위성을 지시하는 표현이다. 개인의 의지력과 당위성에는 큰 차이가 있고, 그 차이에 따라 '주 그리스도'와 '주 메시아'로 다르게 표현되어 있기도 하다. 다만 성서에서 시므온이 기다리는 대상은 이스라엘의 위안이 될 '메시아'이므로 당연히 이스라엘을 구원할 그를 기다려야 하지만, 정작 죽음을 앞둔 그에게 그때까지 살고자 하는 의지가 더 크게 느껴지는 점에서 엘리엇의 시는 '킹 제임스 버전'에 더 충실하다고 하겠다.

엘리엇 시에서 시므온은 죽음을 기다리는 사람으로, 성서에서 시므온은 위로를 기다리는 사람으로 그려지고 있다. 이 차이에서 성서의 시므온이 'should'로 표현되는 인물에 가까워 보이기도 하지만, 엘리엇의 시므온의 경우 시는 죽음을 기다리는 측면에서 주관과 의지의 의미가 강한 'would'로 이해되고 있다. 그래서 엘리엇의 시 「동방박사의 여정」이나 「시므온을 위한 찬가」 모두 이 점에 대해 궁극적으로 의문을 제기하고 있다. "예수 탄생 직후 주 그리스도를 인지하도록 영감을 갖게 된 사람들에게 그 진실이 어떻게 온전하게 계시되었겠는가?"(how fully was the Truth revealed to those who were inspired to recognise Our Lord so soon after the Nativity?) 하는 의문이다(*Letters*, "From Geoffrey Faber" 641).

시에서이든 성서에서든 시므온이 죽음을 앞둔 때는 동일하지만, 이처럼 시에서 기다림의 이미지는 다르게 묘사되고 있다. 시의 시므온은 절망과 회한이 가득 찬 인간의 모습을 연상시키고 있지만, 성서의 시므온은 나중에 기록된 것이기에 희망과 믿음 속에서 무엇인가를 기다리며 죽음을 앞둔 노인의 모습을 연상시키고 있다. 결국 후자는 평생 의롭고 경건한 삶을 살던 늙은 시므온이 예루살렘의 구원을 기다리고 있고, 성령이 그에게 임해 죽기 전에 주의 그리스도를 보리라 알려준 내용을 담고 있다. 당연히 이 시므온은 주 그리스도를 보아야 하는 당위성이 주어져 있다. 하지만 시에서 늙은 시므온은 지치고 힘든 삶의 끝에 차가운 죽음의 바람을 기다리고 있고, 이때 비치는 햇빛 속의 먼지와 지울 수 없는 기억은 마지막 생명의 여운을 남기고 있다.

이처럼 시와 성서에서의 시므온은 출발에서 매우 다른 모습을 보이며, 각기 다른 스토리의 배경과 사건을 암시하고 있다. 성서에서 말하는 시므온에 관한 이야기는 "시므온의 찬가"로 소개되고 있다. 영국 교회 기도서 중 송영성구의 하나(Nunc Dimittis: 고별 혹은 별세), 혹은 저녁 기도(vesper)로 인용되는 "시므온의 찬가"(누가복음 2: 29-32)는 죽음에 이르던 시므온이 아기 예수를 만나 그 감동으로 하나님을 찬양하는 노래이다. 아기 예수의 부모인 요셉과 마리아가 모세의 율법대로 첫아들에 대해 정결 의식을 치르러 예루살렘 성전에 들렸을 때, 시므온이 성령의 인도를 받으며 성전에 들어갔다가 이들을 만나게 된다. 시므온은 그 아기를 두 팔에 받아 안고 신을 찬양한다.

> "주여, 이제는 말씀하신 대로 종을 평안히 놓아주시는 도다.
> 내 눈이 주의 구원을 보았사오니
> 이는 만민 앞에 예비하신 것이요,
> 이방을 비추는 빛이요 주의 백성 이스라엘의 영광이니라." (누가복음 2: 29-32)

> "Lord, as you have promised, you now dismiss your servant in peace.
> For my eyes have seen your salvation,

which you have prepared in the sight of all people,

a light for revelation to the Gentiles and for glory to your people

Israel." (*Luke* 2: 29-32)

'Nunc Dimittis'로써 운문 형식에다 예배 의식 기도에 가까운(Sharpe 193), 이 시므온의 찬양에 예수의 부모가 놀라자, 시므온은 이들을 축복해 주며 어머니 마리아에게 이 아기가 수많은 이스라엘 사람들을 패하게도 흥하게도 하고, 비방의 표적이 되어 당신의 마음을 예리하게 칼에 찔리듯 아프게 할 것이라고 말한다. 하지만 시므온은 이들의 아픔이 오히려 이 아기를 반대하던 사람들의 숨은 생각을 만천하에 폭로하게 할 것이라고 예언한다.

아기 예수 탄생을 받아들이기 힘들었던 인물은 당시 헤롯대왕으로, 시므온은 역사적으로 이 헤롯대왕의 치세에 살았던 인물이다. 마태복음에 따르면, 예수가 탄생할 당시 헤롯왕은 두 살까지의 아이들을 모두 죽이라고 명령하였다(마태복음 2: 16). 이 명령으로 그의 통치 지역이었던 팔레스타인 지역은 슬픔과 비탄으로 가득 찼고, 베들레헴에도 희망은 사라지고 절망과 고통이 이 지역을 암울하게 지배하고 있었다고 성서는 기록하고 있다. 평생 경건하게 의로운 삶을 살았다는 시므온은 로마 식민지로 나라가 어지럽고, 백성은 고통받고, 신앙은 도탄에 빠지고, 슬픔과 비탄에 빠진 사람들을 보며 메시아를 기다리는 사람 중의 하나였다. 그럼에도 희망과 믿음을 지키며 살다, 성령의 도움으로 아기 예수를 예루살렘 성전에서 만난 시므온은 곧 평화를 얻게 된다. 이처럼 죽기 전에 자신의 소망을 이룬 시므온은 마침내 평안히 삶을 마감할 수 있게 된다.

성서에서의 시므온의 삶은 죽음을 앞둔 노년기로 이제 갓 태어난 예수의 유아기와 중첩된다. 시므온의 이러한 삶은 곧 죽음과 탄생을 겹치게 하는 시점에서 그의 죽음은 새로운 삶을 만들어내는 종교적 메시지를 주고 있다. 시므온은 예수의 죽음을 목격한 사람은 아니었지만, 구원이라는 메시지를 그의 탄생 시기에 받아들이고 그의 삶과 죽음의 의미를 예언한 사람이다. 이처럼 시므온에 대한 성서 이야기는 희망과 구원을 받은 한 노인의 삶을 읽게 해주는 동시에, 아기와 노인 사이의 삶 과정이 종교적으로, 혹은 신앙적으로 얼마나 힘들고 어려운 삶이 될 것이라는 것을 말해주고 있다. 그러면서도 그 믿음과 희망의 끈을 놓지 않고 경건하고 의롭게 산다면, 마침내 사람은 구원을 통해 평화를 얻게 되리라는 메시지도 주고 있다.

엘리엇 시는 이러한 시므온을 위해 노래한 형식을 담고 있다. 성서에서 예수와 예수의 부모를 위한 "시므온의 찬가"는 엘리엇 시에서 "시므온을 위한 찬가"로 바뀌어 있다. 이런 변형은 성서에서의 시므온을 엘리엇 나름의 구성을 통해 새로운 인물로 만든다. 시에서의 시므온은 성서에서의 시므온이 아니라 엘리엇의 시므온이다. 엘리엇의 시 구도 속에서 만들어진 시므온은 시므온을 논하고 있기에 엘리엇 시는 메타시학의 형식으로써 성서의 시므온을 재평가하는 입장을 보인다. 당연히 시의 시므온은 '객관적 상관물'로서 시인인 엘리엇의 페르소나이며, 그의 영혼의 여정을 가리킨다. 이러한 객관 시학은 종교적 고백에 가까운 『재의 수요일』에서처럼 「시므온을 위한 찬가」 시에서도 시인의 "개인적인 목소리"와 "탈개성을 지향하는 시학적, 미학적 세계"를 동시에 융합적으로 구현하고 있다고 하겠다(이문재 113). 그래서 엘리엇 시를 통해 나타난 성서의 시므온을 읽어야 하겠지만, 엘리엇이 본 성서의 시므온을 통해 시 속의 시므온과 엘리엇의 영혼을 읽는 방식이 더 적절하다고 하겠다.

성서의 이야기대로 엘리엇 시를 읽는다면 매우 단순할 수도 있다. 하지만 엘리엇은 그리 단순한 인물이 아니다. 이 찬가 형식의 시는 성서를 인유하고 있어 표면적으로는 종교적일 수밖에 없다. 하지만 심층적으로는 엘리엇 자신의 삶의 고뇌와 종교적 개종으로 인한 자기 성찰이 강력해, 달리 보면, 전기적으로 시므온처럼 엘리엇 나름의 구원의 여정으로 느껴지게 한다. 우선, 성서의 시므온은 엘리엇 자신의 삶의 과정을 되돌아보게 하고, 종교적 성찰을 살펴보게 한 영감을 준 인물임은 분명해 보인다. 이렇게 시므온을 통해 한 인간의 삶의 궤적을 죽음과 함께 되돌아봄으로써, 엘리엇은 자신의 삶의 형상과 죽음을 대비하여 시므온을 논하고 있다. 다시 말해, 유아에서 청소년, 다시 청년에서 노년에 이르는 삶, 그 과정은 마치 시 첫 연 첫 행에서 나오는 "로마 히아신드"(Roman hyacinths) 꽃처럼 비탄의 의미를 지닌다. 성서에서는 시므온이 로마 식민지 이스라엘의 현실을 말하고 있지만, 엘리엇은 이를 '히아신드'로 비유해 "우묵한 곳에서 피어난"(blooming in bowls) 슬픈 꽃의 이미지를 가리키고자 한다. 시는 아폴로가 사랑한 미소년 히아킨토스(Hyacinthos)가 죽을 때, 그의 몸에서 난 피가 히아신드가 되었다는 그리스 신화 이야기를 연상시키고 있다.

주여, 로마 히아신드가 우묵한 곳에서 피고 있고
겨울 태양이 눈 덮인 언덕으로 스며들고 있습니다;
완강한 계절이 버티고는 있습니다.

Lord, the Roman hyacinths are blooming in bowls and
The winter sun creeps by the snow hills;
The stubborn season has made stand. (*CPP* 69)

눈이 잘 녹지 않지만 소생하는 봄과 겨울의 완고함이 겹치는 상황처럼, 어린 히아킨토스의 열정과 젊음, 동시에 죽음의 그림자가 겹치고 있다. 예언의 신 아폴로가 사랑하지만, 그로 인해 일찍 죽음을 맞는 히아킨토스 모습은 그러한 상징 때문에 고통으로 가득 찬 세상에서 슬프게도 일찍 세상을 떠난 '주 그리스도'(the Lord's Christ) 이미지와 중첩된다. 마치 "겨울 태양이 눈 덮인 언덕으로 스며들 듯이", 마치 사람이 살아가야 할 과정이 완강한 계절로 비유되듯이, "그러한 세상 속에서라면"(The stubborn season has made stand), 어린 시절은 순수하고 순결한 때이면서도 동시에 늘 성장 과정에서 죽음의 위협을 받는다. "삶은 가벼워"(life is light), 결국 생명은 "죽음을 기다릴 수밖에 없다"(waiting for the death wind)고 한다. 이처럼 시므온의 가벼운 삶은 단테(Dante)가 버질(Virgil)과 함께 '연옥 언덕'(Mount Purgatory)으로 오르며 거쳐야 했던, 죽음처럼 힘든 고행으로 비유되기도 한다(Cavallaro 350). 따라서 시에서 말하는, 즉 '기다린다'는 죽음은 밝고 선명하게 비치는 "햇빛 속의 먼지처럼"(Dust in sunlight) 세상 먼지를 털고, "구석구석의 기억"(memory in corners)에 종언을 고하는 일로써, 사람이 유아, 아동, 청년, 중년, 노년까지 무엇으로 어떻게 살아가야 하느냐는 신앙적 사색을 암시한다.

이처럼 첫 연의 시작은 『황무지』(The Waste Land) 이미지를 반향하고 있다.

4월은 가장 잔인한 달이다.
죽음의 땅에서 라일락을 꽃 피우고,
기억과 욕망을 섞으며,
봄비로 무딘 뿌리에 활기를 주면서.

April is the cruellest month, breeding
Lilacs out of the dead land, mixing
Memory and desire, stirring
Dull roots with spring rain. (*CPP* 37)

『황무지』 시에서의 기억과 욕망의 주기는 계절의 주기와 일치하면서
도 생명과 죽음이라는 주기와도 상응하고 있다. 죽음이 있는 곳에 생명이
있고, 생명이 있는 곳에 죽음의 그림자가 늘 함께하고 있다. 생명에 대한
삶과 죽음에 대한 이러한 반복 패턴은 『네 사중주』(*Four Quartets*)의 첫 시
「번트 노턴」("Burnt Norton") 시작에서도 반복되고 있다. 시간의 시작은 늘
"현재이면서 동시에 과거이고, 미래에서도 현재로 재현되는"(Time present
and time past/ Are both perhaps present in time future") 패턴으로 연결된다(*CPP*
117). 이로 보아 엘리엇은 삶의 과정은 죽음이며, 다시 죽음은 생명을 부
활시키는 종교철학적 패턴을 따르고자 한다. 이 "패턴의 세부 내용은 움
직임이다"(The detail of the pattern is movement)라고 엘리엇은 정리한다(*CPP*
122). 이어 「이스트 코커」("East Coker") 시는 생명에서의 삶과 죽음의 패턴
을, "나의 시작에 나의 끝이 있고"(In my beginning is my end), "나의 끝에
나의 시작이 있다"(In my end is my beginning)라는 종교철학적 명상으로 귀
결되고 있다(*CPP* 123, 129). 삶과 죽음, 그리고 부활이라는 종교철학적 패턴
이 한 인간의 명상으로 전환되는 과정, 곧 이 과정은 삶 자체이며 시므온
은 이러한 삶이 어떻게 기록되어야 하는가를 성서에서 말하고 있다.

그래서 두 번째 연의 화자는 시므온이고 시제는 현재분사를 사용하
고 있다. 삶이 어떻게 기록되고 기억이 재생되어야 하는가 하는 시의 내
용은 시므온의 삶의 기록이다. 그리고 엘리엇은 그 기억을 시므온의 고백
으로부터 부활시키고 있다. 시에서 시므온은 이처럼 죽음이 구원이라는

엘리엇의 페르소나로서 '객관적 상관물'로 작용한다. 두 번째 연에서 그 죽음은 평화로써, 시므온이 삶의 끝에 갖게 된 평화이다.

　당신의 평화를 주소서.
저는 이 도시에서 많은 세월 살아가며,
신앙을 지키며 고행하였고, 가난한 자들을 돌보았으며,
명예와 편안함을 주고받았습니다.
내 문지방에서 거절당해 나간 사람은 없습니다.

　Grant us thy peace.
I have walked many years in this city,
Kept faith and fast, provided for the poor,
Have given and taken honour and ease.
There went never any rejected from the my door. (*CPP* 69)

역설적이게도 엘리엇은 이처럼 시므온의 죽음과 평화를 동일시하고 있기 때문에 시므온의 죽음에 초점을 맞춘다. 그 죽음에 이르는 삶의 과정은 「번트 노턴」에서 성자의 이미지로 정리되고 있다.

　실제의 욕망으로부터 내적 자유,
행위와 고통으로부터 해방,
내적이고 외적인 충동으로부터 해방, 하지만
고요하면서도 움직이는 하얀 빛, 감각의 은총에 둘러싸여,

The inner freedom from the practical desire,

The release from action and suffering, release from the inner

And the outer compulsion, yet surrounded

By a grace of sense, a white light still and moving, (*CPP* 119)

이처럼 성서에서의 경건하고 의로운 시므온은 엘리엇의 삶을 상관시키는 객관적 대상으로 변용되어 있다. 달리 말해, 성서의 시므온은 이스라엘 백성의 구원을 기다리고 있지만, 엘리엇은 시므온이 살던 식민지 이스라엘의 고통스럽고 황무지 같은 현실로부터 자신이 사는 시대와 현실이 주는 죽음의 의미를 예리하게 들여다보려고 한다. 그래서 공간적으로 보아 이스라엘과 자신에게 평화를 달라는 시므온이지만, 정작 시에서는 시므온의 삶의 모습과 그 과정이 엘리엇이 살아온 삶으로 대비되어 구체화되고 있다. 달리 시간적으로 보아 엘리엇에게 삶의 끝은 죽음이고 평화라고 한다면, 불행하게도 현재는 늘 현실의 가혹함이 넘쳐 삶에 위협적이고, 사람은 이로부터 자유롭지 못한 삶으로 채워진다.

사람은

매우 가혹한 현실을 견딜 수가 없다.

과거 시간과 미래 시간

그랬을 수 있는 것과 그래 온 것은

하나의 끝에 맞추어 있고, 그것은 늘 현재이다.

human kind

Cannot bear very much reality.

Time past and time future

What might have been and what has been

Point to one end, which is always present. ("Burnt Norton," *CPP* 118)

이 「번트 노턴」에서의 이러한 깨달음은 일찍이 시므온의 삶으로 설명되고 있을 정도이다. 이처럼 시공간 사이의 간극은 엘리엇의 모습을 보이는 시므온이 나타나는 곳과 그가 움직이는 시간에 따라 진행된다. 달리 말해, 이러한 간극은 드라마에서처럼 시인의 정서를 대변할 수 있는 캐릭터의 행위를 구체화하는 "일련의 대상이나 상황 또는 사건들"에서 전개된다(이철희 113). 곧 엘리엇의 자화상은 런던에 나타난 시므온의 행위에서 구체화된다.

첫 연에서 현재 시제를 쓰던 유대인인 시므온이 두 번째 연에서 현재완료 시제를 쓰며 자신의 삶을 되돌아보고, 이를 신께 고백하고 있다. 두 번째 연의 경우 일인칭 '나'(I)는 시므온이지만, 이 시므온은 런던에서 많은 세월 배회하였고, "신앙을 지켰으며", "고행"을 마다하지 않았고, "가난한 자에게 베풀었으며", "나"를 "거절한 사람이 결코 없게" "명예와 편안함을 주고받았다"는 지나간 삶의 엘리엇 자화상을 가리켜 보인다. 아니면 성서의 시므온이 적어도 경건하고 의롭게 살았다면, 그 시므온이 그렇게 살고 싶은, 혹은 그렇게 살아야 하는 엘리엇의 이상형으로 런던에 나타난 것이다. 이미 삶의 여러 사건을 통해 시므온은 엘리엇의 자화상을 가리키고 있고, 엘리엇의 삶을 논하는 위치로 시에 등장한다. 이러한 시므온을 통해 엘리엇은 자신에게 비치는 시므온의 삶을 논하며, 개종 이전의 "텅 빈 사람"(a hollow man)의 이미지로 살아온 자신을 탄식하고자 한다.

내 자손이 살아야 할 내 집을 누가 기억하겠나이까
슬픔의 시간이 닥칠 때?

그들은 염소의 길과 여우의 집으로 갈 것입니다,
낯선 사람들과 익숙하지 못한 폭력을 피해서요.

Who shall remember my house, where shall live my children's
children
When the time of sorrow is come?
They will take to the goat's path, and the fox's home,
Fleeing from the foreign faces and the foreign swords. (*CPP* 70)

그래서 시의 시므온은 엘리엇에게 주 메시아를 향해 종교적 '당위성'
(should 표현에 걸맞게)을 갖고 살도록 요구하는 인상을 주고 있고 동시에 그
를 비판하고 있다. 더욱이 이 시므온은 슬픔이나 죽음의 시간이 오면 아
무도 자신을 기억하지 못할까 우려하고 있다. 사람들은 시므온을 당연히
기억하겠지만, 시므온은 현실의 가혹함과 낯선 폭력을 피해 의롭게 살던
자신을 찾지 않을 것이라는 두려움도 표현하고 있다. 시에서 시므온의 걱
정과 두려움은 엘리엇의 고민이며 고통이다. 이스라엘 백성들은 아기 예
수의 탄생과 함께 죽음으로 가득 찬 이스라엘의 구원을 찬양한 시므온이
라는 의로운 사람을 기억하겠지만, 삶의 과정은 고통이며, 그 끝은 죽음이
고, 그 죽음이 평화라고 말하는 시므온을 기억하지 못할까 엘리엇은 우려
하고 있다.

살펴보았듯이, 첫 연에서 나타나던 '겨울', '눈' '완고한 계절', '죽음
의 바람', '죽음의 땅', '우묵한 곳' 등은 현 생명체의 죽음을 가리키고 있
으며, '로마 히아신드', '깃털', '먼지', '기억' 등은 죽음 앞에서의 시한부
적 생명과 삶의 덧없음을 가리키고 있다. 두 번째 연에서 '슬픔의 시간',
'염소의 길', '여우의 집', '낯선 얼굴들', '익숙하지 않은 폭력' 등은 미래

에 이기적이고 위선에 찬 사람들이 시므온의 공덕을 잊고 조국 이스라엘을 배신할 것이라는 두려움을 지시하고 있다. 시므온은 평생 경건하고 의롭게 살았지만, 세상 사람들은 이러한 시므온에게 등을 돌리며 '이방인들과 폭력'에서 도망치기 위해 헛된 "염소의 길"과 가식으로 가득 찬 "여우의 집"을 택할 것이다. 염소의 길은 황폐한 세상의 길이요, 여우의 집은 이기심과 위선에 찬 곳이다. 여기에 성서의 시므온을 넘어 세상과 사람들에 대한 엘리엇의 고민과 두려움이 잘 드러나 있다.

세 번째 연부터 시는 미래에 닥칠 고통과 죽음의 은유로부터 신의 위안과 구원을 구하는 간절한 기도로 가득 차 있다. 성서의 시므온은 "여전히 듣지도 말하지도 않았던"(still unspeaking and unspoken) 그 "아기 예수"(the Infant)가 "80세"(eighty years)이며 "더 이상 미래가 없는"(no tomorrow) 자신에게 구원의 메시아가 되어 주기를 바라고, 이방인들의 폭력으로 슬픔과 고통에 빠진 사람들에게 "이스라엘의 위로"(Israel's consolation)가 되어 주기를 간구한다(CPP 70). 이처럼 세 번째 연은 마리아가 아기 예수로 인해 받을 고통과 슬픔을 겪기 전에, 이스라엘 사람들이 겪을 미래의 고통과 슬픔을 겪기 전에, 즉 죽음이 다가오는 이 시점에서 아기 예수가 시므온 자신과 이스라엘에 위로와 구원이 되어주기를 신께 간구하고 있는 내용이다. 그래서 성서의 시므온은 아기 예수를 축복해주면서도 성인이 된 예수와 자식으로 인해 어머니 마리아의 슬픔과 고통을 예감하고 있다.

하지만 엘리엇의 시므온은 살다 보면 당연히 올 "굴레와 저주와 비탄의 때"(the time of cords and scourges and lamentation)가 오기 전에 평안을 얻고자 한다. 그것은 "산 같은 쓸쓸함"(the mountain of desolation)이 있기 전, 어머니가 자식으로 "슬픔"(maternal sorrow)을 갖기 전 "죽음"(decease)에 이르고자 한다는 뜻이기도 한다(CPP 70). 이처럼 엘리엇은 성서의 시므온을 변용하여 탄생 이후 고통과 슬픔 속에서 살아야 하는 사람의 운명을 더욱 강조하고 있다. 무엇보다 엘리엇은 사람은 죽음에 이르러서야 평안과 정신적 위로를 갖게 된다는 진리를 적극 암시하고자 한다.

시므온이 택한 길은 "주의 말씀대로"(According to thy word)이다. 하지만 '주의 말씀대로' 산 성서의 시므온보다는, 엘리엇의 시므온은 "환희에 찬 생각과 기도"(the ecstasy of thought and prayer), "순교"(the martyrdom)와 "궁극적 비전"(the ultimate vision)을 가진 "성자들의 재단"(the saints' stair)을 "더욱 빛내며"(Light upon light), "영광과 경멸로"(With glory and derision) "사람들은 당연히 그 아기를 찬양하면서"(They shall praise Thee)도 삶 자체는 "영원히 고통스러워할 것"(suffer in every generation)이라고 진단한다(CPP 70). 그 고통은 탄생 후 날카로운 "칼"(a sword)이 당연히 예수의 "심장을 찌르고"(pierce thy heart), 또한 "이스라엘 사람들을 찌를 것"(Thine also)이라고 선언하던 시므온의 고통을 넘어서고 있다. 그래서 이제 엘리엇의 시므온은 자신의 삶도 그렇지만, 자신 이후 사람들의 삶이 연상되어 나도 "지치고"(I am tired), 자신의 죽음도 그렇지만 자신 이후 사람들의 죽음에도 "진저리가 난다"(I am dying)라고 소리친다.

저는 내 삶과 내 이후 사람들의 삶에 지쳐 있습니다,
저는 내 죽음과 내 이후 사람들의 죽음에 진저리가 납니다,
당신의 종을 떠나게 하소서,
당신의 구원을 보았으니.

I am tired with my own life and the lives of those after me,
I am dying in my own death and the deaths of those after me,
Let thy servant depart,

Having seen thy salvation. (*CPP* 70)

시 마지막 구절은 '현재와 과거는 동시에 미래에 나타난다'는 「번트 노턴」의 시를 연상시키며, 사람의 삶은 늘 현재이며, 이 현재가 너무나 중요하다는 사실을 말해주고 있다. 시므온은 로마 식민지 통치 시대에 아기 예수를 통해 미래 이스라엘의 구원을 보았으니 이제 기꺼이 평화롭게 죽겠다는 태도이다. 하지만 엘리엇이 인유한 시므온은 다르다. 이 엘리엇의 시므온은 '황무지' 시대와 세상에 신앙이 없는 '텅 빈 사람들'이 지금 가득 차 살고 있고, 앞으로도 사람들은 여전히 '황무지' 시대에 '텅 빈 사람'으로 살 것으로 보이니까, 이제 지친 몸과 마음을 쉬고자 죽고 싶다고 한다. 따라서 고통과 슬픔의 삶일 수밖에 없지만, '어떤 삶을 살 것인가' 하는 선택은 출생 이후 홀로 살아갈 사람들의 몫으로 남는다. 다만 이 시므온이 주는 메시지는 '황무지' 유형이나 이전 시에서의 죽음보다 명백하게 희망에 찬 구원을 암시하고 있다는 점이 다르다고 하겠다. 그 구원이란 탄생 후 고통을 받고 죽음에 이를 때까지 현재 어떻게 사느냐에 따라 달려있다는 뜻이기도 하다.

『재의 수요일』 마지막 부문에서 고백하듯이, 엘리엇에게 살아간다는 의미는 "죽어가고 있음과 탄생 사이의 긴장의 시기"(This is the time of tension between dying and birth)에 있다(*CPP* 66). 그러므로 "위선으로 우리를 속이지 않도록 우리에게 고통을 주고"(Suffer us not to mock ourselves with falsehood), "나의 외침을 신에게 이르게 해 주소서"(let my cry come unto Thee) 대목은 현재 시제로 죽음에 이르는 시므온의 고통과 구원을 원용하고 있어 보이지만 사실 엘리엇 자신의 목소리이다(*CPP* 67). 초기 시 「프루프록의 연가」("The Love Song of J. Alfred Prufrock")에서의 프루프록처럼 이 목소리가 시인 스스로 "자각의 드라마를 제공하는 표현 형식"이라면, "그것은 바로 자아가 극적인 관점에서 [자신의 삶과 죽음을] 관찰하는" 소리라고 하겠다(배순정 69).

이처럼 성서의 시므온과는 달리, 엘리엇의 시므온의 기다림은 죽음의 바람이다. 그 바람은 손등의 깃털이 쉬이 날아갈 수 있는, 세상의 먼지와 생생한 고통스러운 기억이 종말을 고할 수 있는 죽음의 바람이다. 그 세상과 기억은 유아에서 아동, 청소년에서 청년, 그리고 중년기에 말년을 바라보며 당연히 거쳐야 할 삶의 과정, 즉 엘리엇의 인간관과 세계관에 기초하여 있다. 성서의 시므온 시대와 엘리엇의 시므온 시대의 세상은 크게 다른 세상이 아니다. 하지만 엘리엇에게 어느 세상에서든 탄생의 기쁨과 환희는 사람이 삶의 과정에서 당연하게 치러야 할 고통과 비탄과 슬픔의 대가이다. 따라서 그 대가는 노년에 이르러, 혹은 삶에 지치고 죽고 싶어 하는 사람들에게 고통이지만, 역설적이게도 죽음은 오히려 기쁨이라는 모순으로 이해되고 있다.

III

「시므온을 위한 찬가」에서 보았듯이, 엘리엇의 시므온은 탄생과 함께 삶이 불가피하게 치러야 하는 절망, 비탄, 고통 때문에 죽음을 기다리고 있다. 그 죽음의 의미가 성서의 시므온에게는 다소 다르다. 성서의 시므온이 아기 예수를 만나 희망과 구원을 보았고 죽음에서 평화를 가졌다면, 그 죽음의 끝은 평화이면서 구원 자체일 수 있다. 이처럼 성서의 시므온이 예언한 예수의 삶은 고통과 훗날의 구원에 있다. 결국 그가 기다리는 것은 '이스라엘의 위안'이며, 그의 죽음은 최종적으로 '평안'을 지시하고 있다. 하지만 엘리엇의 시므온은 성년의 예수처럼 죽음에서 종교적 구원, 즉 영혼의 구제를 찾고 싶어 한다. 그럼에도 성서의 시므온을 통해 논하고자 한, 엘리엇이 바라는 사람과 삶의 유형은 평생 종교적으로 경건하게 의로운 삶을 산 시므온이다. 이러한 시므온의 삶은 후에 종교적 유형과는 다르지만, 1933년 세 개의 버지니아 대학 강연(three lectures at the University of Virginia) 중 「개성과 악마적 홀림」("Personality and Demonic Possession")이 보여주듯이, 엘리엇이 '스스로 규정한 "도덕주의자"'(self-described "Moralist")로의 변형을 모색하던 전 단계로 이해되고 있다("T. S. Eliot's Suppressed Lectures" 1).

이로 보아 『에어리얼 시집』에서 첫 시 「동방박사의 여정」에 이어 두 번째 시 「시므온을 위한 찬가」는 종교적 성격의 시임이 분명하다. 이 두 시는 아기 예수의 탄생을 축하하러 온 동방박사들과 첫아들인 예수의 정결 의식을 치르러 예루살렘 성전에 들린 부모를 만나는 성서의 시므온을 다루고 있다. 하지만 이 두 시 모두 예수의 죽음과 노년기의 죽음을 동시에 병치시키는 객관적 상관 기법을 사용하고 있다. 그래서 청소년까지의 아동기를 다룬 세 번째 시 「작은 영혼」과 청년기를 다룬 네 번째 시 「머리나」 이전에 배치한 「시므온을 위한 찬가」는 성서의 캐릭터를 인유해 아기의 시기와 노년의 죽음을 다룬 시라 하겠다. 송영성구의 하나가 된 성서의 「시므온의 찬가」를 죽음에 임하는 시므온의 삶에 비추어 「시므온을 위한 찬가」로 번안한 엘리엇의 시는 영국 국교로 개종한 자신의 삶을 되돌아보고, 시므온의 삶을 스스로 삶의 지표로 세운 점에서 '시므온을 찬양'하는 시라 하겠다. 이로써 시므온을 위한 찬가는 엘리엇을 위한 찬가에 해당된다.

결과적으로, 성서의 시므온이 예수의 모친 마리아에게 예수의 삶으로 인해 그녀의 삶이 고통스러울 것이라는 예언은 「번트 노턴」에서 지적하듯이 사람과 삶에 대한 엘리엇의 진단이기도 하다. 이처럼 「시므온을 위한 찬가」는 『황무지』이미지와 「텅 빈 사람들」의 이미지를 통해 아이 시기를 지나 삶이 무엇으로 어떻게 만들어져야 하는가에 대한 탐색이고, 동시에 어른으로서 엘리엇의 종교적 성찰이라 할 수 있겠다. 그러므로 1930년에 출간되었음에도 『에어리얼 시집』의 네 편의 시 이전에, 종교적 고백시로 알려진 『재의 수요일』을 사전에 배치한 『엘리엇 시 및 희곡 1909-1950』의 출간 의미가 여기에 있다고 하겠다.

제3장

「작은 영혼」, 아동의 감성교육[1]

|

엘리엇 시 「작은 영혼」("Animula")은 영국 페이버(Faber & Faber) 출판사에 의해 1929년 처음 출판되었다. 그리고 이 시는 미국에서는 1934년에서야 『모던 싱고』(*Modern Thingo*)에서 처음 출판되었고, 마침내 1936년 『엘리엇 시집』(*Collected Poems*)에 실려 출간되었다. 이어 이 시는 페이버 출판사가 갈색으로 인쇄한 푸른 외피 형태로 1938년 재출판하게 되었다. 이 「작은 영혼」은 1929년 첫 출판되었지만 『에어리얼 시집』(*Ariel Poems*)의 세 번째 시이다. 『엘리엇 시 및 희곡 1909-1950』(*The Complete Poems and Plays 1909-1950*)에 실린 순서를 다시 보면, 이 『에어리얼 시집』의 첫 시로 「동방

---

1) 이 글은 논문 「T. S. 엘리엇 시 「작은 영혼」에 나타난 아동성 연구」(『T. S. 엘리엇 연구』, 22.2 (2012))를 수정 · 보완하였음.

박사의 여정」("Journey of the Magi")은 엘리엇이 영국 국교로 개종하던 1927
년, 「시므온을 위한 찬가」("A Song for Simeon")는 1928년, 그다음 「작은 영
혼」은 1929년, 마지막 시 「머리나」("Marina")는 1930년이다. 그리고 『에어
리얼 시집』은 1930년 출판된 『재의 수요일』(Ash Wednesday) 다음에 수록되
어 있다.

위성홍은 이러한 배열에 대해 엘리엇이 "자신의 의식의 발전에 따라
작품들을 '정리'한 것이기 때문이다"라고 진단하고 있다(5). 『재의 수요일』
과 『에어리얼 시집』의 이러한 정리는 전기적으로 엘리엇이 39세이던
1927년 장인 찰스 헤이우드(Charles Haigh-Wood)가 사망하고, 그해 6월 29
일 옥스퍼드 주(Oxfordshire) 핀스탁(Finstock)의 성 트리너티(Holy Trinity) 교회
에서 세례를 받고 영국 국교회로 개종해 영국인으로 귀화한 엘리엇의 삶
과 관련이 깊어 보인다. 그다음 해 40세이던 비평집 「랜설롯 앤드류스」
("For Lancelot Andrewes") 서문에 '문학에서는 고전주의자, 정치에서는 왕당
파, 종교에서는 영국 가톨릭교도'라 선언한 배경과 41세 때인 1929년 아
내 비비언(Vivienne Haigh-Wood)과의 이혼에 대한 고민, 사랑하던 모친
(Charlotte Champe Eliot)이 사망한 일과도 관련이 깊어 보인다.

7남매의 막내이면서 어머니의 사랑을 극진히 받았던 엘리엇이 자신
의 가족의 유니테리언(Unitarian) 신앙과 미국 국적을 포기한 2년 후에, 모
친이 사망하고 비비언과의 이혼을 생각하던 마음은 「작은 영혼」에 반영되
어 있다고 하겠다. 특히 「작은 영혼」은 모친과 관련된 어린 시절의 성장
과정과 그의 30년 연인으로 알려진 에밀리 헤일(Emily Hale)에 대한 어린
시절 이미지를 어렴풋하게 담고 있다. 세이머-존스(Seymour-Jones)는 『재의
수요일』의 '침묵 여성'(The Lady of Silence)이 수동적이고 말이 없는 에밀리
헤일이라고도 지적한다(465). 시 「머리나」의 소녀 혹은 젊은 여성이 에밀

리 헤일이라는 지적도 있지만, 이 시 직전에 실려 있는 「작은 영혼」은 엘리엇의 소년 시절의 경험과 아동에 관한 그의 입장을 적극 암시하고 있다.

엘리자베스 슈나이더(Elisabeth Schneider)는 「작은 영혼」의 매력은 아동 시절의 모습에 대해 유쾌하면서도 애정이 깃든 세세한 표현에 있다고 지적한다(130). 특히 시에서 '브리타니아 백과사전'(Encyclopedia Britannica)의 언급은 이 시대 아동의 학습과 성장 과정을 전형적으로 보여주는 시어라고 한다. 하지만 적어도 이 시어가 엘리엇의 어린 시절의 처지를 설명하고 있다면, 엘리엇이 다소 '이기적'(self-regarding)이 아닌가 하는 시각도 있다(Unger 286). 내레이어너 챈드런(K. Narayana Chandran)에 따르면, 엘리엇이 베이츠(H. E. Bates)의 단편 소설 「아동」("The Child")을 「작은 영혼」 한 해 전인 1928년 12월 『크라이테리언』(The Criterion)에 소개한 적이 있다고 한다. 이 소설의 어린 주인공 소녀가 「작은 영혼」의 내용과 비교적 유사하다는 생각 때문에, 아이가 없던 엘리엇이 이 소녀를 문학적으로 입양하였다는 챈드런의 접근(423)은 매우 흥미롭다.

이처럼 41세 중년에 쓴 시 「작은 영혼」은 시인 그리고 평론가로서 엘리엇 일생에 비추어 후반부에 해당되어 보인다. 따라서 영국 국교로 개종한 엘리엇이 성인의 시각으로 쓴 「작은 영혼」이 '아동'과 '아동성'을 단순하게 그리고 있다는 해석에 반대하는 비평가들도 있다. 이 시는 전기적으로 모친과 아내와의 관련성이 불가피해 보이지만 종교적 성격을 떠나 생각해 볼 수 없기 때문에, 무디(A. D. Moody)는 엘리엇 특유의 "소외로 모이는 초연함"(detachment, amounting to alienation)이 이 시에 있다고 지적한다(135). 보다 최근에 크레익 레인느(Craig Raine)에 따르면, 「작은 영혼」은 "육체적으로 손상된, 갇힌 영혼이 그 자체의 조심성으로 부식"(a physically damaged, confined soul corroded by its own caution)되는 이미지를 보이며, "피의 집요함을 <u>인정하고</u> 충만하게 살려는 기회를 붙잡으려는"(*admitting* the blood's importunity and seizing "opportunity to live fully") 엘리엇을 살펴볼 수 있게 한다(Sharpe 195 재인용).

　이로 보아 「작은 영혼」은 종교적 관점에 따라 삶과 죽음을 반대로 살펴보게 한다. 달리 말해, 시는 선천적 탈장(hernia) 등 창백하고 허약해 보이는 육신 때문에, 죽음을 늘 떠올리는 중년 남자가 성장하며 달라지는 아동의 단면들, 즉 아동의 성장 과정을 역으로 추적해 보고 있다. 이러한 과정에 대한 탐색은 매우 자서전적이면서도 아동성에 대한 시인의 입장을 비교적 잘 보여주고 있다. 시 제목 「작은 영혼」은 그래서 로마 황제 하드리아누스(Hadrian)가 남긴 유명한 시어 '작은 영혼'(Animula)과 관련이 깊다. 죽음을 앞둔 하드리아누스 황제가 마지막 남긴 시 「창백하고 방황하는 작은 영혼」("Animula vagula blandula"—a pale vagrant little soul)을 인유한 「작은 영혼」은 죽음과 살아온 삶을 되돌아보는 시적 스타일이 주목되는 시이다. 본 장은 이러한 인유 방식의 시 스타일에 주목하며, 엘리엇의 「작은 영혼」에 나타난 죽음과 삶의 종교적 접근, 이를 토대로 아동의 정체성과 그 성장에 필요한 교육의 중요성을 설계한 엘리엇의 입장을 살펴보고자 한다.

II

　어윈 웰시(Erwin Welsch)는 엘리엇 시 「작은 영혼」의 출판을 둘러싼 재미있는 에피소드를 언급하고 있다(4-5). 미국 출판이 늦은 이유는 미국 세관의 엄격한 검열 정책이었다. 외설적인 작품에 관해 당시 미국 세관은 외국에서 우편으로 들어오는 출판물에 대해 엄격한 이론을 적용하고 있었다. 제임스 조이스(James Joyce)의 『율리시즈』(Ulysses)가 당시 미국 세관에 압수되어 있었고, D. H. 로렌스(D. H. Lawrence) 작품 또한 외설이라는 이유로 검열을 받고 있었다. 보수적 작가로 알려진 엘리엇에게도 시 「작은 영혼」이 외설이라는 이유로 미국 세관에 의해 압수당한 일(1932년 10월)이 발생한 것이다.

엘리엇이 미국 저널 『콘템포』(Contempo) 소유자이며 편집자인 밀턴 아버네시(Milton Abernethey)에게 시 「작은 영혼」을 보낸 시기는 1932년으로 알려져 있다. 1932년은 랜덤 하우스(Random House) 출판사가 조이스의 작품 검열과 압수에 대해 미국 세관을 상대로 법정 소송에서 이긴 해이지만 아직은 민감한 시기였다. 그래서 아버네시는 '광기 어린 상상력'을 찾기 어려운 데도 해당 시를 세관이 압수한 이유와 그 당혹감을 엘리엇에게 알렸다. 하지만 그 이유는 「작은 영혼」의 판화에 있었다. 윌리엄 블레이크 (William Blake) 유형의 판화 방식을 의식하고 그 아이디어를 해당 시에 사용하였던 엘리엇이 문제가 된 삽화를 부탁했던 이가 당시 유명한 여성 화가이며 조각가인 거트루드 허미스(Gertrude Hermes)였다. 허미스가 엘리엇의 삽화가로 선정되기는 하였지만, 그녀는 당시 이미 펭귄 고전 시리즈의 삽화를 그리고 있었다. 시 「작은 영혼」 교정쇄에 사용하던 허미스라는 이름은 남편의 성으로 알려졌다. 그래서 그런지 이후 최종 출판본에는 휴즈-스탠튼(Hughes-Stanton)이라는 처녀 때 성이 쓰였다. 그런데 이 시에 거트루드가 판화로 그린, 나체 소년에다 생식기를 완전하게 노출시킨 그림이 검열에 걸린 것이다. 1932년 11월 18일 자로 엘리엇은 아버네시에게 보낸 메일에 그런 미국 세관 정책과 입장을 이해한다고 했고, "상황을 보건대 장난으로 처리될 수 있는 문제가 아니라고 생각한다"(Welsch 5)는 우려를 표명하였다. 결국 엘리엇은 그다음 해 1933년 6월에 조판된 카피본을 보내게 되었고, 이 판본은 무리 없이 세관을 통과하게 되었다. 시 「작은 영혼」은 미국 출판에 5년이 걸렸던 셈이다.

1932년은 이런 외설과 관련된 에피소드 때문에라도 시 「작은 영혼」은 아동성 연구에 대해 중요한 문제점을 던져주고 있다. 비비언과 이혼하려 했고 모친이 사망하였던 1929년은 「작은 영혼」이 출판된 해이기도 하다. 이때 블레이크식 판화 유형이기는 하지만, 당시 소년에 대한 나체와 성기를 삽화로 새기게 된 동기가 자연히 주목된다. 1929년 이후 3년이 지난 1932년에 이 시를 미국 저널에 출간하려고, 다소 외설적으로 비친 나체 소년과 완전히 성기를 노출시킨 해당 삽화가 엘리엇이 생각한 아동성과 어떤 관련성이 있나 생각해 보게 하는 연유에서다.

우선 종교적으로 「동방박사의 여정」과 「시므온을 위한 찬가」에 나타난 예수의 탄생과 삶과 죽음에 대한 엘리엇의 이해는 「작은 영혼」에 이어진다. 「동방박사의 여정」이 아기 예수의 탄생과 죽음이라면, 이어진 「시므온을 위한 찬가」는 아기 예수와 그의 수난, 죽음과 평화를 예언하는 내용이다. 이들 시에 이어, 사람이 '어린 영혼'으로 태어나 아동의 성장 과정을 거치며 세상에 노출되고, 나이가 들며 육체가 죽어가는 과정은 「작은 영혼」의 주제이기도 하다. 이어 「작은 영혼」은 또한 청년기에 들어선 딸 머리나(Marina)와 노년의 아버지 페리클레스(Pericles)가 출생 때 헤어져 있다 처음 상봉하는 장면을 그린 「머리나」로 이어진다. 「머리나」에는 세속적 삶의 따뜻함과 부녀 간의 절제된 삶의 모습이 잘 나타나 있다. 「작은 영혼」에 나오는 아동의 모습은 머리나의 세속적 모습과 상당 부분 중첩되고 있다. 「작은 영혼」이 세속적인 차원에서 유아, 아동, 청소년의 성장 과정을 그리고 있기 때문이다.

이로 보아 「동방박사의 여정」, 「시므온을 위한 찬가」, 「작은 영혼」,

「머리나」는 탄생, 성장 과정, 죽음, 평화를 이야기하고 있다. 「작은 영혼」은 그러한 삶의 이야기로 아동의 맑고 순수한 영혼과 생로병사를 거쳐야 하는 육체 사이의 긴장이 잘 나타나 있다. 이 점에서 삽화에 그려진 나체 소년과 노출된 성기는 아동의 세속적 이미지와 종교적 이미지가 중첩되는 지점에서 복합적인 성격을 띠게 된다. 달리 말해, 출생, 삶의 여정, 죽음을 살펴보는 과정은 역으로 죽음에 비추어 출생과 아동의 정체성, 즉 이들의 영혼과 육체의 순수함을 세속적이며 동시에 종교적으로 되돌아보는 일이다. 이 일은 무엇으로 어떻게 살아야 하는가의 문제이며, 이에 대한 탐구는 아동의 세속적 삶과 종교적 가르침이 만나는 「작은 영혼」에서 제시되고 있다.

우선 「작은 영혼」은 세속적인 측면에서 로마 황제 하드리아누스의 마지막 시로부터 인유되고 있다. 우선 그 인유 스타일은 엘리엇 시의 창작 프로그램과 관련이 깊다.

> 방황하는 매혹적인 작은 영혼이여,
> 육체의 손님이자 다정한 벗으로서
> 이제 어느 곳으로 떠나려는가?
> 창백하고 차갑고 황량한 곳으로?
> 이제 잘하던 농담도 하지 않으려는구나.

Animula vagula, blandula,	(Little soul, little wanderer, little charmer)
hospes comesque corporis,	(Body's guest and companion)
quae nunc abidis in loca	(To what places will you go off now?)

pallidula, rigida, nudula,   (To pale, cold and barren ones?)

nec, ut soles. Daves iocos. (Now you won't make your usual

jokes.) (P. Aelius Hadrianus Imp.)[2]

죽음에 임해 자신의 영혼에 고별하는 하드리아누스의 시를 엘리엇이 알고
있는지는 확실하지가 않다. 다만 그의 시작 스타일에 비추어 표제는 아니
지만, 시 제목인 '어린 영혼'은 이 하드리아누스의 영혼 고별사를 '인유'
하여 어린 아동을 연상시키고 있는 것은 분명해 보인다.

하드리아누스는 모험가이며 풍족하고 적극적인 삶을 산 황제로 기억
되고 있다. 하지만 엘리엇은 어린 영혼에 대해 절제와 훈육을 강조하는
측면에서 하드리아누스와는 다른 시적 프로그램을 원용하게 된다. 성장한
소년이 죽은 육신, 즉 '영성체'(viaticum) 앞에서 처음 침묵을 배우게 된 모
습을 그린 「작은 영혼」은 죽음이 임박해 시간이 얼마 남지 않은 상황에서
성체 배수를 드리는 사제의 모습을 떠올리게 한다. 이 「작은 영혼」은 탄
생과 죽음의 순서와는 전혀 다른, 하드리아누스의 고별시처럼, 죽음과 탄
생이라는 전도된 순서를 연출하고 있다. 하드리아누스의 시가 어린 육신
에 영혼이 들어오고, 육신이 쇠해 그 수명을 다하자 어리던 영혼이 육신
을 떠나는 관계를 그리고 있듯이, 「작은 영혼」 또한 그 과정을 원용해 어
린 영혼의 순박하고 순수한 모습과 육신으로 인해 겪게 되는 생로병사 과
정을 대비시키고 있다. 달리 말해, 엘리엇 시는 어린 시절 아이의 영혼과
그 정체성을 회고해보고, 점차 육신이 무기력하고 흥하고 절름발이 단계
를 거치며 죽음에 이르는 성장 과정을 대비시키고 있다. 그래서 이러한
육신의 이미지를 가리키는 시어로는 '우유부단'(irresolute), '절름발이'(lame),

---

2) http://en.wikipedia.org/wiki/Hadrian 참고(13 Feb. 2012).

'이기적'(selfish), '흉해진'(misshapen) 등이 나타나 있고, 영혼으로는 '그림자'(shadow), '유령'(spectre) 등이 나타나 있다. 이러한 삶을 살아가는 전형적인 캐릭터들로 '귀터리에즈'(Guiterriez)나 '부딘'(Boudin) 등이 소개되어 있고, 생물로는 '작은 통꽃'(floret) 등이 시적 은유로 사용되고 있다.

하드리아누스를 비롯해 귀터리에즈나 부딘 등을 인유하는 방식에서 「작은 영혼」은 엘리엇의 시적 사고와 시 창작 원리를 보여주는 한 예가 된다. 그에게 시란 '객관적 상관물'(objective correlatives)이나 '감수성의 분리'(dissociation of sensibility) 원리를 사유하는 실체이다. 엘리엇은 「작은 영혼」의 제목과 로마 하드리아누스의 '작은 영혼' 시구를 연계시키고 있지만, 직접 살아있는 영혼에서부터 죽음의 이미지를 갖는 영혼까지 사유하고 있기도 하다. 이 때문에 그의 시어와 시 구도는 자신의 그러한 시 원리를 적용하는 틀에서 다르게 탐구된다. 그러한 예로, 아동 성장 단계를 탐구하는 곳에서 엘리엇은 감성의 개입을 차단하기 위해 하드리아누스를 인유하며, 죽음을 앞둔 노인의 사색과 회고를 내러티브 형식으로 쓰고 있다. 하지만 노인이 회고하는 어린 영혼은 엘리엇 자신과 그의 어린 시절을 연상시키고 있다. 이처럼 엘리엇은 어린 시절로 되돌아가자 어렸을 때의 감수성을 온전하게 차단하지 못하고 있다. 무엇보다 누구나 겪는 아동 시절과 죽어가는 노인을 대비한 의도는 기독교 사회에 필요한 아동 교육의 중요성에 있다고 할 수 있다.

존 쿠퍼(John Xiros Cooper)는 엘리엇에게 "기독교 교육이란 심지어 회의주의자에게 가벼운 순응을 강요하고 단지 신앙을 되풀이하며 가르치는 것이 아니라, 기독교 요소로 사색하고 그 결과로서 믿든 아니하든 기독교 틀 내에서 행동하도록 교육하는 일"이라고 한다(294). 실제로 엘리엇은 '교육이란 무엇인가?'(What is education?)를 답하는 곳에서 서로 간의 의견 차이나 '도그마' 등에 대한 논란이 있을 수 있지만, "교육이란 일종의 도덕적 교육과 관련이 있고 . . . 종교적 교육의 본질을 받아들이는 사람들"에게 어느 정도 공감대는 있을 수 있다고 주장한다(CC 123). 따라서 엘리엇에게 기독교 사회와 문화 속에서 아동 교육은 '무엇으로 어떤 사람으로 살고 어떻게 죽을 것인가'라는 종교철학적 사색으로 설계되고 있다.

사실 종교적 구원에 대한 엘리엇의 열망은 시의 마지막 부분에 있다. 시는 신의 심판으로부터 자비를 구하고 있다. 그 자비를 매개하고 있는 상징적 인물은 그리스도와 이를 잉태한 성모 마리아이다. 성모 마리아는 이 시에 나타나 있지 않지만, 사람들을 위해 기도하고 죽음의 시간에 기도하기 위해 간청 되는 인물은 성모 마리아이다. 이 사람들은 그 죄가 심판을 피할 수 없게 정해진 유형들이다. 그러한 유형으로는 영면을 위해 기도해야 할 사람, 속물 인간 "귀터리에즈", 전쟁광 "부단", "재산가"(a great fortune), "멋대로의 인간"(his own way), "작은 통꽃", 그리고 무엇보다 현재 살아가는 우리와 출생 때의 우리 "자신"(us) 등이 소개되고 있다(CPP 71).[3]

> 속도와 권력을 탐하는 귀터리에즈를 위해 기도하자,
> 조각으로 날아간 부단을 위해,
> 커다란 재산을 이루었던 사람을 위해,
> 제멋대로 살았던 사람을 위해,
> 상록수 사이에서 살해된 멧돼지 사냥개에 의해 짓밟힌 작은 통꽃을
> 위해 기도하자,

---

[3] 본 글에서 인용되는 「작은 영혼」 시(70-71)는 『엘리엇 시집』(The Complete Poems and Plays 1909-1950, New York: Harcourt, Brace & World, Inc., 1971)으로부터 시행만 언급하고자 한다.

우리를 위해 지금, 그리고 우리의 출생 시간에 기도하자.

Pray for Guiterriez, avid of speed and power,

For Boudin, blown to pieces,

For this one who made a great fortune,

For this one who went his own way.

Pray for Floret, by the boarhound slain between the yew trees,

Pray for us now and at the hour of our birth. (32-37)

이 시구는 '헛되고 헛되도다'라는 전도서 구절(1장 2절)을 연상시키고 있다. 권력에 대한 인간의 욕구(귀터리에즈)나 무모한 이념적 삶의 결말(부딘), 돈에 대한 탐욕, 제멋대로의 삶, 무참히 짓밟혀지는 작은 생명(작은 통꽃)을 다룬 이 시구는 죽음 앞에서 처음으로 침묵을 갖는, 즉 살았지만 죽은 모습들이기도 하다. 시행 31("Living first in the silence after the viaticum")에서의 가톨릭의 노자성체(路資聖體: 임종 때 영(領)하는 성체) 이미지와 이어진 마지막 시구는 죽음과 삶의 의미에 대해 차가운 냉기를 느끼게 하고 있다. 일반적으로 가까운 지인의 죽음은 사람의 본성을 되돌아보는 시간을 주고, 비물질적인 정신세계의 중요성을 느끼게 하는 계기가 된다. 결국 죽음은 사람에게 두려울 정도의 공격성, 공포, 히스테리어, 적나라한 욕망 등의 동물적 삶을 되돌아보게 한다. 그래서 삶에서 금욕을 생각하게 하는 세네카(Seneca) 유형의 헤라클레스(Hercules)나 셰익스피어의 페리클레스가 「작은 영혼」다음 시 「머리나」의 주요 캐릭터인 점은 우연이 아니다. 이 대상들과의 상관성을 통해 엘리엇은, 특히 아동이 성장할 때, 사람 사이의 윤리적 중요성을 강조하고 있는 셈이다.

브라이언 수탐(Brian C. Southam)에 따르면, "귀터리에즈"와 "부딘" 두 캐릭터는 전혀 "다른 유형의 경력을 나타내며, 기계 시대에 성공한 사람과 지난 전쟁에서 죽은 누군가"를 각기 가리킨다(145). 여기에서 지난 전쟁은 제1차 세계대전이다. 엘리엇의 아이디어라 할 "부단"은 한때 악명 높은 전쟁광인 실제 인물 '부단'으로 보인다고 한다. 1894년 2월 15일 그린위치 천문대(the Greenwich Observatory)에서 폭탄 사건이 있었고, 그 사건에서 '조각으로 날아간' 26살 프랑스 무정부주의자가 부딘이라는 지적이다(Southam 145). 노먼 세리(Norman Sherry) 또한 이 사건을 콘라드(Joseph Conrad)의 소설 속 폭탄사건으로 연결시키고 있다. 1924년 콘라드가 이 사건과 자신의 소설의 관련성을 모두 부정하였다고 알려져 있다. 하지만 "그의 소설은 '. . . 그때 런던에서 폭탄 폭발과 무정부주의 활동'을 관련시킨 콘라드의 인식으로부터 확실하게 나온 것"이라는 설이 있다(Sherry 413).

콘라드의 이 소설은 『비밀 요원』(*The Secret Agent*)이다. 작품에서는 '동무 오시폰'(Comrade Ossipon)이 '스티브'(Steve)의 죽음에 관한 신문 보도를 크게 읽는 장면이 나온다. 이 부분에 대해 신문은 스티브를 폭탄에 의해 '조각으로 날아간'(blown to pieces) 인물로 묘사하고 있고, 엘리엇 시의 해당 구절 "blown to pieces" 또한 이 묘사를 그대로 반복하고 있다. 세리가 지적하듯이, 이 구절은 1894년 2월 16일 『모닝 런던』(*The Morning London*)의 선정적인 헤드라인이었고, 엘리엇이 이를 고려한 것으로 추정되고 있다. 사실 '조각으로 날아간' 표현과 관련 구절들은 『비밀 요원』 작품 내내 나타나고 있기는 하다. 따라서 엘리엇이 콘라드의 텍스트에 정통하고 있을 뿐 아니라, 스티브 이름과 그 유형의 삶을 알고 있었다는 추론이 가능하다. 엘리엇이 「작은 영혼」을 쓸 때 '조각으로 날아간 부단(Bour(r)din)'이라는 구절을 무의식적으로 떠올렸을 수도 있다. 일찍이 콘라드의 경우처럼, 엘리엇 또한 질의를 받을 때 그 출처를 숨기려던 의도가 전혀 불가능한 일이 아닐 수도 있다(Gibbons 77).

죄로 얼룩진 캐릭터들을 시에 표현한 의도는 죽은 이들이 어릴 때 어떻게 성장했어야 하는가를 관찰해 보는 객관적 대상들이기 때문이다. 출생 후 이들이 저지르게 되는 육신의 죄와 정신의 공허함을 보면, '티 없는'(simple) 유아와 '야만스러운'(savage) 캐릭터의 삶이 극적으로 대비되어 전달된다. 이는 아동의 성장에 어떤 훈육 과정이 필요한가에 대한 과제로 이어진다. 세속적 교육과정이 순전한 아동이 갖추어야 할 덕목과 윤리적 책임을 충족시키지 못한다면, 전통적으로 그 역할을 충실히 해 온 종교의 엄숙함과 엄격한 책임을 떠올리게 한다. 이처럼 「작은 영혼」의 구도는 1년 후 출판된 『재의 수요일』 다음에 배치한 의도를 읽게 해주고 있다. 「작은 영혼」의 의도는 마지막 시행들에 있어 보인다. 이 마지막 시행에 잘못 살아온 캐릭터들의 죽음의 이미지가 등장하기 때문이다. 이들로부터 종교적 깨달음이 느껴지고, 이 깨달음의 견지에서 출생 이후 3단계의 아동 성장이 시 처음부터 살펴지고 있다. 이처럼 죽음에 비추어 아동의 성장 과정은 영혼과 육체의 적대 관계로 대비되고 있다.

킨리 로비(Kinleyh E. Roby)는 1932년 이후 『스위니 전사』(Sweeney Agonistes) 작품이던 '스위니' 관련 희곡 및 시에 전사 캐릭터가 등장하면서부터 육신과 영혼의 적의가 해결의 실마리를 갖게 되었다고 주장한다(7). 그는 엘리엇이 1927년 개종한 이후 그에게 남아 있던, 개인적으로나 예술적으로나, 정서적 갈등이 스위니 유형의 인물을 통해 어느 정도 안정을 찾았다고 한다. 하지만 「작은 영혼」은 여전히 육신과 영혼과의 논의에서 벗어나지 못하는 인상을 주고 있다. 크리스토퍼 릭스(Christopher Ricks)는 이러한 육신과 영혼 간의 논의가 「작은 영혼」에서 여전히 진행되고 있다고 한다(228). 소위 영혼이 육신으로 인해 시들어가고 있다는 사실을 깊이 깨닫고 있으면서도, 그 영혼 자체를 경멸하지 않는 엘리엇의 입장이 관찰되고 있다. 그 입장은 「작은 영혼」이 1925년 「텅 빈 사람들」("The Hollow Men")에 이어 1927년 개종, 그리고 1930년 『재의 수요일』에 이르러 신앙적 다짐을 하기 이전인 1929년에 쓰인 시라는 점에서 주목된다.

자 우리에게 자비를 베풀기를 신에게 기도하자
자 기도하자 내가 잊고 있는지 모를
스스로 내가 지나친 논의
지나친 설명을 한 그 문제들을
다시 되돌아가고 싶지 않기 때문에
이러한 말들이 답하게 하자
행해진 것이, 다시 행해지지 않기 위해
그 심판이 우리에게 지나치게 무겁지 않게 하기 위해서

And pray to God to have mercy upon us
And I pray that I may forget
These matters that with myself I too much discuss
Too much explain
Because I do not hope to turn again
Let these words answer
For what is done, not to be done again
May the judgement not be too heavy upon us (*CPP* 61)

『재의 수요일』이 신앙 고백이라면, 이 시는 육신과 영혼 간의 원한 관계를 계속하기보다 정신적 삶을 목표로 정신을 비우려는 노력을 엿볼 수 있게 한다. 온화하고 자비로운 비움을 암시하는 말 '비움'(vacancy)은 엘리엇이 무엇인가 결심하고자 한 노력의 하나로 이해되고 있다. 이 '비움'의 형태가 『재의 수요일』에서 보이는 종교적 다짐이다. 케니스 아셔 (Kenneth Asher)는 「텅 빈 사람들」 이후 "깊게 느껴지면서도 차분한 용서의 필요"(the calm, though deeply felt, need for forgiveness)와 "명백한 회개 선언"(the clear enunciation of contrition)이 「작은 영혼」에 이미 집약되어 있다고 한다 (75). 따라서 「작은 영혼」은 그러한 참회와 비움 이전에 시인이 인간의 영혼에 대한 깊은 성찰을 고민하는 시라고 할 수 있다. 시는 유아로 태어나 아동 시절을 겪으며 어쩔 수 없이 시들어 가는 영혼이지만, 그 영혼은 삶과 관련된 육신의 손님이요 친구라는 고민을 담고 있다. 일찍이 엘리엇은 "사실상, 인간 영혼―'단순한 정신'(l'anima semplicetta)―은 선하지도 악하지도 않다. 하지만 선하고자, 인간이고자, 수양이 요구된다"(Ricks 229 재인용)고 보고 있었다(New Statesman, 24 June 1916).

'순수한 정신'(the simple anima), 혹은 티 없는 영혼(the simple soul)으로 연결되는 어휘 '아니마'(anima)는 선악의 분별이 아직 적용되는 단계가 아니라는 점에서 융(C. G. Jung) 연구에서도 크게 주목되고 있다. 조병화에 따르면, 『재의 수요일』의 경우이기는 하지만, 엘리엇의 경우 그의 정신세계를 지배하는 여성은 어머니이다(Joh 178-80). 이때 어머니로 대변되는 아니마의 본래적 속성은 사람과 신성 간의 매개체의 역할을 하게 된다. 아니마가 어머니와 조화를 이룰 때는 긍정적 속성을 보이지만 대립되는 경우 나쁜 속성을 갖게 된다. 엘리엇 삶에서 어머니와 『재의 수요일』의 '침묵 여성'(the Lady of Silence)은 구원을 소망하는 대상으로, 이들은 지치고 힘든 삶으로부터 위안을 주는 대상이다. 하지만 그의 부인 비비언(Vivienne)처럼 여성이 늘 위안을 주는 대상은 아니다. 아들의 행복을 위해 아들을 통제하려는 어머니 모습은 매혹적이지만, 방황하는 어린 아들의 영혼과 자유로운 활동에 억압의 요소로 작용하게 된다. 어머니 그림자 내에서 아들은 아무것도 할 수 없는 우유부단한 이미지를 만들어내지만, 종종 어린 영혼은 혼이 이끄는 대로 다른 세계로 탈출하려는 백일몽을 꿈꾸게 된다. 「작은 영혼」에서도 "실제"(the actual)와 "환상"(the fanciful) 간의 혼란(13), "욕망"(desire)과 "통제"(control) 간의 혼란(20), "있는 그대로"(is)와 "보이는 대로"(seem) 간의 혼란(19)은, 현실을 상징하는 어머니로부터 혹은 세상으로부터 자신을 구원하려는 꿈을 꾸는, 어머니/아이 간의 애정과 갈등의 원형을 담고 있다.

이처럼 「텅 빈 사람들」 이후 『재의 수요일』에서 종교적 열망을 담으려던 엘리엇에게 「작은 영혼」은 성장 과정에서 불가피한 가족관계, 그리고 영혼과 육신 간의 관련성을 생각해보는 특별한 의미를 주고 있다. 『재의 수요일』 이전에 쓰인 시 「어린 영혼」은 오히려 『재의 수요일』보다 실제적으로 엘리엇 자신의 어린 시절을 단계별로 그려내고 있는 점에서, 그리고 영성체의 이미지로 표현되고 있는 어머니와의 사별을 암시하는 측면에서 훨씬 더 자서전적 시로 이해되고 있다. 일찍이 린달 고던(Lyndall Gordon)은 엘리엇의 어린 시절과 그의 시 작품 내용에 상당한 관련성이 있다고 주장한다.

엘리엇의 삶에 대해 점점 알수록 그의 '몰개성적' 외관인 다중의 얼굴과 목소리들이 종종 아주 문학적으로 개인적 경험을 재구성하고 있는 것이 더 분명하게 보인다.

As more is gradually known of Eliot's life, the clearer it seems that the 'impersonal' facade of his poetry — the multiple faces and voices — makes an often quite literal reworking of personal experience. (2)

고던의 이러한 주장은 「작은 영혼」의 경우 엘리엇의 아동성을 연구하는 데 상당 부분 여전히 유효하다. 시 마지막 부분에 그려지고 있는 "귀터리에즈"와 "부단" 캐릭터들 또한 출생 때는 신이 부여한 티 없는 영혼이었을 것이다. 그럼에도 불구하고 살아가면서 모양이 흉하고 절름발이 인생을 살아간 인물들이다. 이 티 없는 영혼이 아동, 청소년기를 거쳐 청년으로 성장한 이후에도 모범적인 이미지로 남아 있어야 한다는 당위성은 다음 시인 「머리나」에서 발견된다. 거의 청년의 모습을 가진 머리나는 출생 이후 운명의 힘에 의해 온갖 고난을 겪었음에도 비교적 따뜻한 삶을 살고 있는 캐릭터이다. 「머리나」는 늙은 아버지 페리클레스와 출생 때부터 헤어져야 했던 딸 머리나의 극적 만남을 그리고 있다. 이들의 해우 장면은 매우 드라마틱하면서도 경건하고 장엄한 의식을 떠올리는 음악을 배경으로 하고 있다. 소위 '인지 장면'(a scene of recognition)으로 알려진 이 부녀 간의 해우는 매우 절제된 형태로 그려지고 있다.

「작은 영혼」은 '속도와 권력을 탐하는' 인간에게까지 기도하는 시인의 마음을 담고 있다. 따라서 「작은 영혼」의 마지막 시행들은 육신과 영혼 간의 적대적 관련성에 대한 물음이면서도, 그 답은 나이가 들어도 영혼이 본래 육신의 손님이며 친구라는 사실을 인지시키고 있는 머리나와 로마인 하드리아누스에게까지 거슬러 올라가고 있다. 그래서 「작은 영혼」 시는 엘리엇의 어린 시절을 반영해, 티 없이 따뜻한 삶에 대한 여운과 어쩌면 영원히 이를 잃어버릴 수밖에 없었던 향수를 드라마틱하게 간직하고 있다.

　구체적으로 「작은 영혼」은 욕망의 육신과 티 없는 영혼을 성찰하고
자 아동성을 3단계로 다루고 있다. 이 3단계는 유아, 가족과의 과정, 청소
년에 이르기까지를 보여주면서도 근본적으로 육신과 영혼과의 관련성을
보여주고 있다. 그리고 아동의 영혼은 고난 속에서도 훈육되고 수양이 갖
추어진 머리나와 페리클레스의 따뜻한 영혼, 죽음을 앞둔 하드리아누스의
영혼, 혹은 엘리엇 자신의 어린 시절 영혼을 가리킨다고 하겠다. 토니 샤
프(Tony Sharpe)가 지적하듯이, 「작은 영혼」은 페리클레스처럼 죽음을 사색
하는 노인의 입장으로부터 세기의 전환 시기의 어린 시절을 배경으로 한
엘리엇 삶의 유아기로 옮겨진다고 하겠다(194). 그 노인의 입장은 물론 죽
어가는 로마 황제 하드리아누스를 말한다. 그래서 유아기의 이미지 또한
아이의 자유 의지와 그에 따른 책임에 대한 질의로 확대되고 있다. "사실
적인 것과 환상적인 것과의 혼란"(confounds the actual and the fanciful, 13)과
"동화가 하고 있는 것과 하인이 말하는 것"(What the fairies do and what the
servants say, 15)에서 오는 혼란이 그 질의에 해당된다. 엘리엇은 "순수한
영혼"으로 표현되고 있는 어린 영혼에까지 방종에 가까운 애정을 허용하
지 않는다. 유아기에도 어른에게 요구되는 책임성과 수양, 심지어 훈련이
나 교육의 엄격함이 스며있다.

　비유적이지만 위성홍 또한 영혼의 성장 단계를 3단계로 구분하고 있
다(3). 그는 첫째로 '정화의 길'(the Way of Purgation), 둘째로 '조명의 길'(the
Way of Illumination), 셋째로 '통일의 길'(the Way of Unity)을 제안한다. 달리
말하면, 유아기의 티 없는 영혼에도 주어지는 책무는 '정화' 단계이다. 유
아기도 육신의 감각과 영혼이 투쟁을 벌이는 자아의 성장 시기로 단테
(Dante)의 지옥을 연상시키고 있다. 즉, 감각 의식을 통제해야 하는 과제가

아동의 영혼에게 주어지게 된다. 10세 안팎 시기에 나타나는 '조명' 단계는 영혼이 합리성을 추구하는 이성과 지적 의식과 투쟁을 벌이는 시기로 단테의 연옥을 연상시키고 있다. 즉, 지나친 지적 욕구와 합리성을 통제해야 하는 과제가 소년의 영혼에게 주어진다. 사춘기와 청년기 사이를 가리키는 '통일' 단계는 영혼이 육신의 요구를 통제하며 성숙되는 시기로 단테의 천국을 연상시키고 있다. 즉, 티 없는 영혼이 합리성에 기반한 지적 욕구를 만족시키면서도 감성을 자유롭게 해방시키는 성숙함을 보여야 한다. 하지만 현실은 불만과 회의가 늘 삶을 자유롭지 못하게 한다. 그래서 시인으로서는 엘리엇이 자신의 감성(유아 시기)과 이성(소년 시기)을 자유롭게 연계할 수 있는 성숙한 영혼을 갖게 되지만, 비평가로서 그는 현실에 대한 비판 의식(청년 시기)을 갖게 되는 셈이다. 이러한 영혼 3단계 접근은 다소 기계적으로 이해되고 있다. 그러나 현실과 모순된 측면에서 영혼 단계를 살펴보면, 엘리엇의 아동 시기는 "자기 불신"(self-distrustful) "삶의 부정"(life-denying), 그리고 "의혹"(profoundly inauthentic)으로 정리되는 3단계라고 할 수 있다(Sharpe 195).

　　실제로 「작은 영혼」에서 1단계 영혼은 유아기의 작은 영혼으로 매우 단순하고 장난기가 많게 그려져 있다. 그래서 육신과 영혼 간의 적의가 모순 관계로 표현되고 있다. 그럼에도 유아기 혹은 어린 시절의 어린 영혼은 세상을 경험하는 모습이 티 없게 묘사되어 있다. 샤프는 「작은 영혼」 출판 한 해 전에 아동문학가 밀른(A. A. Milne)이 「위니 더 푸」("Winnie the Pooh")를 출판하였고, 엘리엇이 이를 접했을 수도 있다고 추정하고 있다(194). 어린 곰 '푸'의 영혼은 다른 캐릭터들과는 달리 호기심 많고 외로운 이미지로 그려져 있고, 이는 엘리엇 시의 첫 부분에 그대로 묘사되고 있다. 장난기 많고 호기심 많은 작은 영혼의 눈에 비치는 세상은 밝거나 어둡고, 차갑고 따뜻한, 건조하거나 습기에 찬 나날로 그 자체가 모순되어 보이나 순수 그대로이다. 하지만 아이의 육신은 집안을 돌아다니며 욕구 충족과 실패를 거듭하면서도, 어른들의 손길을 통해 따뜻한 사랑과 현실을 경험하게 된다. 종종 어린 영혼은 순수 그대로 완전하게 놀고 싶어 하나 육신으로 인해 위축된다. 그렇지만 어린 육신은 외부 현실의 따뜻한 손길과 사랑을 기다리며, 손님이며 친구인 영혼의 욕구를 만족시켜 주려 한다. 반대로 아동의 자유로운 영혼은 세상에 매여 있는 육신으로 인해 '현실'과 '환상'을 혼동하면서도, 여전히 '요정'들이 하는 짓과 '하인'들이 하는 말에 끌리며, "왕"과 "여왕"이 되어 "카드 게임"에 몰입하기를 좋아한다(14).

> '신의 손에서 출생한, 티 없는 영혼'
> 색다른 빛과 소음이 있는 따분한 세계로,
> 밝거나, 어두운, 건조하거나 습기에 찬, 차갑거나 따뜻한;
> 테이블과 의자 다리 사이를 옮겨 다니면서,
> 일어나거나 넘어지고, 뽀뽀와 장난감에 달려들며,

> 'Issues from the hand of God, the simple soul'
> To a flat world of changing lights and noise,
> To light, dark, dry or damp, chilly or warm;
> Moving between the legs of tables and of chairs,
> Rising or falling, grasping at kisses and toys, (1-5)

현실과 환상 간의 혼돈은 욕망과 억제 사이의 갈등으로 나타나는 성장 과정이다. 이 단계가 성장 2단계로 영혼은 더욱 혼란에 빠지며 육신은 그 욕구 때문에 더욱 과오를 범하며 죄를 짓기도 한다. 그래서 영혼은 육신에게 늘 배신당하며 억제해야 하는 순간을 맞게 된다. 육신이 속해 있는 그대로의 세상과 영혼이 보고 싶은 대로 비치는 세상이 다르게 느껴지기 때문일 것이다. 로버트 센코트(Robert Sencourt)에 의하면, 엘리엇이 아기 때부터 '탈장'을 앓아 일생을 대부분 이를 의식하고 때로는 탈장대를 착용하며 살았다고 전해지고 있다(5; 여인천 260 참고).

> 커가는 영혼이 지는 무거운 짐
> 날이 갈수록 당황스럽고 더 과오를 범하며;
> 주가 지날수록 더 죄를 짓고 혼란에 빠지고
> '있는 대로와 보이는 대로'의 절대 명령으로
> 그러면 열망해도 억제해도 되는지 아닌지.
>
> The heavy burden of the growing soul
> Perplexes and offends more, day by day;
> Week by week, offends and perplexes more
> With the imperatives of 'is and seems'
> And may and may not, desire and control. (16-20)

영혼이 욕구대로 해도 되는지에 대한 요구와 억제해야 하는지에 대한 망설임은 있는 그대로의 세상과 보이는 세상이 갈수록 달라진다는 뜻이며, 영혼은 성장할수록 더 당혹하게 된다는 뜻이기도 하다. 고던에 따르면, 엘리엇은 부모가 선과 악에 대해 말하기보다 오히려 "할 것과 못할 것"(what was 'done' and 'not done')에 대해 더 이야기하였다고 한다(11; 여인천 no. 21). 엘리엇은 이때의 자신을 "고지식한 작은 소년"(priggish little boy)으로, 그의 조카 애비게일(Abigail)은 "사려 깊고 똑똑했으며, 동시에 말수가 적고 장난기 있는 아이"(thoughtful, bright, reserved, mischievous child)로, 그리고 그의 친구는 "수줍고 내성적인"(diffident and retiring) 소년으로 묘사했다 (Ackroyd 22; 여인천 261). 엘리엇의 어린 시절에 비추어 보면, 날이 갈수록 육신은 성장해 그 욕구가 더 커지고 있지만, 신체장애와 보이는 것과 다른 현실의 무게 때문에, 그의 영혼은 더 당혹해지고 육신은 욕구를 억제해야 하는 절대적 상황이 연출된다고 하겠다.

성장 2단계의 특성은 시 구절에 구체적으로 언급되고 있다(21-23). "삶의 고통과 몽상 약"(The pain of living and the drug of dreams)은 "브리타니아 백과사전"에 짓눌린 영혼으로 비유되고 있다. 이런 어린 시절은 "창가 의자에 있는 작은 영혼"(the small soul in the window seat)을 "비튼다"(Curl up)는 표현으로 보아 사춘기와 청년 사이의 중간 단계로 인식되고 있다 (Chandran 418). 이런 단계는 베이츠의 단편 소설 「아동」4)에 나오는 주인공 어린 소녀의 이미지를 주고 있다고 한다. 이 소녀는 창가에 있다 외로운 집 밖으로 비치는 바다 풍경과 소란스러운 사람들과 햇빛에 비치는 세상에 대한 호기심을 억누르지 못해 충동적으로 옷을 벗고 바다로 달려간다 (Chandran 419). 이 아동의 충동적인 흥분과 살찌고 나이가 들어 보이는 사람들이 이에 놀라 반응하는 모습은 아동의 단순함과 나이 든 사람들의 공포가 동시에 나타나는 장면이다.

---

4) 이 스토리는 8쪽 분량으로 1928년 12월호 『크라이테리언』(The Criterion)지에 가장 일찍 실린 것으로 알려져 있다. 엘리엇은 편집장으로 있던 이 저널에 이 스토리를 실으면서 이 소녀의 이미지로부터 아동의 특성에 대해 공감대를 가졌을 것으로 추정되고 있다. http://hebatescompanion.com/node/71 참고(22 May 2012).

시간의 손에서 나타난 티 없는 영혼
망설이고 이기적이고, 흉해지며, 절뚝거리고,
나갈 수도 물러날 수도 없이,
따뜻한 현실, 주어진 행복을 두려워하면서,
피의 끈질긴 요구를 부정하면서,

Issues from the hand of time the simple soul
Irresolute and selfish, misshapen, lame,
Unable to fare forward or retreat,
Fearing the warm reality, the offered good,
Denying the importunity of the blood, (24-28)

성장 3단계 첫 시행은 1단계 첫 시행을 반복하는 형태로 시간과 순환을 의미한다. 따라서 출생 때 유아가 주는 티 없는 영혼의 이미지는 시간이 지나도 티 없이 순수해 보이기는 한다. 하지만 몸은 점차 나이가 들고 허약한 이미지를 주는 성인의 모습으로 옮겨지고 있고, 동시에 흉하고 다리를 저는 노인의 모습을 주고 있다. 엘리엇은 30년 전 17살 되던 해 밀턴 아카데미(Milton Academy)에 진학하던 이때의 성장 단계를 "우유부단"한 시기로 회상하였다고 한다(Ackroyd 28; 여인천 261). 그리고 1년 후 18살 되던 해인 1906년 하버드 대학에 들어간 이후에도 신체적으로 허약한 이미지 때문에 그를 고독과 소외 등 극단적인 수줍은 사람으로 비치게 하였다고 알려져 있다(Noh 17). 그리고 "피의 끈질긴 요구"란 신체의 허약함에도 불구하고 끊임없는 일과 열정의 과정으로 묘사되고 있다.

엘리엇은 아동 시절이지만 일과 열정의 과정을 '지식의 백과사전'이란 은유로 확대하고 있다. 그래서 백과사전의 지식을 배워야 한다는 책무는 아이에게 너무 힘든 일을 말하며, 어린 영혼이 현실에서 점차 사색적이며 실수 없는 삶을 간구하는 모습에서 열정이 나타난다. 지식과 공부 속의 우울한 유령들, 그 유령들에 둘러싸인 먼지가 쌓인 책과 그 공간을 떠나, 삶과 죽음이 교차하는 곳에서 어린 영혼은 마침내 침묵을 배우게 된다. 그리고 삶에 지친 나이 든 한 중년 남자가, 시 세계이지만, 이미 죽은 이 사람("this one who made a great fortune"), 저 사람("that one who went his own way"), 현실과 역사 속의 인물들("Guiterriez," "Boudin," "Floret," "us now"), 심지어 출생하고 있는 사람들("us . . . at the hour of birth") 세계까지 넘나들게 된다.

> 그 그림자들의 그림자, 그 자신 우울한 유령,
> 먼지 낀 방에서 무질서하게 놓인 책을 떠나며;
> 영성체 후에 처음으로 침묵으로 살아간다.

> Shadow of its shadows, spectre in its own gloom,
> Leaving disordered papers in a dusty room;
> Living first in the silence after the viaticum. (29-31)

죽음 후에 침묵이란 죽음이라는 현실을 무겁게 깨닫는 순간이다. 그 죽음이 누구의 것이든 출생은 환희와 즐거움이지만, 마지막 시행들(32-37)에 나오는 세속적 인물들과 그들의 죄는 고통과 죽음이다. 그 죄는 어린 영혼의 호기심이나 충동을 넘는, 냉혹한 현실을 가리키고 있다. 여기에 교육의 의미, 특히 종교적 윤리가 들어오게 된다. 엘리엇은 후에 『늙은 들쥐』(Old Possum, 1939)에서 아동의 즐거움이나 쾌락을 생각나게 하는 고양이 우화를 소개하고 있다. '젤리클'(Jellicles) 고양이에서부터 성인의 사악함을 생각하게 하는 '그로울타이거'(Growltiger) 고양이까지 다양한 고양이들의 습성과 생활의 단면을 조명하고 있다. 하지만 이 우화는 도덕적 메시지를 분명하게 전달하려는 엘리엇의 교육적 의도를 찾아보게 한다(양병현 80). 따라서 어릴 때부터 사람에 대한 교육의 필요성과 그 중요성은 무엇보다 아동의 정체성을 살펴보는 「작은 영혼」에서 적극 제시되고 있다. 그 교육은 기독교 사회와 문화 속에서 살아가는 사람들이 갖추어야 할 종교적 도덕성에 기초하고 있다. 이처럼 주로 암시 형식이기는 하지만, 엘리엇 나름의 아동 발달 3단계는 태어나면서 사춘기를 넘어 청년 이전까지 즐거우면서도 슬픈 아이러니를 반영하고 있다. 이처럼 즐겁고도 슬픈 아이러니는, 그의 희곡 작품 『반석』(The Rock, 1934)이 보여주듯이, 아동성의 본질과 삶의 본질의 패러독스를 통해 잘 드러나고 있다.

> 세속 삶의 리듬에서 우리는 빛에 피곤하다. 기쁜 게
>   날이 지고 놀이가 끝날 때이다. 그래서 환희는
>   너무 많은 고통이다.
> 우리는 빨리 피곤해지는 아이들이다. 로켓이 발사되듯이
>   밤에 일어나고 잠에 떨어지는 아이들로서 날은
>   일과 놀이에 길기만 하다.

> In our rhythm of earthly life we tire of light. We are glad
>   when the day ends, when the play ends; and ecstasy
>   is too much pain.
> We are children quickly tired: children who are up in the
>   night and fall asleep as the rocket is fired; and the day
>   is long for work or play. (CP 184; Chandran 424 재인용)

'티 없는 영혼'이 엘리엇이 그렇게 바라던 아동의 모습이기는 하다. 누구에게나 세속적 삶을 통해 겪게 되는 과정이 결코 순탄치 않지만, 사람에게 희망이 결코 없는 것은 아니다. 다만 그 희망이 종교적 구원에 가까운 경지라는 데 문제가 있다. 타고난 질병과 시간으로 쉽게 피곤해지는 육신과 시공을 뛰어넘는 티 없는 영혼이 융합되는 그 시점은 『네 사중주』(Four Quartets) 마지막 시 「리틀 기딩」("Little Gidding," 1942)에 나오는 아동성에서 어렴풋이 암시되고 있다.

> 그러자 사과나무 속 아이들
> 찾아보지 않아 모르겠지만
> 정적 속에서 들리는, 반은 들리네
> 바다의 두 파도 사이에서.
> 순간 지금, 여기, 지금, 늘—
> 완전한 단순성의 조건

> And the children in the apple-tree
> Not known, because not looked for
> But heard, half-heard, in the stillness
> Between two waves of the sea.
> Quick now, here, now, always—
> A condition of complete simplicity (CPP 145)

엘리엇에게 아동의 본질은 오랜 경험과 지혜를 갖추고 있는, 나이 든 현자의 정신(sagehood)과 모습에 유사하다. 아동은 특성상 「이스트 코커」("East Coker," 1940)의 "내 시작 속에 끝이 있다"(In my beginning is my end,

CPP 123)에서 처음 찾아진다. 그리고 삶이 가야 할 곳에 "유일한 지혜는
. . . 겸허의 지혜요, 겸허는 끝이 없어라"(The only wisdom . . . the wisdom of
humility: humility is endless, 126)와 맥을 함께 하고 있다. 그리고 현자는 특성
상 "그 끝 속에 내 시작이 있다"(In my end is my beginning, 129)에서 찾아진
다. 이 마지막 행은 탄생과 죽음의 주기와 함께, 나이 들어 죽어가는 하드
리아누스와 엘리엇이 깨달은, 어린 영혼과 그 손님이요 친구이며 안내자
인 육신 간의 오랜 적의와 투쟁의 산물이라 할 수가 있다. 「이스트 코커」
는 탄생과 죽음, 그리고 이 둘의 역순인 죽음과 탄생을 다루고 있다. 「작
은 영혼」 또한 『재의 수요일』 이전 시 「동방박사의 여정」의 동방박사가
보았던, 아기 예수의 탄생, 고통의 삶, 죽음, 그리고 부활이라는 종교적인
관점에 비추어, 어린 영혼에서부터 구원을 찾는 시라고 하겠다.

III

　　어머니가 사망하기 수 주 전 1929년 9월에 엘리엇은 시 「작은 영혼」
을 출판하고자 하였다. 이 시는 자신과 너무나 닮아 보이는 성장 과정을
겪은 아동에 대한 심리적, 정신적 불행에 관한 내용이 주를 이루고 있다.
모호한 감정이기는 하지만, 서로 사랑하는 모자간이면서도 아들로서 엘리
엇은 어머니에게 매주 편지를 쓰지 않는다 하여 벌을 받던 달갑지 않은
기억(Worthen 19)이 「작은 영혼」에 비교적 잘 드러나 있다. 그래서 시는
'당혹한', 혹은 복잡하고 저항감을 보이는 아동을 '날마다 과오를 범하는'
이미지로 설명하고 있다. 더욱이 이 시는 '있는 그대로'와 '보이는 대로'
표현에서 보듯이, 정신적으로나 육체적으로나 욕망을 통제할 수도, 동시에
하기도 어려운 아동의 성장 과정을 비교적 잘 설명하고 있다. 결국 이 시

는 어머니의 죽음을 상징하는 '성령체' 앞에서 마침내 침묵의 순간을 깨닫는, 즉 어린 시절의 즐겁고 슬픈 아이러니가 전체적으로 그 구조를 형성하고 있다고 하겠다.

유아 시기에서부터 18세 정도의 청년 이전까지의 아동의 성장 과정을 3단계로 설명하고 있는 「작은 영혼」은 시 제목에서부터 로마 황제 하드리아누스의 시를 인유하며 시의 전체적인 내용과 구조를 전개하고 있다. 죽음을 앞둔 하드리아누스가 영혼을 육신의 손님이요 친구 등의 은유로 처리하는 수법은 병으로 죽어가는 육신과 떠나가는 영혼 간의 이별의 감정을 극적으로 설명하고 있지만, 엘리엇은 병들고 흉하고 이기적인 육신과 타락을 경험해야 하는 '티 없는 영혼' 간의 적의와 화합을 시도한다. 유아 때는 현실과 환상 사이의 혼란으로, 10세 무렵에는 욕망과 억제 사이의 혼란으로, 그리고 청소년 무렵에는 우유부단과 이기심으로 살아가는 과정이 그 순수한 영혼이 겪어야 하는 삶의 절대명령이다. 그리고 죽음을 목격하며 죽은 지식과 학문을 버리고, 처음으로 침묵으로 살게 되는 지혜를 깨닫게 되는 과정은 그대로 시인/비평가이면서도 종교적 구원을 추구하는 엘리엇의 삶을 설명하고 있는 듯하다. 무엇으로 어떻게 사느냐에 따라 다양한 삶의 단면들이 현실에 나타나게 되지만, 종종 속도와 권력에 탐하는 사람, 이념에 생명을 버리는 사람, 큰 재산을 이룬 이런 사람, 멋대로 살아가는 저런 사람, 곰 사냥개에 의해 의지에 관계없이 짓밟힌 작은 통꽃, 지금의 우리 자신 등의 모습들은 아동 시기의 삶에 따라 다양한 성인의 모습과 단면을 보여주는 예이면서도 구원받지 못한 영혼들이다.

이처럼 시 「작은 영혼」은 아동의 본질과 성장 과정을 조명하고 있으면서도 동시에 그 도덕성에 대한 교육의 중요성을 처음부터 강조하고 있는 것으로 보인다. 일견 「작은 영혼」은 브리타니아 백과사전과 창가 의자에 앉아 자연과 사람들의 소리를 듣는 아동의 삶을 모순적으로 조명하고 있고, 삶의 고통과 몽상의 환희 간의 혼란을 가중시키고 있고, 티 없는 영혼의 행복과 즐거움을 슬픔과 함께 모순적으로 나타내고 있다. 유아기 때부터 시작되는 육신과 영혼 간의 적의를 현실과 환상에 관한 은유 체계로 전개시키고 있는 시는 육신으로 인한 욕망의 죄와 교육의 중요성을 잘 나타내고 있다. 다른 한편으로 시는 「머리나」에서처럼 현실의 따뜻함에 대한 그리움을 드러내고 있기도 하다. 하지만 현실에서는 우유부단하며 방황하는 청소년 시기가 있고, 그래서인지 세상에는 정신적으로 공허한 사람들이 넘쳐나고 있다는 생각이 엘리엇의 마음을 지배하고 있다. 이 때문에 엘리엇은 결국 영국 국교로 개종하고 자신의 종교적 열망을 『재의 수요일』에 담고 있다. 결국 「작은 영혼」은 『재의 수요일』 한 해 전에 출판되었음에도 아동 시기에서부터 사람은 어떤 사람이 되어야 하며 어떻게 살아야 하는가를 사색하는, 즉 종교적 도덕성이 분명한 시이다. 그래서 시의 마지막 행은 티 없는 영혼의 환희를 그리워하면서도, 그 영혼이 겪어야 하는 삶의 무게 때문에 모든 사람을 위해 기도하는 의미가 강하다.

결과적으로 시 제목 '작은 영혼'은 주제 면에 있어 하드리아누스가 남긴 유명한 시구와 관련이 깊다. 죽음을 앞둔 하드리아누스가 남긴 시 「창백하고 방황하는 작은 영혼」을 인유한 시 「작은 영혼」은 하드리아누스를 넘어 예수의 탄생, 삶, 죽음, 그리고 부활의 과정을 살펴보게 하는 시적 전략이 주목되는 시이다. 시 「작은 영혼」에 나타난 죽음과 삶을 종교적으로 접근하는 과정은 육신과 영혼의 화합을 모색한, 즉 티 없는 영혼을 회복하려는 구원의 의미를 강하게 전달하고 있다. 이를 토대로 아동의 영혼과 육체적 성장 과정의 상관성, 즉 세 가지 단계―어머니의 관계와 아이의 성장 과정, 따뜻한 사랑에 대한 열망, 동시에 좌절과 소외 등을 시에 설계한 엘리엇의 입장은 아동성의 본질을 살펴보게 한다.

시 「작은 영혼」은 우리가 살고 있는 세상에서 어린 영혼이 정신적으로 잘 적응하지 못하게 되는 이치를 잘 보여주고 있다. 이처럼 엘리엇에게 삶의 경험을 축적하는 일은 "신의 손"(the hand of God)에서 탄생되는 작은 영혼이 그 혼의 '근원'(God)으로부터 점점 벗어나는 일로 이해되고 있다. 그래서 시는 탄생과 죽음의 주기를 전도한, 즉 죽음과 탄생에 관한 주기를 교훈적으로 대비시키고 있다. 「작은 영혼」에서 3단계의 마지막 행은 그러한 예들로, 성장한 영혼이 영성체 후에 처음으로 침묵으로 살게 되는 지혜를 배우는 일이다. 그러므로 시 마지막 행에 나타난 타락한 영혼을 가진 캐릭터들의 삶과 육체적 죽음은 탄생에서부터 종교적 구원을 다시 조명하고 있다. 따라서 엘리엇은 영혼의 수양에 대한 필요성을 어린 시절부터 나름의 교육 철학으로 다시 설명해주고 있다.

제4장

「머리나」, 청소년의 감성교육[1]

I

엘리엇의 「머리나」("Marina")는 드물게 셰익스피어와 세네카를 동시에 살펴볼 수 있는 시이다. 엘리엇이 모방을 잘하는 시인으로 잘 알려져 있지는 않다. 그의 시가 어느 특정한 작가나 작품을 그대로 모방하는 예가 드물기 때문이다. 시를 쓸 때 개인의 재능이 전통에 화학적으로 작용하게 하여야 한다는 그의 주장에서 보듯이, 시인은 자신의 목적을 위해 다양한 소재를 혼합시키는 매개체가 되어야 한다는 데서 모방은 단순한 모방이라고 보기 어렵다. 그럼에도 엘리엇 시에는 다른 작품의 인용문이 종종 눈에 띈다. 그렇다고 인용을 하였다는 구두법은 쓰지 않으며 누구의 글에서

---

1) 이 글은 논문 「초드라마틱 패턴: T. S. 엘리엇 시 「머리나」」(『T. S. 엘리엇 연구』, 21.1 (2011))를 수정·보완하였음.

온 것이라는 구체적인 지시도 없다. 그럼에도 이 시가 셰익스피어와 세네카 작품을 차용하고 있다면 그 목적은 무엇이며 그 목적을 위해 어떤 패턴을 사용하고 있는가 하는 문제는 흥미를 주게 된다.

시 「머리나」는 『에어리얼 시집』(*Ariel Poems*)의 마지막 시이면서도 『재의 수요일』(*Ash Wednesday*, 1930) 시보다 『엘리엇 시 및 희곡 1909-1950』(*The Complete Poems and Plays 1909-1950*)에 늦게 수록되어있다. 전기적으로는 『재의 수요일』의 「침묵 여성」("The Lady of Silence") 시에 나오는 수동적이고 말이 없는 여성이 엘리엇의 30년 연인으로 알려진 에밀리 헤일(Emily Hale)이라는 지적도 있다(Seymour-Jones 465). 당시 뉴잉글랜드(New England)에 살고 있던 그 에밀리가 1930년 바다의 이미지를 주는 「머리나」 시를 쓰게 하였다고 한다. 침묵의 여성, 에밀리, 머리나 간의 관련성이 흥미롭기는 하지만 1929년 영국 국교로 개종한 엘리엇이 『재의 수요일』과 『에어리얼 시집』의 관련성을 다소 설명해주고는 있다. 다만 그 연대를 다시 살펴보면 첫 시 「동방박사의 여정」("Journey of the Magi")[2]은 1927년, 「시몬을 위한 노래」("A Song for Simeon")는 1928년, 「작은 영혼」("Animula")[3]은 1929년, 「머리나」는 1930년, 「개선 행진」("Triumphal March") 일부는 1931년, 그리고 마지막 시 「크리스마스트리 재배」("The Cultivation of Christmas Trees") 일부는 1954년에 페이버(Faber & Faber) 시리즈로 『에어리얼 시집』에 출판

---

2) 린달 고던(Lyndall Gordon)이 제안하듯이 「동방박사의 여정」 시는 엘리엇의 개종 스토리의 한 부분으로 설명되고 있다(37). 다른 출처에 의하면 에밀리가 엘리엇으로 하여금 자신의 뿌리에 돌아가게 영감을 주어 이 시가 쓰였다는 지적이 있다(Seymour-Jones 465).

3) 에밀리의 자극 때문에 이 시 또한 엘리엇이 세인트 루이스(St. Louis)의 어린 시절로 돌아가 쓴 시로 알려져 있다(Seymour-Jones 465). 시 「머리나」의 머리나 소녀가 이 에밀리와 관련이 있다고 추정해 볼 수는 있다.

되었지만 마지막 두 시는 『엘리엇 시 및 희곡 1909-1950』에 수록되어 있지 않다. 「개선 행진」 시는 「미완성 시집」 「코리올란」 1편(Section 1 of "Coriolan" in the "Unfinished Poems")에 나타나고, 「크리스마스트리 재배」 시는 『에어리얼 시집』 후편 시리즈 일부로 나타나게 된다. 사실상 「머리나」 시는 『재의 수요일』 시에 이어 『에어리얼 시집』의 마지막 시로 수록되어 있다.

다른 세 편의 시가 『재의 수요일』보다 일찍 쓰였음에도 불구하고 「머리나」 시로 인해 『에어리얼 시집』이 『엘리엇 시 및 희곡 1909-1950』에 『재의 수요일』 시보다 늦게 수록된 이유는 무엇일까. 위성홍은 『엘리엇 시 및 희곡 1909-1950』에 『에어리얼 시집』이 『재의 수요일』 다음에 수록된 이유를 엘리엇이 "자신의 의식의 발전에 따라 작품들을 정리(ordering)한 것이기 때문이다"라고 진단한다(5). 이러한 지적은 그 정리의 의미가 「머리나」 시의 패턴에 어떤 상관관계가 매우 높다는 인식을 갖게 한다. 아마도 「머리나」 시의 '표제'(epigraph)와 시의 내용에 그 의문에 대한 답이 있을 것으로 생각된다. 표제는 1세기 후반 로마의 극작가이며 철학자인 세네카(Seneca)의 희곡 『헤라클레스의 분노』(Hercules Furens)의 1138행의 인용이고, 내용은 1609년 초 셰익스피어의 『페리클레스』(Pericles, Prince of Tyre)의 5막 1장의 스토리에 있다. 인용은 달리 말하면 인유(allusions) 기법의 하나로 고전 작품에서 일정한 시구를 그대로 베껴 쓰거나, 이를 지시하는 언어를 빗대어 사용하는 뜻이 강하다. 이를 모방이라 하지 않고 엘리엇은 '훔친 것'(stealing)이라고 한다. '훔치다'는 의미는 무엇을 어떻게 훔친다는 말일까. 훔친다고 하더라도 남의 것을 단순히 훔치는 것일까, 아니면 그 이상의 무언가가 있는 것인가. 엘리엇의 말을 빌리면,

가장 확실한 시험 중의 하나는 시인이 차용하는 방식이다. 미성숙한 시인은 모방한다. 성숙한 시인은 훔친다. 나쁜 시인은 취하는 것을 훼손하며 좋은 시인은 더 좋은 것으로 만들거나 적어도 다른 무엇으로 만든다. 좋은 시인은 찢긴 작품과는 전적으로 다른, 독특한 전체 느낌으로 훔친 것을 잘 짠다. 나쁜 시인은 전혀 일관성이 없는 무엇으로 훔치게 된다. 좋은 시인은 시대적으로 먼 작가에서부터, 혹은 언어로는 낯설게, 관심으로는 다양하게 일상 차용하게 된다.

One of the surest of tests is the way in which a poet borrows. Immature poets imitate; mature poets steal; bad poets deface what they take, and good poets make it into something better, or at least something different. The good poet welds his theft into a whole of feeling which is unique, utterly different from that which it was torn; the bad poet throws it into something which has no cohesion. A good poet will usually borrow from authors remote in time, or alien in language, or diverse in interest. (Eliot, *SE* 206)

달리 옮겨 쓰면 '훔친 것'을 '더 좋게' 그러면서도 '다르게' 만들며, 전적으로 이전의 느낌과는 다른 '독특한' 느낌에 의해 고전 작가들로부터 언어는 낯설게 흥미는 다양하게 일상적으로 차용하는 시인이 원숙하고 훌륭한 시인이다. 이 서술에 엘리엇의 시 창작 전략과 기법이 거의 들어있다고 생각해도 크게 빗나가지 않을 것이다. 전략은 남의 것을 훔쳐 더 좋게 만들겠다는 그의 시 창작 원리를 반영하며, 기법은 되도록 유명한 작가들로부터 언어와 아이디어를 일상적으로 차용하되 낯설고 독특하게 느끼게 하는 인유 방식에 의존한다.

　여기에서 시 「머리나」를 통해 드러나는 엘리엇의 시적 프로그램에 대해 생각해 볼 필요가 있다. 크게 보아 1922년 『황무지』(*The Waste Land*), 1925년 「텅 빈 사람들」("The Hollow Men"), 1930년 『재의 수요일』, 그리고 「머리나」의 흐름은 그 목적과 내용에 비추어 엘리엇의 시 프로그램이 다분히 의도적이라는 데에 있다. 세네카의 『헤라클레스의 분노』에서 훔친 표제는 시 「머리나」가 차용한 목적을 명확하게 설정해주고 있고, 셰익스피어의 『페리클레스』에서 훔친 내용은 우선 표면적으로는 '드라마틱' (dramatic) 패턴에 있고, 심층적으로는 분노, 슬픔, 우울, 감동, 환희 등의 감정을 안정시키는 '초드라마틱'(ultra-dramatic) 패턴, 즉 음악과 예배 의식이라고 할 수 있다. 표면적인 드라마 요소를 표층 구조라고 한다면 휴식과 기도를 향한 엘리엇의 초월적 감성은 심층 구조라고 할 수가 있다.

　『페리클레스』 스토리가 한 편의 완결된 '드라마'라면 음악과 의식은 '초드라마'라 할 것이다. 특히 5막 1장에서 부녀가 해후하는 스토리 기반의 표층 패턴과 음악과 의식 기반의 심층 패턴은 통일성을 이루며 셰익스피어를 극작가(드라마적 요소)와 시인(초드라마적 요소)으로 동시에 부를 수 있게 한다. 본 장은 셰익스피어 희곡이 주는 의미가 아니라 그 희곡을 만드는 질서가 엘리엇의 「머리나」 시에 인유적으로 표층과 심층에 어떻게 작용하고 있는가를 탐구하는 일이라고 하겠다. 본 장은 셰익스피어의 드라마 프로그램을 '훔친' 엘리엇이 「머리나」 시에 다른 느낌으로 사용한 프로그램을 살펴보고, 나아가 청소년 감성교육의 본질을 살펴보고자 한다.

II

「머리나」 시의 표제는 이렇게 시작한다. "Quis hic locus, quae regio, quae mundi plaga?" 이를 영어로 번역하면 "What place is this, what land, what quarter of the world?"이다. 이 영문은 "이곳이 어디이며, 어떤 땅이며, 이 세상의 어떤 곳인가?"로 다시 번역할 수가 있다. '헤라클레스의 분노'는 알려진 대로 주노(그리스의 헤라)의 질투 어린 분노에 의해 주어진 12가지 과업을 가리켜 만들어진 말이다. 터무니없이 주어진 이 불가사의한 12 과업을 지옥에서 완수하고 귀환하는 헤라클레스에게 주노는 마침내 광기를 부어 넣게 된다. 「머리나」 시의 표제는 미쳐서 자기 처와 자식들을 죽이고 깊은 잠에 빠진 후 제정신으로 돌아온 헤라클레스의 외침이다.

세네카가 그리고자 한 헤라클레스의 비극성은 그의 스토이시즘(stoicism)에 있다. 세네카는 자신 삶의 목적을 헤라클레스의 불굴의 정신에서 찾아낸 것이다. 온갖 시련을 겪으면서도 자기 감성의 나락에 빠지지 않고, 자의식을 잃지 않는 헤라클레스의 스토리를 훔쳐 자신의 이야기를 만든 것이 세네카이다. 이처럼 삶에 대한 세네카의 관점은 이러한 헤라클레스의 분노를 자신의 작품에 어떻게 구성할까를 결정하는 틀이 된다. 그리고 이 분노가 엘리엇의 분노라면 셰익스피어의 『페리클레스』 드라마를 차용하여 그 분노를 어떻게 처리할까에 대한 문제는 「머리나」 시 프로그램의 가설이라 할 수 있다.

셰익스피어 『페리클레스』 5막 1장은 이러하다. 온갖 고난과 죽음의 위기를 벗어난 페리클레스가 옛 페니키아의 성 튀루스(Tyre)로 돌아가는 바닷길에 부인인 타이사(Thaisa)가 애를 낳다 죽게 된다. 그러자 페리클레스는 타르수스(Tarsus)에 사는 자신의 친구 클레온(Cleon)에게 갓난아이인 머리나를 맡기게 된다. 하지만 클레온의 부인이 점점 예쁘게 크는 머리나를 시기해 죽이려고 하자 우연하게 해적이 그녀를 납치해 창녀촌에 팔아버린다. 5막 1장은 머리나가 기지를 발휘해 이를 빠져나와 뚜쟁이 집에서 미술교사로 지내는 동안 그간 바닷바람에 몰리고 쫓기어 이곳에 도착해 있는 아버지 페리클레스를 만나러 오는 장면으로 시작한다. 이 부분은 상심과 우울증에 빠진 페리클레스와 살해되었다고 생각한 딸 머리나가 처녀가 되어 서로 해후하는 장면이다. 이미 늙은 페리클레스는 머리나의 출생관련 스토리를 듣고 자신의 딸을 극적으로 알아보게 된다. 엘리엇은 이 '인지 장면'(the recognition scene)에 대해 특별한 주목을 하게 되고, 그의 「머리나」 시는 이 부분의 셰익스피어 드라마의 특성을 나름의 관점에 따라 옮기게 된다.

> 내 마음에 가장 훌륭한 "인지 장면"은 위대한 희곡 『페리클레스』 5막 1장이다. 이 장면은 인간 이상인 존재들의 드라마틱한 행위라 할 "초드라마틱"한 완벽한 예이다. 이 부분은 오히려 그 시대 이상으로 비추어 보아도 인간 이상의 사람들의 말이다.

> To my mind the finest of all the "recognition scene" is Act V. i of that very great play *Pericles*. It is a perfect example of the "ultra-dramatic," a dramatic action of beings who are more than human. . . . It is the speech of creatures who are more than human, or rather, seen in a light more than that of day. (Drew 59)

세네카의 비극과 셰익스피어 희곡이 관련이 있다면 증거는 없지만 셰익스피어가 세네카로부터 갖게 된 '삶의 관점'(a point of life)이라 할 수 있다(Eliot, *SE* 129). 이러한 삶의 관점은 헤라클레스에 대한 세네카의 관점이지만, 동시에 세네카의 비극의 관점은 셰익스피어 드라마에서 다른 관점에 따라 재구성되어진다고 하겠다. 이러한 세네카적 셰익스피어 관점을 의도적으로 취한 엘리엇의 관심은, 미쳐서 자기 처와 자식들을 죽이고 깊은 잠에 빠진 후 제정신으로 돌아온 헤라클레스의 자의식에 있다. 동시에 그 자의식은 딸 머리나를 알아본 이후 너무나 감격해 머리나는 듣지 못하는 '하늘의 음악'(heavenly music)을 들으려는 페리클레스의 자의식이다. 평온하게 잠이 든 헤라클레스처럼 5막 1장에서 페리클레스 또한 결국 영묘하고 불가사의한 음악을 들으며 황홀해서 잠이라는 휴식에 빠지게 된다.

최고의 천상 음악!
듣고 있게 되니 졸음이 와
눈이 무거워지는군: 쉬고 싶구나.

Most heavenly music!
It nips me into listening and thick slumber
Hangs upon mine eyes: Let me rest. (234-36)

엘리엇도 이 시 음악에 의해 잠을 청하며 평온함으로 들어가고 싶었을까. 엘리엇 시 패턴은 드라마틱한 표면 스토리에도 있지만 감정과 음악의 관련성을 말하는 세네카적 셰익스피어의 '초드라마틱'(ultra-dramatic) 기법에서 우선 출발한다. 엘리엇이 훔친 셰익스피어 드라마의 초드라마틱 기법은 일상 언어가 주는 사운드의 음악성에 있다. 이한묵은 이러한 엘리엇 시에서의 '소리'(sounds)와 '의미'(senses) 관계를 '청각적 심상'(images of sound)으로 부른다(Lee 124). 그는 "청각적 심상이 시적인 의미와 소리를 유기적으로 합치시키는 데 중요한 가교 역할"을 하며, 그의 "장시는 전통적이고 일관적인 소리와 운율과 독창적이고 변형적인 소리와 형태를 동시에 포함하고 있다"고 덧붙인다(124). 표제 "이곳이 어디이며, 어떤 땅이며, 이 세상의 어떤 곳인가?"의 헤라클레스 외침에 이어진 시의 첫 외침(1-5행)은 이러한 사운드 패턴과 극심한 고통을 겪는 페리클레스의 감정 패턴을 잘 보여주고 있다.

어떤 바다 어떤 해안 어떤 회색 바위 그리고 어떤 섬
어떤 물이 뱃머리를 치는가
그리고 소나무 향내, 그리고 안개를 통해 노래하는 개똥지빠귀 새
어떤 이미지가 돌아오는가
오 내 딸.

What seas what shores what grey rocks and what islands
What water lapping the bow
And scent of pine and the woodthrush singing through the fog
What images return
O my daughter. (*CP* 72)

자음(특히 'w' 및 'r')과 모음(특히 'a' 및 'o') 사용 패턴은 사운드의 부드러움은 물론 두운(alliteration), 모운(assonance), 자운(consonance) 기법에 의해 언어의 음악성을 느끼게 해주고 있다. 시구 "what"을 통해 오르고 내리는 기복이 있는 억양을 교대로 사용하는 방식은 지속적이면서도 반복되는, 그러면서도 쉬지 않고(콤마나 마침표가 없음) 계속되는 주문을 연상시키게 한다. 또한 음절이 간단한 이러한 시어의 반복은 강력한 힘과 함께 독자에

게 강렬한 청각적 심상을 불러일으켜 준다. 과거로부터 현재로 이어지며 시간적인 연속성을 암시하는 바다, 해안, 회색 바위, 섬, 물, 해안가의 오래된 굽은 소나무, 안개, 개똥지빠귀 새의 노랫소리 등과 함께 섞어 들려오는 파도 소리는 그 강렬함과 동시에 살해되었다고 생각한 딸을 만나는 페리클레스의 설렘과 격한 감동을 짙게 전달해주고 있다.

「머리나」 시의 도입부는 이처럼 물과 파도 소리와 해안의 모습을 중첩시키며 과거를 회복시키는 어휘가 채우고 있다. 이러한 언어사용 기법은 생생한 현실과 회한으로 가득 찬 과거와 벅찬 미래를 암시적으로 느끼게 한다. 16세기와 20세기를 초월하는 이러한 '객관적 상관물'은 무엇인가. 페리클레스의 목소리는 시인의 목소리와 서로 관련이 있으며, 이 두 목소리는 페리클레스와 머리나가 만나는 시간을 초월하게 한다. 엘리엇의 시에서 초월 되는 그 무엇이란 생생한 어휘를 통해 전달되는, 비로소 시공을 초월하게 하는 인간의 감동을 상징하고 있다. 슬픔과 그간의 고통을 무엇으로 담아내어 자신의 감동을 표현해 낼까. 격렬하게, 가슴이 뛰게, 격정적으로 묘사하는 어휘보다 밀려오는 감정을 파도의 움직임을 통해 장엄하게 전달하는 언어사용 기법은 해후하는 상황을 드라마틱하게 전달하면서도 음악과 주문 같은 '초드라마틱'한 시 패턴에 의해 매우 균형적인 감각을 갖게 한다.

「머리나」 시는 일곱 개의 불규칙적 단락으로 구성되어 있다. 첫 단락 (1-5행)은 노인의 의식이 환상과 꿈속에서 일어나는 장면으로 시작한다. 그의 딸인 머리나는 바다에서 태어난 이유로 그 이름을 갖게 되고 시의 타이틀 인물이다. 그에게 "어떤 이미지들이 돌아올까?"의 상황은 바다에서 밀려오는 파도처럼 딸이 배를 향해 나타나는 사건이다. 첫 4행은 거의 약강격 박자로 그 상승 억양은 지속적으로 5행인 "O my daughter"로 연결되며, 그 끝 음은 상승 억양에서 갑자기 뚝 떨어지는 느낌을 주게 한다. 머리나의 움직임은 바다에서 해안에서 섬으로 이동한다. 이 움직임에 조응하듯이 섬에는 물이 "뱃머리를 치며"(lapping the bow), 개똥지빠귀 새는 "안개를 통해 노래를"(singing through the fog) 하고 있다. 악기의 멜로디처럼 물소리, 파도, 새의 노래는 『페리클레스』 드라마와는 '전적으로 다른, 독특한 느낌'으로 부녀의 감동을 원숙하게 처리하는 인상을 준다.

배순정이 지적하듯이, 엘리엇은 시가 비언어적이고 재현 불가능한 것을 표현할 수 있는 음악의 능력을 지향하더라도 시의 음악성은 '명료성'(intelligibility)과 '질서'(order)를 통해서 작용된다고 생각한다(95). 그 명료성과 질서는 내용이 필요 없는 순수한 형식의 음악이기 때문에 음악의 악절 중심에서보다는 언어의 음악성과 의미의 조화에서 비롯된다고 한다. 따라서 엘리엇은 「시와 음악」("The Music of Poetry", 1942)에서 시의 음악을 구성하는 요인들로 '두운'(alliteration), '모운'(assonance), '자운'(consonance)을 포함시키고 있지만, 음악의 '멜로디'(melody)에는 큰 비중을 두지 않게 된다. 엘리엇의 시구는 그래서 일상 언어의 사용과 관련이 깊다. 이는 청각적 상상력이나 '언어적 음악'(verbal music)을 강조할 경우 밀턴(John Milton)처럼 인위적인 시어와 복잡하고 뒤틀린 문체의 작품을 생산하게 된다고 믿고 있기 때문이다. 그래서 엘리엇은 단테(Dante)의 '완벽한 일상 언어'(the perfection of a common language)와 시어와의 밀접한 관련성을 언어의 음악성을 통해 강조한다(97).

일상 언어를 음악적 시로 구체화하는 작업은 그래서 초드라마틱 패턴에서 자주 발견되는 기법이다. 인물들의 감정 등을 대화체로 전달하는 드라마는 스토리의 흐름과 관련이 깊지만, '감수성의 분리'(dissociation of sensibility)는 초드라마틱한 문제이다. 페리클레스의 감수성은 '하늘의 음악'

(heavenly music)이 그의 자의식을 나타내면서도 결국 자신의 감성을 음악을 통해 분리시키려는 일단의 심리적 노력에서 나온다. 신비로운 음악을 들으며 황홀하게 휴식에 들어가려는 페리클레스의 심리 기법은 곧 엘리엇의 시에 있어서 초드마마틱 특성을 가리키게 된다. 그러므로 엘리엇의 「머리나」시 프로그램은 복잡한 감성(emotion) 혹은 느낌(feeling)을 처리하는 시의 세부사항에서 나온다. 감성을 시적으로 어떻게 처리하느냐의 문제는 시 나름의 구조패턴과 시적 요소들의 통일성에 의해 결정된다.

다음은 『페리클레스』 5막 1장에 나오는 구문이다.

　　저는 처녀입니다,
　전하, 아직껏 스스로 남의 눈을 유혹한 적이 없습니다만,
　남들에겐 언제나 혜성처럼 응시당하고 있기는 합니다. 그녀가 말씀
　　드립니다,
　아마 전하께서 경험하신 거나
　동등하리라, 만약 공정히 비교하신다면.

　　I am a maid,
　My lord, that ne'er before invited eyes,
　But have been gazed on like a comet. She speaks,
　My lord, that, may be, hath endured a grief
　Might equal yours, if both were justly weighed. (85-89)

엘리엇이 찾고 싶어 하는 부분은 부녀가 만나는 이 극적 상황에서의 감성적인 언어 표현과 일상 회화 스타일이 주는 '드라마적' 패턴과 시의 음악적 요소가 주는 '초드라마적' 패턴에 있어 보인다. 그래서 엘리엇은

이 장면에서 청소년과 노인의 두 목소리가 완벽하게 조화를 갖게 되는 틀을 찾게 된다. 이 시행의 경우 어떤 '개인성'(individuality)보다 이 둘 사이에 죽음과 같은 고난과 역경의 힘든 '경험의 동일성'(an identity of experience)이 발견된다는 지적이다(Warren 100). 그래서 이 캐릭터는 "인간 이상으로"(more than human) 그려지게 된다. 즉, 개인적인 차원을 넘는 아버지와 딸의 경험과 목소리의 동일성 그 자체에서 감상주의적 인간성을 뛰어넘는다는 해석이 뒤따른다.

개의 이빨을 가는 사람들, 의미는
죽음
벌새의 영광으로 빛나는 사람들, 의미는
죽음
포만의 돼지우리에 앉아 있는 사람들, 의미는
죽음
짐승의 환희로 고통받는 사람들, 의미는
죽음

Those who sharpen the tooth of the dog, meaning
Death
Those who glitter with the glory of the hummingbird, meaning
Death
Those who sit in the sty of contentment, meaning
Death
Those who suffer the ecstasy of the animals, meaning
Death (*CP* 72)

「머리나」 시의 이 두 번째 단락(6-13행)에는 어느 정도의 긴장되는 이미지들이 있다. 이 단락은 단번에 세 번째 단락의 시어 "unsubstantial"(14행)에 연결된다. 네 개의 문장패턴은 지시하는 관계에 있어서나 의미 관계에 있어 서로 조응하듯이 주부와 술부가 일관성 있게 연결되어 있다. 각 문장의 주부에 있어 주어는 "Those"이고 술부는 "meaning/ Death"이다. 문장 또한 유사한 패턴을 따르고 있다. "Those who sharpen...", "Those who glitter...", "Those who sit...", "Those who suffer..." 구조는 "Those"를 한정하는 주부로서 후음 'g'를 제외하고는 치찰음 's'로 시작되며 강한 소리를 내게 한다. 그 뒤 사운드도 거의 't'와 's'에 치우친 강한 소리를 만들어내며 각 문장은 모두 6박자로 되어있고 각운은 술부 "Death"로 짧고 강하게 마무리되고 있다. "개의 이빨", "벌새의 영광", "포만의 돼지우리", "짐승의 환희" 등은 각각 폭식, 자만, 나태함, 욕정을 상징하고 있다. 시 『황무지』를 반영하고 있는 듯 모두 페리클레스와 젊은 머리나가 겪은 세상의 가혹함과 정신적 죽음을 상징적으로 의미한다.

시의 흐름을 보면 무거운 사운드와 단호한 태도는 그다음 키워드인 "unsubstantial"로 전위된다. 시 「텅 빈 사람들」의 이미지들을 반영한 듯 모든 물리적 이미지들은 허울뿐인 모습으로서 "실체가 없게 된다"(are become unsubstantial). 모두 "소나무의 숨결"(a breath of pine), "안개 우드송"(the woodsong fog), "바람에 의해 축소된 채"(reduced by a wind) 분해되고 있다. 하지만 머리나의 이미지는 "적소에 용해된 우아함"(a grace dissolved in place)으로 새롭게 탄생된다. 그래서 실체가 없는 행보를 느끼게 하는 시어 "unsubstantial"이 주는 빈 소리는 이어지는 상승 억양과 함께 두 번째 및 세 번째 단락의 시행들을 함께 묶어 '아름다움'이라는 새로운 가치들로 채워지게 된다.

다음 단락(17-21행)부터 상황은 부녀가 만나는 장면으로 바뀐다. 이 부분의 시어는 가슴이 뛰면서도 설레는 억양으로 또한 바뀐다. 머리나가 새로운 이미지로 다가오지만 그런 새 얼굴이 희미하면서도 더욱 뚜렷해지고 있음을 노인은 느낀다.

이 얼굴은 무엇인가, 덜 뚜렷하면서도 더욱 뚜렷한
팔의 맥박은, 덜 강하면서도 더욱 강한?
일정한가 아니면 더해졌나? 별보다 더 멀고 눈보다 더 가까운
나뭇잎과 서두르는 행보 사이에 낮은 속삭임과 작은 웃음
모든 물이 만나는 그곳에 수면을 취하니.

What is this face, less clear and clearer
The pulse in the arm, less strong and stronger?
Given or lent? more distant than stars and nearer than the eye
Whispers and small laughter between leaves and hurrying feet
Under sleep, where all the waters meet. (*CP* 72)

이 장면은 보다 확실한 딸의 이미지를 잡으려는 아버지의 욕구가 생생하게 묘사되는 상황이다. 눈으로 보려는 개인적인 것에서부터 우주의 별들까지 보려는 아버지는 '나뭇잎과 서두르는 걸음걸이' 사이로 들리는 '속삭임과 작은 웃음'을 느끼며 과거의 상처를 치유하게 된다. 아버지에게 다가가는 머리나의 움직임은 이 시행에서 다소 부드러운 행보를 보이고는 있으나, 그 내면에는 설렘과 두근거리는 상승 억양을 보이면서도 '잠'과 '물'의 어휘로 보아 오히려 차분함을 느끼게 해준다.

시는 다시 환희와 감정의 절정이 지난 듯 '잠'이라는 모티브가 다음

단락(22-32행)에 등장하고 있다. 의식과 무의식에서 오는 모든 이미지들의 흐름이, 혹은 과거와 현재가 만나는 스토리 패턴이 새로운 형태로 바뀌고 있음을 알 수가 있다. 머리나는 "얼음으로 깨진 둥근 마스트와 열기로 금이 간 페인트"(Bowsprit cracked with ice and paint cracked with heat)를 상징하는 아버지의 실제 인생을 직접 접하게 된다. 노인은 처음으로 주어 "I"를 사용하며 마음속에 차 있는 궁금증을 이기지 못해 과거의 이미지를 의식하려고 애를 쓰게 된다. "모르겠구나, 반은 의식이 되고, 모르게 되고"(unknowing, half conscious, unknown) 시구(27행)는 과거와 현재가 지금은 자신의 것인 줄을 인식하고 있음에도 여전히 긴가민가하며 오락가락하는 노인의 모습을 설명해주고 있다. 그는 "배의 틈새를 뱃밥으로 수리하며"(the seams need caulking) 새로운 인생으로 과거와 현재를 불러들이는 차분함과 우아함을 보이게 된다. 새로운 인생(30-32행)이란 이제 그가 머물러야 할 곳이며 "자 이 인생에 나의 삶을 맡기고, 말로 하지 못함에 말을 포기하고, 깨어나 입술이 갈라져도 희망, 새로운 배에 맡기고"(let me/ Resign my life for this life, my speech for that unspoken,/ The awakened, lips parted, the hope, the new ships) 싶은 바람을 의미한다.

한때 바다에서 잃어버렸던, 그리고 바다에서 다시 나타난 그 딸이 노인에게 준 새로운 힘은 정신적인 삶이다. 이러한 삶은 그간 딸을 잃은 데다 딸을 낳다가 죽어 바다에 수장한 부인 타이샤에 대한 상실감으로 우울증에 걸려 있었던 페리클레스에게 새로운 활력을 제공한다고 하겠다. 이어 신묘한 음악과 환희에 차 잠을 자게 된 페리클레스는 다이아나(Diana) 신이 중간에 나타나 죽었다는 타이샤까지 찾게 되는 기쁨을 갖게 된다. 이러한 기쁨은 그대로 마지막 단락(33-35행)에서 딸을 만나는 설렘으로 가득 찬 첫 단락에 비해 아주 차분한 목소리로 나타나고 있다. 바다, 해안, 섬, 배, '소리쳐 부르는' 개똥지빠귀 새는 페리클레스에게 새롭게 다가온

자연 세계로, 이전과는 전혀 다르게 느껴지는 문맥에서 생생하게 그려지고 있다. 물론 내 딸을 부르는 탄식어 '오'(O)도 없어졌다.

바다, 해안, 그리고 섬은 상실된 마음과 허약한 정신과 더 이상 연결되어있지 않다. 노인의 새 배는 확실한 이미지로 "내 선편"(my timbers) 속에 있다. 같은 자연 현상이라도 마음이 즐겁다 보니 모두가 친숙하게 느껴지는 이런 체험은 부녀간 영혼의 교감이 만들어낸 극적 순간이다. 이들의 영혼은 "안개를 통해 노래하는 개똥지빠귀 새"(woodthrush singing through the fog)가 아니다. 이제 이들은 "안개를 꿰뚫고 외치는 개똥지빠귀 새"(woodthrush calling through the fog)가 되어있다. 이 시행을 셰익스피어 작품에 비추어 유추해보면, 『페리클레스』의 결정적인 장면은 젊은 머리나가 노래로 아버지를 우울증으로부터 벗어나게 한 대목이다(V, i, 78). 심지어 머리나는 '노래하고, 섞고, 짜고, 춤을 출' 수 있는 처녀로 등장한다(IV, vi, 185). 이들에게 무릉도원이 있다면 마치 이들은 절정과 환희의 낙원 세계로 들어가는 모습이다. 딸에 의해 페리클레스는 마음이 이끄는 대로 즐겁게 따라가는 새로운 인간으로 변해 있다.

'안개를 꿰뚫고 외치는 개똥지빠귀 새'를 보면 세네카의 헤라클레스를 연상시킨다. 12 노역을 겪고 주노의 주문 때문에 광기에 빠져 가족을 모두 죽인 헤라클레스가 제정신을 회복하게 되는 여정은 페리클레스의 여정에 비유된다. 「머리나」 시는 세네카의 헤라클레스, 셰익스피어의 페리클레스, 엘리엇의 페리클레스를 인유적으로 접목시키게 한다. 그 연결고리 키워드는 엘리엇 유형의 스토이시즘이다. 시인의 시적 소재는 그러한 고전적 스토리 패턴에 있다. 엘리엇은 다만 이를 훔치는 데에 그치지 않고 자신의 입장에 따라 아름다운 젊음에 새로운 가치를 부여하는 작업을 계속한다. 엘리엇 시에 있어서 '개똥지빠귀 새'는 고난과 역경을 통해 혹은 죽음을 통해 역설적으로 평화를 느끼는 헤라클레스, 페리클레스, 엘리엇의 전형이다. 달리 말하면, 개똥지빠귀, 페리클레스, 바다, 새로운 배 등은 엘리엇의 삶의 관점에 들어와 있는, 그의 스토리에 들어온 친숙한 어휘들이 된다. 결국 엘리엇의 시 프로그램은 젊은이의 아름다운 영혼과 세상의 관련성을 보여주는 시적 메커니즘을 가리킨다.

결과로써 엘리엇의 인물들 중 가장 위대한 작가는 셰익스피어와 단테로 알려져 있다. 엘리엇은 두 위대한 작가들을 움직이는 동력으로 세네카의 비극을 들고 있다. 우선 셰익스피어를 단테에 버금가는 위대한 작가로 분류한 엘리엇은 이들 나름의 의도나 상대적 가치가 중요해서가 아니라, "영구적인 인간의 충동"(permanent human impulse)을 "완벽한 언어로"(in perfect language) 표현한 능력이 위대하다는 것이다(Eliot, SE 137). 즉, 두 작가의 시학은 시기만 13세기와 16세기로 다를 뿐 모두 똑같이 강하며 진실하며 정보적이고, 동시에 시가 유익하고 이익을 주는 의미에서 유익하고 이롭다고 한다. 이런 의미에서 위대한 시인들은 자신의 시대에 있어 "가장 위대한 감성적 강렬함"(the greatest emotional intensity)을 표현하는 일에 몰두하게 된다(137). 문제는 이들이 똑같이 위대하지만 다르다는 데에 있다. 적어도 엘리엇이 보기에 세네카의 비극은 극 중 인물의 극적인 감성이 객관적 형식으로 처리되는 부분에 있다고 하겠다. 이러한 세네카의 작품은 단테나 셰익스피어 모두에게 어떤 영향을 미치는 프로그램이 작용하고 있다는 인식을 갖게 한다.

그 프로그램은 물론 작품의 통일성을 결정하고, '자의식'(self-consciousness)과 '자가 극화'(self-dramatization)를 진행하는 극 중 인물을 만들어내는 창작 원리라고 할 수가 있다. 그 전형적인 극 중 인물이 캐릭터 페리클레스이다.

페리클레스: 온갖 행운이 시모니디즈 왕께 있으시길.

왕:　당신에게도 있으시길. 감사하게도

　　　어젯밤 유쾌한 음악이었소. 정말

　　　생전 들어보지 못했습니다

　　　그런 즐겁고 기쁜 음악을.

페리클레스: 전하의 호의로 인한 칭찬입니다.

　　　내 공적은 아닙니다.

왕:　경, 당신은 음악의 거장입니다.

Pericles:　All fortune to the good Simonides!

King:　　To you as much; sir, I am beholding to you

　　　　For your sweet music this last night. I do

　　　　Protest my ears were never better fed

　　　　With such delightful pleasing harmony.

Pericles:　It is your Grace's pleasure to commend;

　　　　Not my desert.

King:　　Sir, you are music's master. (II, v, 24-30)

　　여기에서 왕은 장인이 될 시모니디즈(Simonides)이다. 페리클레스는 이
미 예술에 큰 조예를 가진 군주이다. 음악의 재능은 단순한 음악의 능력
을 말하는 것이 아니라 한 인물의 고유한 성격과도 연관을 가진다. 페리
클레스의 인격체는 이 음악성에서 비롯되어 있다는 뜻이며 세상과 사람을
보는 그의 판단도 이 음악성에서 찾고 있다. 튀루스를 떠나 처음 만나게
된 이웃 안티오쿠스(Antiochus) 왕과 그의 딸에 대한 판단 기준도 음악과
관련이 깊다.

당신은 멋있는 바이올리니스트입니다. 당신의 감각이 그 줄이요;

남자에게 적법한 음악을 켜 준다면,

하늘도 감동하고 모든 신들도 듣게 될 거요;

하지만 그 전에 연주가 된다면,

지옥만이 그 거친 가락에 춤을 추게 될 거요.

You're a fair viol, and your sense the string;

Who, finger'd to make man his lawful music,

Would draw heaven down and all the gods to hearken;

But being play'd upon before your time,

Hell only danceth at so harsh a chime. (I, i, 82-86)

이 대목은 아버지와의 근친상간을 알게 된 페리클레스가 안티오쿠스의 딸에게 한 말이다. 분노에 찬 안티오쿠스는 페리클레스가 이 추문을 세상에 알릴까 봐 그를 죽이려는 의도로 욕설까지 퍼붓게 된다. 페리클레스는 이미 여인의 적법한 사랑을 훌륭한 바이올린 연주와 비교하고 있을 정도이다. 부정한 열정에서 나오는 혼란스러운 연주는 그녀의 성격을 은연중에 드러내고, 페리클레스는 이를 간파하고 있게 된다. 결과로써 안티오쿠스 딸의 올바르지 못한 심성과 그 연주는 연주되는 음악의 불협화음을 만들어내게 되고, 그녀의 그러한 의식은 자기 삶을 스스로 부도덕하게 만든다. 이러한 이치는 음악은 물론 젊은 머리나와 노년의 페리클레스가 보여준 인성과 자연의 조화, 하늘의 조화를 만들어내려는 고전 패턴을 반영한다.

시 「머리나」를 볼 때 이처럼 엘리엇의 시 프로그램은 고전의 형식은 물론 그 구문과 상황에 관한 차용과 각색에 있는 것이 사실이다. 그 고전이라 할 셰익스피어의 『페리클레스』 프로그램은 셰익스피어의 드라마 패턴과 초드라마 패턴에서 발견된다. 셰익스피어의 경우 처음부터 마지막까지 지속적으로 전개되는 주제, 드라마 및 시 기법의 선택이 그의 표준 패턴을 정하게 하고, 세부사항은 점차적으로 이 표준 패턴에 따라 움직이게 한다(Eliot, *SP* 101-02). 따라서 그의 작품의 의미는 작품 자체에 있는 것이 아니라 그 작품 속의 질서에 있다. 초기와 중기 작품과 후기 작품의 다른 점은 패턴의 완벽성에 있다기보다, 표층 패턴과 심층 패턴 간의 통일성을 가중시키는 그 기법에 있다고 하겠다. 즉, 통일성의 정도 문제는 모든 구성 요소들을 "감성의 통일"(a unity of sentiment)로 '통일화'(unification) 시키는 정도로, 통합되는 감정의 질과 종류 그리고 통일화 패턴의 정교함이라고 할 수 있다(110).

셰익스피어와 관련해 엘리엇 시 「머리나」의 '초드라마틱' 패턴은 그의 두 강연 내용이 그 형태와 본질을 알 수 있게 해준다. 셰익스피어에 관한 엘리엇의 이해는 1937년 에딘버그 대학(Edinburgh University)과 1941년 브리스톨 대학(Bristol University) 강연으로 알려지게 된다. 그 강연 제목은 미출간된 것으로 알려진 「시인과 극작가로서 셰익스피어」("Shakespeare as Poet and Dramatist")이다. 「머리나」로 『페리클레스』를 살펴본 엘리엇은 후기 『페리클레스』(1609) 드라마가 시의 요소를 적극 활용하고 있는 측면에서 전체 희곡의 기능에 기여한 공이 크다(Warren 91)고 평가하고 있다. 특히 소위 윌슨 나이트(Wilson Knight)의 『불의 수레바퀴』(*The Wheel of Fire*) 「서문」("Introduction", 1930)에서 엘리엇은 셰익스피어가 점차 '시인의 세상'(the poet's world)에 더 많은 관심을 기울이게 된 입장을 지적한다. 그 입장은 드라마에 '초드라마틱' 요소인 '음악적' 차원을 강조하는 데에 있다(91). 그럼에도 셰익스피어가 음악적 차원이라 할 초드라마적인 시의 특성을 드라마보다 더 강조하였다는 것이 아니라, 그가 극작가이기 때문에 드라마적 입장에 비추어 순수한 시적인 요소를 통합하려는 일에 몰두하게 되었다는 점이다. 드라마 내의 '초드라마틱' 요소는 무엇인가에 대한 엘리엇의 관심은 사실 셰익스피어가 드라마와 초드라마를 융합한 시도에 있다. 달리 말하면 셰익스피어가 시와 음악 프로그램을 자신의 드라마 시스템에 응용한 경우라고 하겠다.

엘리엇이 보기에 셰익스피어의 후기 프로그램은 세부적으로 언어와 상황을 풀어나가는 표층 패턴과 동시적으로 신비롭게 음악적 요소를 사용하고 있는 심층 패턴에 있다. 에딘버그 대학 강의는 엘리자베스 시대의 무대 언어는 부정확하지만 웅변적 스타일을 많이 사용하고 있다는 지적이 주를 이루고 있다. 그런 이유인지 셰익스피어는 하층 계급인 농민이 쓰는 언어도 아니고 교육받은 계층이 쓰는 일상 언어도 아닌, 그 중간 계층의 일상 언어 스타일에 더 많은 관심을 가졌다고 평가되고 있다(Warren 95). 무엇보다 셰익스피어가 세부적인 사항들에 감성을 도입하는 언어 기법에 매우 탁월한 소질을 보인다는 것이다. 그래서 브리스톨 대학 강의의 경우 엘리엇은 셰익스피어의 대화 스타일과 초드라마적 관점을 비교적 많이 강조하기에 이른다(96).

이러한 의미에서 『재의 수요일』 다음에 「머리나」 시를 배정한 의도가 분명해진다. '재의 수요일'은 사순절의 첫날이며 부활절 이전 46일에 해당되는 날이다. 공관복음서에 의하면 예수가 사막에서 40일간 사탄의 유혹 등 고난의 시기를 보낸 것으로 알려져 있다. 40일의 시작은 재의 수요일로 기도와 금욕 의식의 시작을 의미한다. 교인들은 재를 이마에 바르고 신을 향한 기도와 참회를 함으로써 고난의 40일을 묵상하는 사순절의 의미를 되새기게 된다. 이때 재는 성지주일에 사용한 종려나무 가지를 태운 것이라고 한다. 재의 수요일 예배는 성찬이 아니라 영국 국교(성공회)에서의 성찬 예식을 중시하는 의미가 크다고 한다. 엘리엇에 의한 '초드라마틱'한 관점은 인물, 일상 언어, 대화, 사건은 물론 시의 세계, 소리와 의미, 소리의 이미지, 청각적 심상, 청각적 상상력 등 언어의 감각과 음악적 패턴을 넘는다. 엘리엇 나름의 '초드라마틱'한 특성으로는 기도하고 찬송가를 부르는 '재의 수요일' 예배 의식에 있다. 이런 의미에서 「머리나」 시는 예배 의식에 바치는 엘리엇의 헌시에 가깝다고 하겠다. 엘리엇이 영국 국교 예배 의식을 시 형태로 관심을 갖게 된 것은 페리클레스가 보인 의식(rite)에 대한 그의 자의식이다.

> 너에게 신의 은총이 있기를! 일어서라, 넌 내 자식이라고.
> 새 옷을 가져와요. 내 자식이야!
>
> . . . .
>
> 예복을 주게.
>
> Now blessing on thee! Rise, thou art my child.
> Give me fresh garments. Mine own! (V, i, 215-16)
>
> . . . .
>
> Give me my robes. (V, i, 224)

「머리나」시의 마지막 상황은 이제 의식으로 바뀌게 된다. 감각을 뛰어넘는 이러한 화법은 기도 예식 비슷한 의식 형태에서 절정을 맞게 된다. 이 의식에 의해 이미 고무되었던, 혹은 자극되었던 독자의 감성이나 관객의 감성은 의식과 관련된 언어사용 기법 때문에 마음이 평화로 이끌어진다. 마치 한 편의 장엄한 음악을 들은 것처럼 감각을 뛰어넘는, 그럼에도 무엇인가를 위해 모든 감각을 사용하는, 하지만 지성에만 매달리지 않는 이러한 상황 변화는 『페리클레스』 드라마의 '초드라마틱' 패턴에서 엘리엇은 그 원형을 발견하게 된다. 감각이 없는 말, 혹은 감각이 통합할 수 없는 이러한 말 사용 기법은 특수한 상황에서 캐릭터와 캐릭터의 행동이 인간 이상이란 의미이다. '최고의 천상 음악'이 들리지 않느냐는 페리클레스의 외침과 동시에 실제 무대에서 음악이 배경으로 연주가 된다. 페리클레스는 "하늘의 음악! 들어라 나의 머리나여"(The music of the spheres! List my Marina, V, i, 226)라고 젊은 딸에게 소리친다. 하늘의 음악은 천상의 존재를 생각하게 하며 사람을 황홀함과 신비로움과 평화의 세계로 이끈다. 이러한 음악은 일종의 구원인 셈이다.

이한묵에 따르면 전통적인 운율과 형식은 철학적이고 종교적인 복잡한 의미를 표현하기가 어렵다고 한다(Lee 124). 그래서 엘리엇이 자유시를 장시에서 많이 사용하는 이유는 종종 종교적인 예배 의식을 의식해서이다. 이런 시각에서 「머리나」는 『재의 수요일』 다음으로 종교적인 예배 의식을 염두에 두고 배열되었다는 의도가 잘 엿보이는 시다. 엘리엇은 "시는 이미지일 뿐만 아니라 주문이다"(Poetry is incantation as well as imagery)라고 하면서 각각의 시어들은 가지고 있는 함축적인 의미를 가져오게 된다고 강조한다(배순정 94).

내 선박을 향해 어떤 바다 어떤 해안 어떤 화강암 섬들인가
그리고 안개를 뚫고 외치는 개똥지빠귀 새는
내 딸이구나.

What seas what shores what granite islands towards my timbers
And woodthrush calling through the fog
My daughter. (*CP* 73)

이 마지막 단락(33-35행)의 3행은 대단원의 결말처럼 6박자, 3박자, 1박자로 슬며시 소리를 줄이면서 마치 주문을 외우듯이 혹은 기도를 하듯이 한 시어인 "내 딸"로 귀결되고 있다. 그래서 자아를 잃어버린 현대인이 심리적인 의미에서 자기 존재를 찾는 긴 여행, 소위 순례자의 여정은 「머리나」 시 마지막에서 주문과 예배 의식을 만나게 된다. 엘리엇은 사운드 통제와 정확한 어법을 행사함으로써 이러한 주문은 예배나 기도처럼 결국 모두를 평화롭게 하며, 고통은 평화로 전이되고 페리클레스를 평안한 잠으로 빠지게 하는 즐거우면서도 장엄한 형식에 해당된다.

엘리엇은 나머지는 정말 "기도, 의식, 고행, 생각, 행동"이라고 썼다. 내가 듣고 싶은 것은 독자를 위해 충분히 용기 있게 기록한 "다른 울림"이다. 그 울림은 현대 상상력에 있어 지워진, 하지만 생명력으로 가득 찬 종교적 전통에 관한 것이다.

Eliot wrote that the rest is indeed "prayer, observance, discipline, thought and action." . . . What I wish to hear are the "other echoes" Eliot was brave enough to record for his readers─

echoes of a religious tradition eclipsed in the modern imagination
but full of vitality. . . . (Merrill 185)

결정적인 부분은 그러한 주문과 기도가 장엄한 예배 의식에서의 영
국 국교의 찬송가와도 관련이 깊다는 것이다. 엘리엇의 시는 종종

> 부분적인 형태이기는 하지만 실제로 미사에서 관례적으로 사용하는
> 기도문들을 서술 속에 도입한다. 어느 면에서 기법의 측면에서『재
> 의 수요일』과『황무지』를 가장 분명하게 구별해 주는 특징은『재
> 의 수요일』이 가톨릭(성공회) 미사에서 실제로 사용하는 기도문의 형
> 식을 빌거나 또는 성경에 관한 인유를 통해서 서술을 진행하거나
> 기도문의 형식을 빌거나 종결한다는 점일 것이다. (이문재 127)

「머리나」시의 경우『재의 수요일』이전 단계인『황무지』로 다시 되
돌아갈 수 없다는 증언에 해당된다. 이문재에 따르면『재의 수요일』에서
"카발칸티의 '사란자에서 쓴 노래'"(Ballta, written in exile at Saraza)를 인용한
시구에서부터 "엘리엇의 개인적 목소리"를 들을 수 있게 된다(121-22). 이
별, 아픔, 절망, 죽음을 생각하는 카발칸티의 목소리는 '다시 돌아갈 수
없다'는 엘리엇의 목소리로 다른 느낌을 주며 전위되고 있다.

> 다시 돌아서고 싶지 않기 때문에
> 바라지 않기 때문에
> 돌아서고 싶지 않기 때문에

Because I do not hope to turn again

Because I do not hope

Because I do not hope turn (I, 1-3, *CP* 60; VI, 1-3, *CP* 66 반복)

그 돌아갈 수 없는 곳에 영국 국교의 예배 의식이 있다. 예배 유형의
시적 인물은 비로소 페리클레스이다. 비록 페리클레스의 의식이 영국 국
교의 예배 의식과는 다르지만, 「머리나」 시의 마지막 주문 형태의 기도
형식은 성찬 예배를 시적으로 장엄하게 서술한 언어사용 기법이다. 시 속
에서 머리나가 청중이라면 그녀에게 신성한 의식을 베푸는 인물은 아버지
페리클레스이다. 이들의 관계는 엘리엇과 독자의 관계를 가리킨다. 이 페
리클레스 캐릭터는 죽음과 부활을 상징하는 인물이다. 머리나도 동시에
새롭게 태어난 무엇을 지시하는, 꿈/상징으로서 죽음과 재생의 관계를 의
미하는 캐릭터를 만나게 된다. 어머니 타이샤이다. 죽어 바다에 버렸던 타
이샤가 지금의 터키 에베소(Ephesus)에 밀려오자 에베소 영주 캐리몬
(Cerimon)이 잘 듣는 약과 음악과 기도의 힘으로 죽은 타이샤를 소생시키
는 장면이 있다.

잘했어, 잘했어, 불과 의복을.

거칠고 변변치 못한 음악이지만,

음악을 소리 나오게 간청합니다.

그 물약 병을 한 번 더. 꿈틀거린다! 꼼짝 못 하게!

자 음악을! 제발 시체에 곡조를 주세요.

Well said, well said; the fire and the cloths.

The rough and woful music that we have,

Cause it to sound, beseech you.

The vial once more. How thou sirr'st, thou block!

The music there! I pray you give her air. (III, ii, 86-90)

다이아나 여신을 꿈에서 만나 계시를 받은 뒤 페리클레스가 살아 있는 타이샤를 만나게 되는 스토리는 「머리나」 시에서는 직접 언급되고 있지 않다. 하지만 고난이나 죽음 이후에 평화와 재생이라는 주제를 볼 때 음악, 의식, 음악과 불가분의 관련이 있는 가족, 아버지 페리클레스, 딸 머리나, 어머니 타이샤 간의 상관성을 유추하여 주문, 기도, 예배 의식 간의 상관성을 언어의 힘에 의해 신비롭고 장엄하게 그려낸 시인은 엘리엇이다. 엘리엇의 마지막 시구는 주문 형식이지만 예배 의식의 일부인 기도와 찬송가를 연상시키게 하며, 듣는 이에게 음악의 힘과 감성의 언어를 동시적으로 상호작용하게 한다. 예를 들어, 음악이 없이 감성이 없고 감성이 없이 음악이 없다고 보면 『재의 수요일』 시에 부족한 환희의 요소가 무엇인지를 알게 한다. 이러한 동시성은 보다 심층적인 이해로 독자를 이끌며 종교적 리듬과 일상 어법을 통일시키고 소리의 아름다움을 성취하려는 '초드라마틱' 패턴 방식에 의해 오며, 세부적으로는 한 가족의 평화와 휴식을 청각적 심상에 의해 완성시키게 한다.

결과적으로, 엘리엇이 찾는 시적 프로그램은 이러한 셰익스피어의 '초드라마틱'한 음악과 예배 의식 패턴이다. '드라마틱' 개념에 '초드라마틱' 개념은 대조적으로 비치지만, '드라마틱'한 개념에 이 두 요소를 모두 포함시키고자 하는 의도가 엘리엇이 생각하는 시적 프로그램이다. 드라마의 요소로는 인물, 행위, 관객의 참여가 매우 중요하게 언급된다. 엘리엇은 이러한 드라마 요소가 '의식 이상이어야'(more than conscious) 한다는 생각을 갖고 있다(Warren 101). 감성과 상상력을 감동시키는 단계는 그다음이다. 이러한 단계는 외부에 비치는 정도를 넘어선, 극 중 인물이나 관객 모두에게 무엇인가 감동적이면서도 평화로운 체험을 느끼게 하면서도, 신비적이면서도 황홀한 그러면서도 통제된 감동(세네카적 스토이시즘)을 갖게 한다. '무감각한 어법'(senseless speaking)이 암시적으로 '시인의 세상'(the poet's world)이라는 엘리엇의 풀이는 셰익스피어의 후기 작품의 하나인 『페리클레스』의 특성이며, "극작가인 셰익스피어가 그를 위대한 시인으로 만든다"고 호평한다(101).

III

세네카의 헤라클레스 스토이시즘을 표제로 하고 셰익스피어의 『페리클레스』 드라마를 기반으로 하여 만든 「머리나」는 엘리엇의 '초드라마틱' 패턴을 살펴볼 수 있는 시이다. 사실상 셰익스피어의 드라마는 스토리 기반의 드라마적 요소와 시 기반의 초드라마적 요소들을 동시 발생시키는 두 목소리를 보여주고 있다. 이러한 동시 발생적인 두 패턴을 셰익스피어가 자신만의 글쓰기에 응용하며 사용한 전략은 엘리엇에게서도 발견되고 있다. 다시 말하면, 엘리엇이 셰익스피어의 글쓰기 프로그램을 훔쳐 새로운 느낌이 들게 재구성한 시가 「머리나」이다. 세네카의 헤라클레스를 셰익스피어의 페리클레스가 훔치고, 엘리엇의 머리나가 이를 다시 훔치는 과정은 고전 스토리를 개인 나름의 완벽한 언어 체계에 의해 재현시키는 작업을 의미한다. 그리고 서로 간의 언어 체계를 분석하는 작업은 고전 작품과 엘리엇 작품 간의 인유 체계를 분석하는 과제에 해당된다. 구체적으로 희곡에다가 나름의 시 세계를 운영한 셰익스피어 부분은 음악적 패턴을 드라마에 응용한 시도에서 일단 찾아지고 있다. 그리고 그 음악은 흥분된, 혹은 감동된 감정의 강도를 황홀하고 평안하게 만들게 하는 언어 사용 기법에 의해 머리나, 즉 청소년 감성교육의 본질과 직접 연결된다.

'초드라마틱' 패턴은 『페리클레스』, 특히 5막 1장에 나타나고 있는 예배 의식적 인식 장면이다. 나이 든 아버지가 젊었을 때 죽었다고 생각한 딸을 다시 극적으로 만나게 된다는 스토리는 생활에서 목격할 수 있는 삶의 단면이면서도 그 감동 때문에 드라마의 상황이기도 하다. 그 상황을 매우 드라마틱하게 특별한 장면으로 구성할 수는 있지만, 숨겨진 음악을 느끼게 하고 마치 의식을 치르는 행위를 느끼게 하는 방식은 매우 특별한 기법이다. 이러한 음악과 의식 패턴은 드라마를 신비롭고 황홀하게 만드는 작업으로, 곧 예배 의식을 치를 때 참여하며 느끼는 숭고한 체험을 연상하게 한다. 일종의 초자연적 경험 형태라 할 수 있는 이 초드라마적 의식 형태는 삶을 거부해 보이기 때문에 일견 환상의 종류에 가깝다. 언어로 형상화하기 어려운 이 부분은 격렬한, 격정적인 감정이나 가슴 뭉클한 감동을 음악적 언어로 처리하는 방식에서 나오게 된다. 삶의 질서를 찾으려는 이러한 입장은 보기에 절제를 일상화하는 방식이라 할 수가 있다. 예를 들어, 12 노역에 대한 헤라클레스의 분노, 그리고 그의 고통의 외침, 이를 이겨내는 불굴의 정신 등을 드라마로 처리하는 세네카와 딸과 부인을 잃고 온갖 고난과 시련을 견디며 살아온 페리클레스를 처리하는 셰익스피어는 상호텍스트적 인유 체계에서 움직인다. 하지만 엘리엇의 관심은 '초드라마틱' 패턴을 드라마에 사용하는 청소년 감성교육의 프로그램을 찾는 작업이다.

엘리엇의 요점은 스토리 기반의 표층 패턴과 음악 기반의 심층 패턴을 동일시하며 그 통일성을 시도하는 글쓰기 스타일에 있다. 셰익스피어가 그러한 모델이 된다. 엘리엇은 결국 극작가(드라마적 요소)이며 시인(초드라마적 요소)인 셰익스피어의 글쓰기 프로그램을 훔치는 작업을 시도한다. 내용의 장엄성을 가진 드라마 형태 덕에 즐거움을 갖게 되는, 혹은 내용의 즐거움을 가진 형태 덕에 장엄성이 보장되는 감성교육 프로그램을 찾고 있던 시인이 엘리엇이다. 엘리엇의 「머리나」는 결과적으로 셰익스피어 희곡이 주는 의미는 물론, 그 희곡을 만드는 질서를 활용한 시로 보인다. 셰익스피어의 드라마틱한 언어 사용과 상황 전개는 표층 패턴이지만, 머리나 등의 개인의 신묘한 노래나 페리클레스의 천국의 음악을 배경으로 한 예배 의식의 장엄성은 「머리나」 시의 표층과 심층 패턴이다.

따라서 두 작품의 동시성은 페리클레스와 머리나의 예배 의식 행위와 음악의 정신을 암시적으로 적용하려는 엘리엇의 능력에 의해 결정적으로 작용하게 된다. 이로써 엘리엇의 목표는 그가 좀 더 세련되게, 질을 부여하고, 덧붙이는 그 나름의 감성교육 프로그램 창출이다. 셰익스피어와는 다른 느낌을 주는 엘리엇의 스타일은 영국 국교의 성찬 의식을 느끼게 하는 『재의 수요일』 시와 이 시 다음 순서에 수록된 「머리나」 시의 스토리와 언어사용 기법에 있다. 영국 국교의 예배 의식의 일부인 기도와 찬송가를 느끼게 하는 대목은 「머리나」의 마지막 단락이다. 심층적으로는 신비로운 음악 배경과 부녀간에 숭고한 의식을 치르며 재생의 삶을 가지려는 페리클레스와 딸 젊은 머리나에 있고, 표면적으로는 이를 표현하는 주문 형태의 기도와 찬송가 스타일의 언어 사용에 있다.

엘리엇 시의 감성교육 프로그램을 읽는 과정은 셰익스피어가 얼마나 그에게 중요한가를 단적으로 말하는 예에 해당된다. 이 둘은 세상과 자신 간의 관련성을 어떻게 작품에 만들어낼 것인가 하는 점에 있어서 나름의 감성교육 프로그램을 가지고 있다. 이들 나름의 감성교육 프로그램은 언어 간의 지시적 의미를 떠나, 혹은 유사한 상황 묘사를 떠나, 삶을 바라보는 그 질서의 동시 발생에 있다. 사실 「머리나」는 셰익스피어를 지시하는 시이다. 하지만 다른 느낌으로 셰익스피어를 해석한 엘리엇은 그를 살아 있게 만든, 그의 작품에 생명을 불어넣은 창조주에 해당된다. 달리 말하면, 엘리엇의 시는 셰익스피어의 삶을 '객관적 상관물'로 조응하는 경험을 우리에게 갖게 하고, 우리는 다른 입장에서 엘리엇의 시와 셰익스피어의 희곡을 동시적으로 살펴보고 청소년 감성교육에 대한 통찰력을 넓게 살펴볼 수 있는 여유를 갖게 된다.

결과적으로, 엘리엇 시 「머리나」는 고전의 형식은 물론 구문과 상황을 표면적으로 차용하는 형식을 취하고 있지만 심층적으로 보면 이를 각색하는 시인의 능력이 돋보이는 시다. 그의 글쓰기 패턴은 고전인 『페리클레스』를 만든 감성교육 프로그램을 빗대어 만들어지고 있다. 셰익스피어 작품의 경우 주제, 드라마, 시 기법의 선택이 그의 프로그램 표준이 되고, 극 중 인물들의 감정 상태와 그 처리는 또 다른 초드라마적 기법이 이를 결정한다. 따라서 엘리엇 시의 의미는 작품 자체에 있는 것이 아니라 그 음악적 패턴과 예배 의식과 같은 초드라마적 질서에 있다. 즉, 표층 패턴과 심층 패턴 간의 조화는 드라마 패턴과 초드라마적 패턴 사이의 통일성의 정도에 있다고 하겠다. 청소년 감성교육의 정도 문제는 모든 고난과 고통인 삶의 드라마적 구성요소들을 '감성의 통일'(a unity of sentiment)로 '통일화'(unification)시키는 정도로, 통합되는 감정의 질과 종류 그리고 통일화 패턴의 정교함이라고 다시 말할 수 있다.

제5장

『코리올란』, 어른의 감성교육[1)

I. 어른 사회의 모습

엘리엇이 『코리올란』(*Coriolan*)을 출간한 때가 1930년대 초이다. 엘리엇은 이 시를 『에어리얼 시집』(*Ariel Poems*)에 함께 포함시키려고 하였으나 단독으로 출간하였다. 『엘리엇 시 및 희곡 1909-1950』(*The Complete Poems and Plays 1909-1950*)을 보면, 이 시는 1927년 8월 25일에 출간되었던 「동방박사의 여정」("Journey of the Magi"), 1928년 9월 24일에 출간되었던 「시므온을 위한 찬가」("A Song for Simeon"), 1929년 10월 9일에 출간된 「작은 영혼」("Animula"), 1930년 9월 25일에 출간된 「머리나」("Marina") 등 총 네 편으로 구성된 『에어리얼 시집』 다음에 실려 있다. 1954년 페이버(Faber &

---

1) 이 글은 논문 「코리올란과 반석에 나타난 위대한 영광」(『T. S. 엘리엇 연구』, 24.1 (2014))을 수정·보완하였음.

Faber) 시리즈로 출간된 『에어리얼 시집』은 1931년 10월 29일 출간한 「개선 행진」("Triumphal March")과 1954년 10월 26일에 출간된 「크리스마스트리 재배」("The Cultivation of Christmas Trees") 일부를 포함하고 있지만, 이 마지막 두 시는 『엘리엇 시 및 희곡 1909-1950』에 수록되어 있지 않다. 하지만 『엘리엇 시 및 희곡 1909-1950』에 「개선 행진」은 『에어리얼 시집』 바로 다음 『미완성 시집』(Unfinished Poems)인 『코리올란』(Coriolan) 1편 (Section I)에 실려 있고, 「크리스마스트리 재배」는 1954년 페이버의 후편 시리즈 일부로 출간되어 있다. 그리고 엘리엇의 첫 희곡 작품인 『반석』 (The Rock)은 중세의 종교극 형태로 '야외극'(A Pageant Play)으로 부제를 붙여 1934년에 출간 · 공연되었다.

『코리올란』과 『반석』이 『엘리엇 시 및 희곡 1909-1950』에 실려 있는 순서를 토대로 그 내용을 살펴보면, 아기와 유아, 아동 및 청소년, 그리고 청년 시기를 다룬 『에어리얼 시집』 네 편 다음에 실려 있다. 『에어리얼 시집』이 중년 남성의 종교적 고백에 가까운 1930년 『재의 수요일』 (Ash Wednesday) 다음에, 그리고 『재의 수요일』이 삶의 황폐함을 기록한 1922년 『황무지』(The Waste Land)와 삶의 공허함을 토로한 1925년 「텅 빈 사람들」("The Hollow Men")에 이어져 나온 것은 이후 엘리엇의 삶과 작품 전개에 상당한 의미를 준다. 그 의미는 『에어리얼 시집』에 이어 『코리올란』과 『반석』 작품이 청년 및 성인의 감성교육을 위해서는 단지 시나 음악이 아니라 사회 현실과 제도에 관심을 가져야 한다는 당위성과 관련이 깊다.

『코리올란』과 『반석』은 『재의 수요일』에서처럼 개종으로 인한 종교적 깨달음과 『에어리얼 시집』에서처럼 유아에서 중년 남성까지 이어지는 삶의 성찰을 넘어서고 있다. 『코리올란』과 『반석』은 이전 작품들과는 달리 사회적, 정치적 문제를 다루며 영국의 전통인 영국 국교회 형태의 정치사회체재를 목표로 한 작품으로 이해되고 있다.

스티븐 메드카프(Stephen Medcaff)의 지적처럼, 엘리엇 작품의 출판 순서는 엘리엇 자신의 '신앙' 성장과 불가피한 관련성을 보여준다(536). 『에어리얼 시집』이 아기 예수, 동방박사, 시므온, 하드리아누스, 머리나, 페리클레스 등을 통해 인간의 성장 과정과 올바른 감성교육의 중요성을 다루고 있다면, 『코리올란』과 『반석』은 성공한 정치인과 사회 문제를 다루며 참된 감성교육이 바라는 정치 제도의 의미에 초점을 맞추고 있다. 『재의 수요일』 이후 『에어리얼 시집』에 걸쳐 감성교육의 힘을 사회에 반영하고 싶어서인지, 『코리올란』과 『반석』은 셰익스피어(Shakespeare)의 『코리올라누스』(Coriolanus)의 비극적 영웅 코리올라누스의 생애를 십자가의 성 요한(St. John of the Cross)의 생애에 비추어 국가와 종교문제를 공론화한 노력으로 평가된다.

『코리올란』은 1편 「개선 행진」과 2편 「한 정치가의 어려움」("Difficulties of a Stateman")으로 구성되어 있다. 「개선 행진」을 『에어리얼 시집』에 포함시키지 않은 이유는 엘리엇이 「한 정치가의 어려움」과 함께 코리올란과 시릴을 별도로 다루고자 한 의도로 알려져 있다(Smith 159). 그 의도는 "대중을 대표하는 인물인 시릴"(Arthur Edward Cyril Parker)과 "전쟁 영웅이자 정치가인 코리올란의 삶"을 서로 대조하여 그리려고 하였다는 것이다(허정자 157-58). 이는 사람이 어린 시절부터 성인이 되어서도 걸어가야 할 감성교육의 본질을 정치적 상황에 비추어 재조명해 보고자 한 엘리엇의 의도에 있다. 청년까지의 삶과 죽음을 앞둔 노인을 다루던 『에어리얼 시집』과는 달리, 어린 시절부터 성인까지의 생애를 살았던 한 위대한 인물과 그가 처한 정치적 상황을 다룬 점은 「개선 행진」과 「한 정치가의 어려움」에 비추어 감성교육만으로 올바르게 산다는 것이 어렵다는 가장 큰 이유로 보인다.

엘리엇의 인물 코리올란은 셰익스피어 작품에 나오는 영웅 코리올라누스를 현실 정치 상황 하에 재구성한 인물로써, 정치와 종교문제를 다루려는 엘리엇에게 그 나름의 '객관적 상관물'(objective correlatives)이라 할 수가 있다. 사실 엘리엇은 『코리올란』을 애초에 4부작으로 완성시키고자 하였지만, 결국 이 시는 미완성 시집(Unfinished Poems)으로 끝났다. 그 목적은 엘리엇이 이어 『반석』을 새로운 시극 형식으로 발표함으로써 『코리올란』의 미완성 부분을 『반석』으로 완성시킨 의도에서 엿보인다. 엘리엇은 후에 『반석』에서 과거 영국 국교도(Anglo-Catholic)들의 삶을 재조명하고 종교 정치사회의 이상향을 그려보고자 하였다. 이런 맥락에서 『코리올란』은 문제작이었으며, 오히려 엘리엇은 『반석』을 통해 국가가 교회였던 시대와 당시의 중세극 형식을 통해 종교사회와 올바른 감성교육의 환경을 다루고자 하였다.

엘리엇은 영국 국교로 개종한 이후 영국 교회의 역사적, 사회적 중요성을 인식하고 있었다. 달리 로마 사회와 성서의 인물들을 시와 희곡 작품에 인유한 방식은 대체적으로 그의 '객관적 상관물'과 '감수성 분리'(dissociation of sensibility)라는 시학 방식이지만, 어른의 도덕성과 책임성 여부를 논하는 자세와 무관하지가 않다. 그럼에도 "시는 시로 고려하여야 한다"는 그의 입장(SW viii)과 시인의 내적 상태를 직접 전사해야 한다는 시각에 다소 부정적이었던 그의 시학에도 불구하고, 이 두 작품 모두 그의 종교적, 정신적 여정을 다루고 있는 것은 사실이다(Barbour 189-90). 무엇보다 감정의 객관화와 시의 형식을 강조하던 '신비평'(New Criticism)의 시 기법에 비추어, 엘리엇의 종교사회적 관심은 어려운 감성교육의 현실과 관련이 깊다. 다시 말해, 감성교육의 현실을 시에 투영하고자 이처럼 성서와 역사 속의 인물들을 나름의 정치적 상황에 배치하는 문제는, 즉 자신과 작품 인물들 사이의 공간 문제인 이 '사이'(between)는 시간의 '사이'와 상관관계가 있는가 하는 문제로 요약된다. 물론 크리스토퍼 릭스 (Christopher Ricks)는 엘리엇의 어려운 삶과 시 주제가 동시에 이 시공간 '사이' 의식에 의도적으로 반영되어 있다고 강조한다(208).

이 '사이'는 아이와 어머니의 세계, 사회인으로서 정치가로서 살다 죽은 코리올라누스와 성자의 삶을 살다 간 성자 요한의 모습, 태어나고 살고 죽는 생명의 간극, 즉 감성교육의 본질과 현실 삶 간의 '사이'를 말한다. 그러므로 이러한 '사이' 말하기는 캐릭터를 묘사하는 시의 형식에서 비롯되고 있다. 그래서 『코리올란』은 당연히 엘리엇의 종교적 관점과 그에 따른 편견이 나타나 있지만, 이 작품은 방황하고 텅 빈, 부도덕하고 신앙이 없는 현대인과 감성교육이 어려운 사회를 문제의식으로 다루고 있게 된다. 이처럼 엘리엇은 시를 시로 쓰기보다, 로마 정치가, 성서적 인물, 현대인들, 문학 속의 캐릭터들을 끌어들여 감성교육의 사회적 실천을 성찰해 보는 형식을 미완성 시인 『코리올란』 시에서 찾은 것이다. 본 장은 과거와 현재 인물과 사건을 인유하는 시 형식 기법에 주목하며, 『코리올란』에 그려진 어른 사회의 도덕성과 책임의식 여부를 어른의 감성교육 형태로 찾아보고자 한다.

II. 『코리올란』의 정치적 도덕성과 사회 책임감

영국 국교로의 개종을 중심으로 『코리올란』을 살펴보면, 엘리엇이 과거의 삶으로 되돌아가기를 원하지 않는 면이 잘 드러난다. 그래서 엘리엇은 사람이 사회적으로 성장할 수밖에 없는 과정, 즉 아이, 청소년, 어른, 어머니와의 관계, 그리고 살아가는 과정에서 나타나는 정치사회 활동과 상황을 해당 작품에서 성찰해보게 된다. 우선 엘리엇은 아이가 청소년 시기를 거치며 성인으로서도 올바르게 살아가야 할 삶이 무엇인지, 이어 정치사회 환경에 의해 그러한 삶이 어떻게 파괴될 수 있는지에 주목한다. 『코리올란』은 개인과 가족, 그리고 그의 정치사회 활동과 그 환경을 다루고 있다. 달리 이어진 시극 『반석』에서는 개인과 환경 모두 행복하게 조화를 이룰 수 있는 종교국가 형태로서의 이상 사회를 다루게 된다.

이전의 『에어리얼 시집』의 「동방박사의 여정」과 「시므온을 위한 찬가」는 모두 유아기인 아기 예수를 다루고 있고, 「작은 요정」에서는 유아기와 청소년 시기까지의 과정을, 「머리나」는 청년 시기를, 「개선 행진」과 「크리스마스트리 재배」는 성년 시기를 다루고 있다. 이 시들 모두 탄생, 성장 과정, 노년의 삶을 죽음에 비추어 어떻게 사는 것이 올바른지를 종교적 정신과 감성교육의 가치관으로 다루고 있기는 하다. 그런 의미에서 시 속의 인물들을 자신이 아닌 역사나 성서의 인물들로 객관화시켜 감성교육의 당위성을 주장하고 있음에도 불구하고, 작품은 대체적으로 엘리엇의 어린 시절이나 어머니를 인유하고 있어 과거의 삶을 성찰해보는 자서전적 성격이 강하다고 볼 수 있다.

엘리엇은 탄생 때라 할 아기 예수, 몸이 많이 아팠던 아동 시기, 런던에서 가족과 떨어져 어려운 형편으로 고생하였던 시기라 할 청년 '머리나', 아버지와 장인 등의 노년과 죽음을 의미할 수 있는 성서의 동방박사나 시므온과 로마인 하드리아누스, 셰익스피어의 작품 『페리클레스』(Pericles) 등 작품 속 인물들의 비극적 삶을 그려보며 위대한 성인이나 성자의 삶을 염원한다. 『코리올란』의 「개선 행진」 또한 군인이며 정치가였던 로마인 코리올라누스의 비극적 삶을 다루고 있지만, 군인으로서의 삶과 정치가로서의 삶을 통해 한 위대한 인간의 삶의 궤적을 객관적으로 다루어 본 시이다. 말년에 쓴 「크리스마스트리 재배」 시는 한 노인의 전반적인 삶을 성찰하고 거의 성인에 가까운 경지를 초연하게 기술하고 있다고 하겠다.

이처럼 『에어리얼 시집』과 『코리올란』과 『반석』은 삶의 황량함과 공허함 속에서도 종교적 개종과 고백을 통해 유아, 아동, 청년, 중년, 말년, 그리고 죽음에까지 이어지는 삶의 전 궤적을 성찰해보고 있다. 이 두 작품 모두 주제나 인물 측면에서 로마 사회와 성서적 내용을 기반으로 하고 있다. 작품 속의 코리올란과 성 요한은 사람이 아무리 훌륭하게 성장하고 위대한 삶을 살아도 종교가 없다면 정치사회 환경에 의해 무너질 수 있음을 잘 보여주는 작품이라고 하겠다. 생전에 아기 예수를 찾아가던 '늙은 동방박사'와 아기 예수의 탄생을 기다리던 '늙은 시므온'의 모습도 삶은 늘 결함이 가득 차 있고 공허하며, 황량해 충족되지 않는 그 무엇이 있다는 것을 말한다. 그래서 이 두 작품은 엘리엇이 말하고 싶어 하는 탄생, 삶, 죽음이라는 주제에 비추어 개인, 사회, 국가, 종교 문제를 모두 다루고 있다고 하겠다.

『재의 수요일』 마지막 부문에서 고백하듯이, 엘리엇에게 살아간다는 의미는 "죽어가고 있음과 탄생 사이의 긴장의 시기"(This is the time of tension between dying and birth)를 가리킨다(CPP 66). 그러므로 "위선으로 우리를 속이지 않도록 우리에게 고통을 주고"(Suffer us not to mock ourselves with falsehood), "나의 외침을 신에게 이르게 해 주소서"(let my cry come unto Thee)는 죽음에 이르는 시므온의 고통과 구원으로 이어져 있다(CPP 67). 『코리올란』의 「개선 행진」과 「한 정치가의 어려움」은 이러한 고통과 감성교육

문제 또한 정치사회 환경에서 비롯되고 있다는 점을 말하고 싶어 한다.

첫 번째 「개선 행진」은 로마 군중과 한 영웅의 삶, 그 삶의 고통과 몰락을 가져온 정치사회 환경을 다루고 있다. 영웅의 삶은 전쟁 승리 후 개선하는 로마인 코리올란을 환영하는 로마 군중들의 모습과 엄청난 무기의 군사 행진에서 그려지고 있다. 군중은 걸상에 앉아 소시지를 먹으면서 행렬에 동원된 "엄청난 양의 무기들"을 보며 로마를 구원한 전쟁 영웅을 환영한다. 이 군사 행진에는 "5,800,000의 라이플총과 카빈총"(5,800,000 rifles and carbines), "102,000의 기관총"(102,000 machine guns), "28,000의 참호 박격포"(28,000 trench mortars), "53,000의 야포와 중포"(53,000 field and heavy guns)에서부터 "11,000의 야전 취사장"(11,000 field kitchen)까지 동원되어 있다(CPP 86). 이 무기들은 아이러니하게도 현대 군사 무기들이며 거대한 전쟁 양상을 가리키고 있다. 이러한 군사 시위 다음에 코리올란이 등장한다. 이러한 배경의 코리올란은 마치 현대전을 치루고 개선하는 전쟁 영웅 모습 그대로이다. 엘리엇은 그러한 코리올란의 인물됨을 전혀 의문의 기색이 없는 눈("no interrogation in his eye")으로 회전하는 세계의 정지 점에서("At the still point of the turning world") 초연하게 말의 목을 쓰다듬는 ("quiet over the horse's neck") 영웅으로 소개하고 있다(CPP 86).

코리올란의 모습은 전쟁 영웅을 넘어 새로운 정치 지도자로 소개된다. 시는 그를 "또 다른 세계의 초월적인 힘을 지닌 신비한 인물"로 그려내고 있다(Stead 230). 허정자에 따르면, "그의 모습은 마치 '회전하는 세계의 정지 점'에 있는 것처럼 . . . [신]세계에 질서를 구축하고 영원한 평화를 가져다주는 중심에 서" 있다(162). 이때의 코리올란은 "신처럼 존재"하며 이 "세계를 움직이는 차축인 신의 법을 대면하는 인물"로 묘사되기도 한다(Maxwell 132-33). 더욱이 그는 현실 정치적인 면에서 "군중과는 다른 의미를 가진 지도자'로 나타난다(Martin 125). 이러한 지적에서 코리올란은 군사적 승리를 넘어 세속을 초월한 카리스마로 새로운 정치 지도자의 모습으로 변신해 있다. 이어 시는 코리올란이 신전에 제를 올리는 모습을 그려주고 있다. 아이러니하게도 코리올란은 전쟁 승리를 신전에 고하는 제의를 위해 여사제들이 들고 오는 단지 속의 흙과 먼지("urns containing Dust/ Dust/ Dust of dust", *CPP* 86)의 의미를 깨닫지 못한다. 이때의 주피터 (Jupiter) 신은 기독교의 신과 성찬 의식은 아니지만, 로마인들에게 "영원한 빛의 신전"(the temple of the eternal light)의 주인이다(Williamson 197). 이처럼 코리올란은 로마인들에게 혼란과 어둠으로부터 평화와 빛을 상징하는 주피터 신으로 비치며, '위대한 영광'을 재현시킨 국가와 민족의 상징이 된다.

하지만 여기에서 시인은 군중이 되어 코리올란의 모습을 자신의 시각으로 재평가하는 관찰자가 된다. 이때 엘리엇은 독자로서 이미 자신이 보는 삶의 관점을 코리올란의 위대한 모습에 투영하고 있게 된다. 코리올란을 시 구조에 아이러니하게 배치하는 문제, 즉 시인은 공간에서는 객관적으로 코리올란을 바라보는 군중의 하나이며, 시간에서는 로마 전쟁 영웅을 정치적 인물로 그려내고자 현대의 정치사회 상황으로 옮겨 놓는다. 전쟁 무기도 현대 무기이며, 현대 무기를 보는 군중은 현대인으로서 엘리엇의 페르소나이다. 공간과 시간의 간극을 뛰어넘는 감각적 직접 경험은 살상 무기가 주는 전쟁의 공포감과 이를 배경으로 선 코리올란에 대한 이중적인 시각에서 체험된다. 코리올란에 대한 이야기는 옛이야기가 아니라는 것이다. 엄청난 양의 현대적 군사 무기와 코리올란은 전쟁, 삶, 죽음, 허무, 여기에 비친 한 인간의 영웅적 모습과 그늘진 허상의 그림자가 아니다. 오히려 전쟁의 규모와 코리올란은 독자에게 지금의 현실 속의 정치 상황과 현대인을 직접 피부로 느끼게 한다.

구조적 아이러니는 "깃발, 나팔, 엄청나게 많은 독수리 휘장의 군기" (And the flags. And the trumpets. And so many eagles. CPP 85)와 함께 개선한 코리올란이 한낮 먼지나 허망한 이미지와 대비되는 모습에서 드러난다. 제의의 "성스러운 빵"(Holy Bread)은 군중이 필요로 하는 "소시지"(sausages)로 대비되며, 그가 제의에 도착하는 것을 알리는 종소리는 장엄하지만 그 소리는 "거리의 핫케이크 파는 소리"(허정자 165)에 불과하다. 그래서인지 시의 군중은 더 이상 로마인이 아니라, 전쟁으로 피폐한 일반 시민이며, 전쟁 영웅과 지도자는 부활절에 그리스도를 기리는 기독교인("And Easter Day," . . . "So we took young Cyril to church")으로 바뀐다(CPP 86). 로마 신전의 승리 제의는 시골에 갈 수 없기("we didn't get to the country") 때문에 어린 시릴("young Cyril")을 부활절 성찬식에 데려가는 교회의 이미지로 바뀌어 있다. 시에서 거대한 도시와 시골의 이미지는 직접적으로 대비되고 있다. 로마 신전의 제의는 어린아이의 삶을 부활절에서부터 찾으려는 이미지로, 즉 장엄과 소박, 전쟁과 평화, 도시와 시골, 영웅 코리올란과 어린 시릴, 로마 신전의 향연과 부활절 성찬에 의해 대비되고 있다. 로마의 신전 향연과 교회의 부활절이 공간과 시간의 간극에 의해 대비된다.

이러한 코리올란의 세속적 '위대한 영광'과 '위대한 모습'을 엘리엇은 「한 정치가의 어려움」에서 현실 정치사회 환경에 의해 추락하는 인물로 극화시킨다. 영광 뒤의 허무한 모습 그대로, 영웅은 무너지며, 조국을 배신한 자, 인생에 실패한 자, 적국에 망명한 자로서, 하지만 그 배경에 코리올란은 어머니에게는 한낮 어린 아들로 그려진다. 셰익스피어는 이 코리올란을 어쩔 수 없이 죽어야 하는 비극적 영웅 코리올라누스로 재현하고 있지만, 엘리엇에게 코리올란은 "불가능한 사회에서" 허무하게 삶을 마감한, "매력이 없는" 수많은 인물의 하나에 불과하다(Warren 56). 무엇보다 코리올란의 삶이 매우 극적이라는 데에 있다. 그렇게 허무한 삶을 만든 원인을 코리올라누스의 자만심과 독선과 이러한 그를 시기하고 등진 로마의 군중과 정치적 배경에 두면서도, 엘리엇은 우선 코리올란 자신에게 그 추락의 의미를 찾는다. 영웅의 이미지에 그늘져 있는 인간의 이중적인 모습, 즉 고귀한 신분에 분노와 복수심으로 가득 찬, 하지만 나약한 인간의 모습을 그려내며, 「한 정치가의 어려움」은 한 영웅이 정치적 상황도 상황이지만 어떻게 추락하는가를 보여준다. 엘리엇은 이 위대한 성인을 미약하고 나약한 어린아이의 모습으로 그려내고 있다. 이렇게 코리올란의 위대한 빛("Light/ Light")은 기독교적 의미에서 "영원한 빛"이 아니라 한낱 먼지("Dust/ Dust/ Dust of dust")였고, 그 장엄한 제의 향연은 핫케이크("crumpets")와 소시지 이미지에 불과하였다. 이때 어린 시릴을 부활절에 교회로 데리고 간 한 군중은 엘리엇의 페르소나인 셈이다.

셰익스피어는 영웅 코리올라누스를 오만한 인물로 묘사하고 있다.

여러분이 역사를 정확히 기록하려면 그 기록에는
독수리가 비둘기 집을 습격하듯이 내가 이 코리올라이에
쳐들어와서 내 날개 소리가 볼사인들을 떨게 했다는 사실이
기록되어 있을 것이다. 그게 모두 나 혼자서 했던 일이란 말이다.

(허정자 169 재인용)

If you have writ your annals true, 'tis there,

That, like an eagle in a dove-core, I

Flutter'd your Voscians in Corioli:

Alone I did it. (*Coriolanus* V. vi)

몰락할 수밖에 없는 이유로 셰익스피어는 코리올라누스의 자만심을 들고 있다. 한때 개선장군으로서 초월적인 이미지로까지 비쳤던 코리올라누스는 이 자만심으로 결국 세속적인 차원을 넘지 못한다. 코리올라누스의 이미지는 엘리엇 시「개선 행진」에서도 "또 다른 세계의 초월적인 힘을 지닌 신비한 인물"(Stead 230)이 더 이상 아니다. "마치 '회전하는 세계의 정지점'에[서] . . . 세계에 질서를 구축하고 영원한 평화를 가져다주는 중심"(허정자 162)이 더 이상 아니다. 이 "세계를 움직이는 차축인 하느님의 법을 대면하는"(Maxwell 132-33) 하느님 같은 인물"도 더 이상 아니다. 그는 "군중과는 다른 의미를 가진 지도자"(Martin 125)가 더 이상 아니다. 엘리엇은 일찍이 『황무지』(The Waste Land)에서 코리올라누스를 한순간 몰락한 인물("for a moment a broken Coriolanus", CPP 49)로 간파해 개인의 도덕성의 몰락과 삶의 황폐함을 형상화한 적이 있다. 그리고 『황무지』에서의 코리올라누스는「한 정치가의 어려움」에서 몰락한 코리올란의 외침과 허무("Cry What shall I cry?/ All flesh is grass", CPP 87)의 이미지로 이어지고 있다. 이 부분은 성서의 『이사야』(Isaiah)에서 묘사하는 황무지와 이를 배경으로 외치는 이사야의 말을 인유한 것으로 보인다.

> 외쳐라 대답하되 나는 무어라고 외칠까? . . . 모든 육체는 풀이요, 그 모든 아름다움은 들의 꽃 같으니 풀은 마르고 꽃은 시든다. (허정자 170)

> The voice said, Cry. And he said. What shall I cry? . . . Allflesh is grass, and all the goodliness therefore is as the flower of the field. The grass withers and the flowers fall. (Smith 165)

성서에서는 이사야가 나약해진 이스라엘 민족과 이들의 혼을 깨우기 위해 외치는, "신의 힘"을 전달하는 예언자로 그려지고 있다. 엘리엇은 이러한 이사야의 외침을 「한 정치가의 어려움」에서 어떤 외침으로 변용시켰을까? 이사야의 외침은 신의 힘을 전하는 희망의 목소리이지만, 코리올란의 외침은 자신의 처지가 몰락한 상황에서 외치는 절망의 소리에 가깝다. 이러한 절망의 외침은 사회적 신분이나 처지가 높을수록 비극적 톤은 커진다. 위대한 지도자로 추앙받다가 몰락한 코리올란에게 더욱 비극적인 면은 영웅적인 업적으로 받은 훈장들이 나열되는 장면이다. 바쓰 훈장("The Companions of the Bath")과 대영제국 기사 작위("the Knights of the British Empire") 등이 코리올란의 배경을 영국적 의미로 더 화려하게 대조시켜 주고 있다(CPP 87). 하지만 그 운명은 마르고 시들어지는 풀과 같고, 황무지에서 홀로 서서 외치는 절망에 찬 '리어왕'(the king Lear)의 모습을 연상시킨다.

「개선 행진」에서 나오는 어린 시릴은 「한 정치가의 어려움」에서 성인으로 성장해 전화 교환원(telephone operator)으로 등장한다. 그는 많지 않은 봉급과 1주 휴가("one pound ten a week . . . And one week's leave a year") 밖에 갈 수 없는 소시민으로 전락해 있다(CPP 87). 「개선 행진」에서 시골에 갈 수 없어 부활절 성찬식에 데리고 가졌던 어린 시릴은 「한 정치가의 어려움」에서 어떻게 성장을 하였나? 너무나 평범한 성인으로 등장한 시릴의 관심은 봉급과 휴가 문제이다. 노동과 휴가에 관심을 갖는 시릴은 곧 정치사회의 전형적인 일반 시민의 모습으로 나타난다. 이에 비추어 셰익스피어는 코리올라누스가 몰락한 정치적 배경으로 군중이 힘을 갖는 고대 그리스 사회의 민주주의 정체를 들고 있다. 군중은 원로원을 부수는 "까마귀 떼"(crows)로, 코리올라누스 계층을 "독수리 떼"(eagles)로 묘사한

(*Coriolanus* III. i) 셰익스피어는 여기에서 군중의 변덕과 지배 계층에 대한 저항을 들고 있다. 고귀하고 위대하던 코리올라누스는 군중들의 이러한 변덕과 멸시에 대해 배신을 느끼는 인물이다. 조국에 위대한 영광을 재현한 코리올라누스에게 무례하고 은혜를 모르는 군중은 더 이상 호의적으로 대할 존재들이 아니라 정치적으로 적이 된다. 결국 까마귀 떼가 독수리 떼를 물어뜯는 날이 오게 된 것이다. 엘리엇은 어린 시릴에서 까마귀의 이미지를 보았을까? 지극히 세속적이고 물질 지향적으로 성장한 시릴에게 어린 시절에 경험했을 부활절은 성장 과정에서 아무런 의미가 없다고 엘리엇은 보았을까?

「개선 행진」에서 깊이를 알 수 없을 정도의 신 같은 코리올란이었지만, 엘리엇 시에 나타나는 군중(엘리엇 자신도 관찰자)은 그의 몰락을 예감한, 아니면 인간의 정체를 정확하게 간파하고 있다. 엘리엇은 이 군중의 이미지를 부활절에 교회 가던 어린 시릴의 모습과 중첩시키고 있다. 「한 정치가의 어려움」에서 이 군중은 성인으로 성장한 시릴과 함께 한 위대한 정치가의 몰락의 원인으로 등장한다. 이 군중은 여전히 엘리엇의 페르소나이지만 셰익스피어의 입장과는 다르게 등장한다. 엘리엇은 현대적 의미에서 민중의 무책임과 야만성을 좋아하지 않아 책임감과 도덕성으로 무장한 엘리트 중심의 사회를 바라는 인물이다. 그가 이렇게 그리스의 민주주의를 비판하고 있다면, 평범한 성인으로 성장한 시릴을 통해 엘리엇은 그러한 군중을 믿었던 자신의 어리석음을 먼저 탓하고 있다. 셰익스피어의 경우 공화정보다 왕정에 가까운 정치체제를 선호하였던 코리올라누스의 비극은 이러한 군중의 성격을 이해하지 못한 원로원들의 독선과 어리석음에서 비롯되었다고 지적하고 있다. 엘리엇 또한 한 위대한 정치가로 성장한 코리올란에게서 엘리트 계층의 오만함과 독선이 가져올 비극을 예상하고 있다. 하지만 이 부분에서 엘리엇은 너무나 세속적으로 성장한 까마귀 이미지의 시릴과 위대한 이미지가 사라지고 독선과 오만에 찬 코리올란 모두에게서 문제를 찾고자 한다. 시릴의 평범성도 영웅의 위대함도 종교가 없는 사회나 국가에서는 한낱 타락한 사람과 같아, 인간은 계층에 관계없이 결국 텅 빈 존재에 불과하다.

엘리엇이 처음 『코리올란』을 쓸 때 "혼란에 대한 개개인의 반응보다는 정부 형태의 문제"(on the matters of government rather than on individual reactions to chaos)에 관심을 가졌다는 지적이 있다(Ackroyd 190). 이런 관점에서 볼 때, 『코리올란』은 우선 상당한 정치적 색깔을 띠고 있다. 비평가들에 의하면, 『코리올란』은 민주주의를 비난한 파시즘 시라는 마이클 골드(Michael Gold)의 지적에서부터 히틀러(Adolf Hitler)의 파시즘(Matthiessen 19)과 무솔리니(Benito Mussolini)의 군사 정치 이미지를 연상시킨다는 무디(A. D. Moody)의 지적에까지 이르고 있다. 엘리엇은 군중 중심의 정치체제보다, 파시즘이라고 하더라도 샤를 모라스(Charles Maurras)의 프랑스 파시즘을 옹호한 악송 프랑세즈(Action Française)에 매력을 느꼈다고 한다(허정자 173). 달리 말해, 엘리엇은 평등 등 자유주의 질서보다 왕권 등 절대자의 권위에 의한 사회와 국가의 전통, 질서를 중시한 모라스의 의견에 공감한 것이다. 『코리올란』을 정치적 관점에서 쓰고자 하였다면, 그 해답은 시릴과 코리올란에게서 찾아지게 된다. 지극한 평범성과 위대한 영광이 몰락한 그곳에는 허무, 시기, 질투, 비난, 냉소주의 등이 판을 친다. 이런 측면에서 『코리올란』을 4부작으로 쓰려 했던 엘리엇은 셰익스피어 극의 코리올라누스의 몰락을 원로원의 관점에서 보았든 그리스 민주정치체제 관점에서 보았든 비슷한 정치 상황을 현대사회와 국가에서 목격하고 더 이상 정치에 관한 시를 쓸 수 없었던 셈이다.

어린 시릴이 부활절에 교회에 간다는 의미는 엘리엇의 가족 관계에서도 살펴볼 수 있는 대목이다. 시릴은 성인이 되었음에도 여전히 어머니와의 재결합을 모색하는 아동의 이미지를 보인다. 성인이 되어서도 어머니에게 많은 부분을 의존하며, 그녀의 영향력을 벗어나기 힘들었던 엘리엇은 코리올라누스의 삶에서 비슷한 처지를 목격하였을 것으로 여겨진다. 하지만 엘리엇은 셰익스피어의 코리올라누스를 자신의 작품에 그대로 원용하기보다 이 인물의 운명을 다르게 변용하려고 한다. 이러한 변용이 셰익스피어를 비판한다고 보기는 어렵다(Warren 89). 우선 엘리엇의 코리올란은 셰익스피어의 코리올라누스가 아니라는 뜻이다. 시공의 간극을 엘리엇의 '객관적 상관물' 이론으로 보지 않는다고 하더라도, 코리올라누스는 현대적 상황에 따라 코리올란으로 변용되어 등장한다. 시간적으로나 공간적으로 코리올라누스는 로마인에서 르네상스인으로, 다시 현대인으로 변용되며 나타난다.

프로이트(Sigmund Freud)에 따르면, 엘리엇의 코리올란은 강박 신경증(obsessional neurosis)의 환자라 할 수 있다(이정호 160). 어머니는 자애로운 어머니이기보다 강한 남성 이미지를 보이고 있다. 따라서 어린 시릴이 성인이 되어서도 여전히 어머니에 대한 강박 신경을 가진 여성적 이미지를 보이는 남성이라는 점에서, 엘리엇의 기존 작품에 나오는 프루프록(Prufrock)이나 햄릿(Hamlet)을 연상시키고 있다. 어머니에 대한 과도한 언어 사용이 이를 반증하고 있다.

어머니 어머니
여기 쭉 가족사진들이 있네요. 거무스름한 흉상들, 모두 뛰어난 로마인들입니다.

오 어머니 (이 흉상 사이에서라기보다, 정확하게 새겨진 모두에서)
저는 이 머리들 사이에서 피곤한 머리입니다.

어머니
혹시 우리들 언젠가, 지금이라도 함께 할 수 있지 않을까요,

Mother mother
Here is the row of family portraits, dingy busts, all looking
remarkably Roman,

. . . .

O mother (not among these busts, all correctly inscribed)
I a tired head among these heads

. . . .

Mother
May we not be some time, almost now, together,

. . . .

O mother
What shall I cry? (*CPP* 88-89)

『코리올란』은 아기 예수의 탄생, 그의 삶과 죽음, 청소년기의 방황, 머리나와 페리클레스의 관계에서 올바르게 성장한 청년 머리나의 삶을 다루는 『에어리얼 시집』을 넘어, 사회 구성원인 개인과 정치문제를 다루고 있기는 하다. 하지만 어린 시릴이나 어린 코리올란은 성장하여도 여전히 어머니의 영향을 벗어나지 못한 성숙한 개인들이 아니기 때문에, 그래서 엘리엇은 이들이 성장하고 살아갈 사회와 정치 환경에 더욱 관심을 갖게 된다. 그 사회는 그리스 민주사회도 아니고, 코리올라누스의 로마 공화정 사회도 아니다. 엘리엇이 바라는 온전한 정치사회가 주어지지 않는다면, 이 두 유형의 인물들 모두 타락하게 되어 있다. 다른 한편으로, 엘리엇의 어리고 평범한 시민 시릴은 물론, 셰익스피어의 위대한 코리올라누스 모두 "세속에 살기에는 성품이 너무나 고결한 분이지요"(His nature is too noble for the world. *Coriolanus* III. i.)라는 표현에서 보듯이 여전히 유아적 성격을 벗어나지 못하고 있다. 그런 시릴은 자신이 성장하던 군중 기반 정치사회 환경과 코리올라누스는 원로원 기반 정치사회 환경을 벗어나 다른 인물로 성장하거나 변화할 수 없게 된다. 어린 시릴과 성인 시릴 또한 나이와 성장 과정이 다름에도 코리올라누스가 보이는 고정된 이미지를 던지고 있다. 이렇게 서로 중첩된 이미지는 나이가 든 코리올라누스이지만, 엘리엇 작품에서 여전히 어린 시릴의 정신적 단계를 벗어나지 못하는 모습으로 재현되고 있다.

셰익스피어는 이러한 엘리엇의 입장을 "어머니를 기쁘게 하기 위해서"(to please his mother, *Coriolanus* I. i)라는 구절로 명확하게 표현하고 있다. 이처럼 삶의 많은 부분을 어머니와의 관계에서 크게 벗어나지 못하던 코리올라누스는 출생, 성장 과정, 성인이 되어 장군으로 활동하면서도 여전히 프로이트적 유아 때의 모습으로 살아가는 인물이다. 이는 어머니와 함께 보낸 어린 시절과 그녀의 교육이 그에게 절대적으로 영향을 미치고 있었다는 의미이다. 성인인 코리올라누스가 역으로 어린아이 시릴로 뒤바뀌는 모습은 『코리올란』 시의 의도적 전복이다. 알려진 바로는 로마가 적국 코리올라이와 힘든 전쟁을 하는 동안, 로마 장군 카이우스 마르티우스(Caius Marcius)는 적국 볼사이(Volce)를 전투에서 이기고 코리올라이를 함락시킨다. 그러자 로마는 마르티우스 장군을 코리올라이 정복자라는 뜻의 코리올라누스라 부르게 된다. 로마로 개선하게 된 코리올라누스는 고결한 성품이었지만 점차 신이나 되듯이 오만해지고, 자신을 점차 경시하고 따르지 않는 군중을 경멸하고 지지를 받지 못하게 된다. 결국 이러한 단면은 어머니에 의존하던 유아적 삶이, 비록 사회 정의와 도덕성을 갖도록 교육받고 성장을 하더라도, 특정한 정치사회 환경에 처할 경우 자신의 정체성을 올바르게 찾지 못한다는 사실을 말해준다. 엘리엇은 유아 때부터 어른이 되어서도 어머니 샬롯 엘리엇(Charlotte Champe Stearns Eliot)의 영향력을 평생 벗어나지 못한 자신의 모습을 어린 시릴과 어른 코리올라누스에게서 찾았을 수도 있다. 결국 그가 가진 첫 번째 부인 비비언 헤이우드(Vivienne Haigh-Wood)와의 갈등과 불화도 근원적으로 어머니의 교육과 영향력에서 비롯되었듯이(Seymour-Jones 284), 코리올라누스 또한 어머니 때문에 자신의 정치적 몰락을 불러온다.

코리올라누스는 분하고 억울한 배신감 때문에 적국 볼사이로 도망을 가 자신을 버린 로마를 공격하여 복수하고자 한다. 싸움은 코리올라누스의 연승으로 로마는 위기에 처하게 된다. 급기야 로마는 그의 어머니 볼룸니아(Volumnia)와 가족을 보내 코리올라누스를 회유하고자 한다. 조국을 배신한 아들을 추궁하고, 가문의 전통을 강조하며 전쟁을 멈추기를 설득하는 어머니의 간곡한 요청에 마음이 움직인 코리올라누스는 볼사이의 장군 아우피디어스(Aufidius) 측을 설득해 양측에 평화조약을 맺고자 시도한다. 하지만 아우피디어스는 이를 기회로 자신의 나라를 정복했던 코리올라누스를 반역의 죄로 살해한다. 코리올라누스의 비극은 어린 시릴에게서, 즉 어린 코리올라누스, 혹은 어린 엘리엇에게서 이미 예견된 결과였을 수도 있다. 그 종국은 작품의 마지막 구절인 "포기하라 포기하라 포기하라" (RESIGN RESIGN RESIGN)에서 극적으로 찾아진다(*CPP* 89). 이 "포기하라" 주제는 엘리엇의 말년 운문 희곡인 『원로 정치인』(*The Elder Statesman*, 1959)에서 새로운 삶을 살기 위해서는 자신을 비우라는 강력한 메시지로 나타난다. 엘리엇에 따르면, 우리는 원로 정치인의 삶처럼 원로임에도 과거로부터 자유로울 수 없으며, 책임으로부터 은퇴("retire")할 수도 없다. 정치가로서 코리올라누스의 포기는 다시 아이 시릴, 달리 죽어 부활한 예수의 정신세계를 향한 불가피한 감성교육 과정으로 소개된다.

III. 어른들의 정치사회체제[2]

미국인이지만 유럽인으로 자처하였던 엘리엇의 반유태주의 및 파시즘, 심지어 인종 편견의 정치적 논의까지 새롭게 다루어지는 현실은 그가 '늙은 들쥐'(old possum)처럼 수많은 가면을 보여주고 있기 때문일 것이다. 이러한 엘리엇 연구는 인문학 분야에 대한 관심으로부터 사회 및 정치 분야로 확대되고 있기 때문이다. 더욱이, 엘리엇의 정치적인 성향에 대한 연구가 다방면으로 이루어지는 환경에는 그의 관심이 인문학으로부터 사회 및 정치 분야로 커지는 데 다소 기인하고 있는 듯하다. 엘리엇은 한때 누

---

2) 이하 글은 본 장과는 다른 출처의 논문 「T. S. 엘리엇과 쟈크 데리다: 기호학적 해체와 정치 이데올로기」(『T. S. 엘리엇 연구』, 6 (1998))를 수정·보완해 재구성하였음.

구나 정치적인 확신이나 편견을 가질 수 있지만 이를 강요하는 것은 결코 아니라는 사실을 강조한다. 이는 자신의 정치적 견해를 특정하게 고정시키는 태도를 경계하고 있다.

나는 얼마간의 독자들이 이러한 논의로부터 여러 정치적인 추론들을 끌어 내리라고 감히 말한다. 보다 그럴듯한 것은 특별한 생각으로 그들 자신의 정치적인 확신이나 편견에 관한 어떤 긍정이나 반박을 나의 텍스트 안으로 해독시키려 하는 것이다. 작가 자신은 정치적인 확신이나 편견이 없는 것은 아니다. 그러나 그러한 생각을 강요하는 것이 그 사람의 현재 의도하는 부분은 결코 될 수 없다. (NDC, 16; Ricks, T. S. Eliot and Prejudice, 114)

특히 엘리엇은 자신의 사상을 시학의 형식을 통해 보여주었을 경우라도, 시학이 비정치적인 영역일 수 있지만 공적 역할 때문에 이는 명백히 정치적인 특성을 갖추게 된다고 한다. 엘리엇의 정치적인 견해나 편견이 자신이 의도하는 것과는 다르게 해석되는 것은 별개의 문제일 수가 있다. 그럼에도 20세기 후반 저명한 철학자 쟈크 데리다(Jacques Derrida)는 문학의 정치화를 적극 주장하고 있다.

[문학은] 인권으로부터, 표현의 자유로부터 분리할 수 없다. 문학이란 무엇이든 말할 수 있어야 한다는 이런 권리의 역사를 조사할 수 있고, 이러한 권리에 대해 강요되는 많은 제한들을 검토할 수 있을 것이다. . . . 어느 경우이든, 문학이란 원칙적으로 무엇이든 말할 권리이다. 그리고 이것은 문학에 크게 유리하도록 정치적이며 민주적으로, 그리고 철학적으로 작용한다. 문학은 철학적인 문맥에서 종

종 억압되는 문제들을 제기하도록 허용할 정도까지 영향을 미치고 있다. (Derrida 80)

문학의 정치성뿐만 아니라, 데리다가 정치사회체제에 관심을 가졌던 반면에 엘리엇은 종교사회체제에 더 관심을 가졌다. 이들의 차이는 폴 발레리(Paul Valery)에게서 극적으로 발견된다. 발레리는 엘리엇 시대의 프랑스 지식인이며, 유럽의 정신을 강조하고 기독교를 현대 유럽의 중심문화로 받아들인 인물이다. 이러한 발레리의 시각은 엘리엇과 너무나 유사한 것이어서 데리다는 현 유럽공동체의 역사적인 유형들을 검토해보는 동기를 갖게 된다(Derrida xxiv-xxv). 사실, 데리다는 발레리의 유럽의식과 유럽 중심의 철학적인 담론이 여전히 현실 정치의 중심이 되고 있는 사실을 확인한다. 보편성, 혹은 의미 일반성을 지시하는 유럽이라는 정치사회 형태는 엘리엇에게는 영국 국교에 대한 관심으로 확대된다. 엘리엇의 경우 종교적인 신념은 윤리적인 목적을 위해 사회나 정치적으로 기능할 수 있다는 점을 강조한다(Asher, *T. S. Eliot and Ideology*, 9). 엘리엇 자신이 정치에 대한 주장을 거의 인정하지 않았다고 하더라도, 그가 오랜 유럽의 역사 속에서 기독교의 윤리적인 책임성을 정치적인 측면으로 확대시키고 있는 것은 사실이다. 다만, 엘리엇의 종교철학이나 사상이 그의 시학으로 형성되었나 하는 점을 살펴보면, 엘리엇은 아기, 유아, 아동, 청소년, 어른, 노인의 감성교육을 위해 특히 영국 국교의 정치사회적 전통을 강조하였다.

무엇보다, 엘리엇이 현실 종교관에 관심을 갖는 이유는 아이가 성장하는 사회체제가 매우 중요하다는 인식에서 비롯되었다. 엘리엇에게 상당한 영향을 미쳤던 기독교 문제와 유럽 전통에 대한 문제의식이 바로 그러한 사회체제에 관심을 갖게 된 배경이었다. 일찍이 엘리엇은 하버드 대학원 시절 자신의 스승이었던 조쉬아 로이스(Joshia Royce)의 "공동체의 정신" (the spirit of community)에 관심을 가졌다고 알려져 있다. 기독교 문화와 유럽의 전통에 관한 그의 에세이들, 왕당파적 정치 성향, 그리고 『네 사중주』의 특정한 주제는 모두가 이러한 유럽 기반의 종교철학적 역사에서 만들어지는 이데올로기의 변형이다. 여기에는 문화나 사회 현실을 반영해야 한다는 프락시스(praxis)가 있었다. 이러한 사실은 그의 하버드 대학원 시절 동료였던 코스텔로(Harry Todd Costello)에 의하여 알려졌다(v). 이들은 함께 조쉬아 로이스의 세미나 수업에 참석하였고, 두 사람의 관계는 엘리엇이 이 수업을 위하여 준비한 네 리포트를 코스텔로가 소개함으로써 알려지게 되었다.

엘리엇이 제출한 네 리포트의 주제는, 우선 첫째로 1913년 12월 9일에 쓴 것으로 비교 종교에 관한 이론과 기술, 해석에 관한 것이다. 비교 종교의 이론이 어느 정도 기술되어야 하는지, 그리고 해석은 어느 정도 이루어져야 하는지가 문제였다. 두 번째는 1914년 2월 24일 제출된 것으로 기술과 설명의 제 차이에 대한 조사였고, 세 번째는 동년 3월 14일 급우에 의하여 낭독되었던 인과성에 관한 논의이다. 마지막으로 동년 5월 5일 제출된 것으로 대상에 대한 여러 유형의 분류에 관한 긴 담론이었다고 알려졌다. 마지막 보고서는 2년 후 영국의 철학자 브래들리(F. H. Bradley)에 관한 학위논문에서, 보다 구체화되고 명료한 형식으로 전개되었다 (MacGregor 78-79).

비교 종교에 대한 연구로부터 철학 혹은 정치 관심에 이르기까지 엘리엇이 문화의 차이 때문에 상대적 진리와 일부 종교의 특성을 인정한 것은 분명하다.

새로운 레미 드 고르몽은 민족주의, 계급, 인종에 대한 생각들을 각
각의 지역적인 구성요소로 분리시킬 수 있다. 그리고 또한 확신, 신
앙, 편견, 그리고 정치와 같은 구성요소로 분리될 종교적인 생각이
있다. (Ricks, *T. S. Eliot and Prejudice*, 112; *Cambridge Review* 6 (June
1928))

코스테로에 따르면, 엘리엇은 종교와 철학이란 공동체의 사회 및 정
치적인 현상과 불가분의 관계가 있다고 이미 믿고 있었다. 사실상, 엘리엇
이 강조하는 전통 의식, 몰개성, 보편성, 객관성, 정통성 등은 모두가 지
식의 공리주의와 관련이 있고, 상대적으로 정치적 진보주의에 대해서는
불신이 깔려 있다. 즉, 공적으로 갖는 책임성은 사적인 무책임과는 양립할
수가 없게 된다. 알려진 대로, 문화적, 종교적, 그리고 정치적으로 엘리엇
의 사유는 그의 지리적이고 종교적 배경인 청교도 정신을 바탕으로 하고
있었다. 그래서 엘리엇은 미국의 민주주의 덕목인 자유를 개인의 책임성
을 담보할 수 없다고 생각해 불신하고 있었다. 다음 인용문은 엘리엇이
사람의 자유로운 사고에 대해 어느 정도 불신하고 있는지를 잘 알려주는
대목이다.

철학이나 예술 작품에서 우리를 매혹시키는 개성, 그렇게 표현되는
개성은 부분적으로 자기 기만적이고 부분적으로 무책임해서 천성적
으로 타락되는 개성이 되기 쉽다. 그것은 자유 때문에 편견과 자기
기만에 의해 지독하게 제한되어 인간의 천성이 선하거나 불순함에
따라서 그만큼 선하거나 크게 해를 끼칠 수 있다. 우리 모두는 천
성적으로 불순하다. (*ASG*, 63; Ricks, *T. S. Eliot and Prejudice*, 113)

엘리엇이 영국의 국교인 성공회를 바람직한 정치사회체제의 틀로 본 또 다른 이유는 런던의 분위기가 유럽의 오랜 전통, 사회, 기독교 문화와 동일한 것이기 때문이다. 이러한 분위기는 엘리엇에게 미국에서는 발견할 수 없는 지적인 안정감을 상대적으로 주게 되었다. 달리 말해, 영국 전통 사회의 응집력이 개인의 책임성을 무한히 자극한다는 점이다(Sigg 21). 당시 지적 허무주의와 문화 퇴폐주의, 전통의식의 약화, 그리고 전쟁으로 인한 도덕성 파괴 등 현실 세계에 대한 환멸이 당시에 만연한 것도 사실이었다. 하지만 엘리엇이 근본적으로 종교의 전통을 기반으로 하지 않는 사회제도나 정치제도에 대한 불신을 가지고 있던 점에서 그는 종교적 도덕성을 중시하고 있었다. 민주주의 문제 역시 마찬가지였다. 엘리엇은 개인의 자유로운 사고가 가져오는 지나친 편견과 분리주의를 경계하였다. 버트런드 러셀(Bertrand Russell)에 대한 다음 평은 이러한 엘리엇의 걱정을 잘 드러내고 있다.

러셀 씨의 말은 자신과 같은 표어를 사용하는 사람들의 마음을 선동할 것이다. 그는 자유, 박애 등을 선호하면서 전체적으로 합리적이지 못한 편견을 가지고 있다. 그는 똑같이 독재와 폭력에 대해 합리적이지 못하다. (Ricks, 112; *The Criterion*, VI (1927), 178-79)

엘리엇은 사람들의 정치의식을 확신할 수 없었고, 사회에 무책임하다는 이유로 개인의 자유를 불신하였다. 따라서 사회에 대한 책임성의 문제는 엘리엇의 중요한 윤리적이고 정치적인 이데올로기였다. 반유태주의로 지적되는 문제 역시 처음부터 유대인의 자유로운 사고에 대한 엘리엇의 거부감이 있었다. 유대인의 문제에 관한 한 그가 반유태주의를 고의적으로 시 작품이나 산문에 표현할 수도 있었다는 주장이 있었다(Julius 10-11).

본인 스스로는 자신이 그러한 반유태주의자로 고려되는 것을 마땅치 않게 생각하였다. 오히려 그는 유대인에 대해서는 서구의 역사가 "적의감" (hostility) 같은 편견을 가지고 있었다며 이를 비판한다. 다만 상대적 진리를 인정하면서도 그가 가장 싫어한 것은 편견이 가지고 있는 불합리성과 무책임성이었다.

「프루프록」("Prufrock"), 『황무지』(*The Waste Land*), 「만가」("Dirge"), 「게론티온」("Gerontion"), 그리고 『낯선 신을 쫓아서』(*After Strange Gods*)는 유대인이 거론된 대표적인 시와 산문이다. 이 글쓰기는 유대인에 대해 때로는 암시적으로, 때로는 적극적으로 부정적인 이미지를 묘사하고 있다(Julius 26-27).

> [우리는] 우리의 힘 안에서 일어나도록 우리가 바라는 사회를 키울 조건이 무엇인지를 [발견하여야 한다]. . . . 인종과 종교에 관한 여러 이유들이 결합하여 자유롭게 사유하는 많은 유대인들을 바람직하지 못하게 하고 있다. (Julius 1)

하지만 엘리엇은 인종, 계급, 그리고 정치적인 폭력을 선호한 것은 아니었다. 그는 무엇인가 사회적인 차원이나 정치적인 차이를 넘어 인간의 올바른 감성에 대해 깊은 관심을 가졌다. 유대인의 문제도 유럽이나 기독교 사회와는 다른, 이들의 종교적 감성에 대한 비판이었을 것으로 추정된다. 『문화 정의에 대한 소고』(*Notes Towards the Definition of Culture*, 1948)에서 엘리엇은 문화공동체와 정체성, 지역과 국가의 관계, 파당 등의 관계를 통해 유럽의 문화와 기독교 기반의 현실 정치를 살펴보았다. 다르게 말하면, 자유와 책임성, 이상과 현실, 진보와 보수, 자유주의와 공동체주의 등과 같은 갈등 개념을 살펴보면서 엘리엇은 현실 정치에 종교사회적 진지함과 책임성을 강조하게 되었다.

　엘리엇이 생각하는 진지하지 못하거나 무책임한 어른은 그의 대표적 작품 「프루프록의 사랑 노래」에서처럼 갈등과 방황하는 인물이기도 하고, 『황무지』에서처럼 부도덕한 현실 사회를 비판하는 인물이기도 하고, 『네 사중주』에서처럼 철학, 사회, 시, 종교, 국가, 종교, 전통, 역사, 문화, 언어 등에 대한 철저한 신념이 없는 이방인들을 가리킨다. 결국 엘리엇은 기독교 전통에서 비롯되는 종교사회적 책임성과 개인의 윤리적 책임의 소재를 중시하였다. 이러한 도덕의식과 책임의식이 그의 정치사회체제에 대한 비판을 형성하는 주요 관념들이다. 그는 종교의 허위의식과 종교의 형이상학을 싫어하였으며, 다중을 싫어하고, 무비판적인 대중의 평등개념을 싫어한 인물이었다. 엘리엇이 지향하는 정치사회는 윤리적 엘리트 계급, 소위 현자나 성자들이 사는 사회, 달리 말해 영국 국교도의 종교사회체제를 의미한다.

제6장

영국 국교의 감성교육[1]

I. 감성교육으로서 종교의 의미

엘리엇은 프로이트(Sigmund Freud, 1856-1939)가 『환상의 미래』(*The Future of an Illusion*, 1927)를 1928년 영어 번역본으로 런던에서 출판하자 이에 대한 평론을 1929년 자신이 편집장으로 있던 『크라이테리언』(*The Criterion*, VIII, Vol. 3, 350-53)지에 실었다. 그의 반응은 한마디로 "이상한 책"(a strange book)이었다(58).

---

1) 이 글은 논문 「프로이트의 '종교의 미래'에 대한 엘리엇의 논평 고찰: 종교는 오이디푸스적 환상인가? 사회적 실체인가?」(『문학과 종교』, 20.1 (2015))를 수정 · 보완해 재구성하였음.

환상의 미래는 근래 나온 책으로는 가장 호기심이 가고 흥미롭다. 미래 종교에 대한 프로이트의 견해를 간략하면 그와 같다. 우리는 부정적인 것 말고는 달리 이를 규정하기가 어렵다. 이 책은 종교에 관해 과거 혹은 현재와 관련지을 만한 것이 거의 없거나, 내가 보건대 미래와는 하나도 관련이 없다. 이 책은 이상하고 달리 어리석다.

This is undoubtedly one of the most curious and interesting books of the season: Dr. Freud's brief summary of his views on the future of Religion. We can hardly qualify it by anything but negatives: it has little to do with the past or the present of religion, and nothing, so far as I can see, with its future. It is shrewd and yet stupid. (Eliot, "FI" 56)

그 '이상하다'는 반응은 프로이트의 종교관에서 비롯된다.

종교는 현실 거부와 함께 바라고 있는 환상 체제이다. 우리가 희열에 찬 환각적 혼란 상태 말고는 달리 찾을 수 없는 그런 것이다. 종교의 11번째 계명은 "묻지 말라"이다.

Religion is a system of wishful illusions together with a disavowal of reality, such as we find nowhere else but in a state of blissful hallucinatory confusion. Religion's eleventh commandment is "Thou shalt not question." (Freud 64)

엘리엇이 이러한 프로이트의 종교관을 '이상한 책'이라고 반응한 배경은 당시 그의 삶과 작품과 관련이 깊다. 그의 전기적 배경을 보면 엘리엇 또한 이 책에 대해 상당한 흥미와 관심을 보인 것이 사실이다. 개인적으로는 1927년 장인 찰스 헤이우드(Charles Haigh-Wood)가 사망하였고, 그해 6월 29일 옥스퍼드 주(Oxfordshire) 핀스탁(Finstock)의 성 트리너티(Holy Trinity) 교회에서 엘리엇이 세례를 받고 영국 국교회로 개종해 있었다. 그 다음 해 1928년에 엘리엇은 「랜설롯 앤드류스」("For Lancelot Andrewes") 서문에 '문학에서는 고전주의자, 정치에서는 왕당파, 종교에서는 영국 가톨릭교도'라 선언하였다. 1929년은 아내 비비언(Vivien Haigh-Wood)과의 이혼에 대해 고민하고, 사랑하던 모친(Charlotte Champe Eliot)이 사망했던 해였다. 엘리엇은 개인적으로 힘들고 어려웠던 시기인 이 무렵 한참 『에어리얼 시집』(Ariel Poems)의 시들을 출간하고 있었다. 『에어리얼 시집』은 아기 예수, 유아, 아동, 청소년, 노인 등에 걸쳐 엘리엇이 영국 국교인 성공회를 국가 사회체제로써 적극적인 의미를 찾던 때의 작품이었다.

이런 관점에서 엘리엇은 프로이트의 『환상의 미래』가 종교를 정신 현상으로 치부한 시각을 받아들이기 어려웠다. 이 영역본이 나오던 1928년 무렵은 엘리엇이 중년인 41세이던 1929년과 겹치고 있다. 이때가 『크라이테리언』에 나온 프로이트에 대한 짧은 평론과 「작은 영혼」 시가 중첩된 시기이다. 적어도 이 시기는 시인 그리고 평론가로서 엘리엇 일생에 비추어 생의 후반부라 할 수가 있다. 프로이트는 "따뜻하고 안락한 부모의 품"을 떠나 "삶의 현실과 현실의 냉혹함을 견딜 수 없기" 때문에 사람이 종교에 의존하는 현상을 "유아적 증후군"(infantile neurosis)이라고 한 반면에, 영국 국교로 개종한 엘리엇이 쓴 「작은 영혼」은 아동의 성장 과정에 종교의 필요성을 강조하고 있어 주목된다.

이 두 사람의 논쟁을 볼 때, 소위 프로이트의 주요 개념인 오이디푸스 콤플렉스 증후군이 엘리엇의 종교 논란에서 또 다른 출발이 되고 있었다. 실제 삶에 있어서도 엘리엇에게 이때는 모친이 사망하고 아내 비비언과의 이혼을 불가피하게 고려하던 불행한 시기였기도 하다. 이런 불행한 삶과 시에 나타난 방어적 의미의 종교적 성격은 프로이트의 책을 '이상한 책'이라고 평한 엘리엇의 입장을 생각해보지 않을 수 없게 한다.

평론가 무디(A. D. Moody)는 이러한 엘리엇의 종교적 입장을 "소외로 모이는 초연함"(detachment, amounting to alienation)이라고 지적한 바 있다(135). 크레익 레인느(Craig Raine)는 「작은 영혼」의 경우 사람은 성장 과정에서 불가피하게 "육체적으로 손상된, 갇힌 영혼이 그 자체의 조심성으로 부식"(a physically damaged, confined soul corroded by its own caution)되는 과정을 그리고 있다고 한 바 있다. 이와는 달리 토니 샤프(Tony Sharpe)는 오히려 이러한 과정을 "피의 집요함을 인정하고 충만하게 살려는 기회를 붙잡으려는" (*admitting* the blood's importunity and seizing "opportunity to live fully") 관점으로 접근해 엘리엇의 중년 삶을 관찰한 바 있다(Sharpe 195 재인용).

다시 살펴보면 흥미롭게도 1931년에 발표된 「개선 행진」("Triumphal March")은 부도덕하고 무책임한 어른의 삶을 그리고 있어서인지, 『에어리얼 시집』 다음인 『미완성 시집』(*Unfinished Poems*)에 별도로 실려 있다. 엘리엇은 이 「개선 행진」 시를 『에어리얼 시집』에 함께 포함시키려고 하였다고 한다. 하지만 말 그대로 요정의 의미가 있는 '에어리얼'에 아기, 유아, 청소년 시기를 포함시키고 아동에 대한 감성교육을 강조하였던 이 시집에 「개선 행진」 시를 실을 수 없었던 듯싶다. 사실상 그는 「개선 행진」을 1930년대 초 「코리올란」("Coliolan") 1편(Section I)으로 별도 출간하였다. 이어 엘리엇은 자신의 첫 희곡 작품 『반석』(*The Rock*)을 1934년 중세의 종교극 형태로 출간하였고 공연까지 하였다. 엘리엇 작품의 이러한 출판 순서는 어른으로서 그 자신의 신앙 성장 및 감성교육을 위한 종교사회에 대한 관심과 무관하지 않아 보인다.

프로이트의 문제작이 나오던 1928년 무렵에 이어 나온『에어리얼 시집』은 엘리엇의 감성교육과 종교적 확신을 잘 보여준 시라고 하겠다. 특히 1930년의『재의 수요일』은 이러한 자신의 성장하던 신앙의 힘을 반영하는 시이기도 하다. 이러한 신앙적 성장은 1930년대 초『코리올란』에서 셰익스피어(Shakespeare)의『코리올라누스』(Coriolanus)의 비극적 영웅 코리올라누스의 생애를 십자가의 성 요한(St. John of the Cross)의 생애에 비추어 자신의 신앙 성장을 어렵게 하는 정치사회와 종교문제를 다루는 데까지 이어진다.

『반석』은 개인이나 사회가 지향해야 할 미래는 영국 국교에 기반을 두어야 한다는 의미가 크다. 그 의미는『에어리얼 시집』이후 줄기차게 보여주고 있는 엘리엇의 아동 감성교육은 종교의 사회적 실체를 규명하는 작업과 동시에 다루어지고 있었기 때문이다. 그러므로 프로이트가 종교의 미래를『환상의 미래』로 규정한 점을 '이상하다'고 한 엘리엇의 반응은 그가 이미 중년의 나이로 들어섰고, 1927년 6월 29일 영국 성공회 교회에서 세례를 받고 개종하던 연유와 무관하지가 않다. 따라서 엘리엇의『코리올란』과『반석』은 사회적이고 정치적 문제를 다루고 있기 때문에 개인이나 사회는 물론 국가가 종교문화에 기반을 둔 도덕적 삶을 회복해야 한다고 강조한 작품으로 이해되고 있다. 엘리엇은 그러한 이상적인 국가사회체제로는 오래 전통과 문화를 지켜 온 영국 국교를 들고 있다.

II. 종교, 자연, 문명, 과학

무엇보다 엘리엇이 종교에 관심을 가졌던 주제는 교회와 국가에 대한 것이다. 일반적으로 그는 기존에 존재해 왔던 종교와 이를 기반으로 발전해 온 국가를 무시할 수가 없었다. 엘리엇은 이러한 종교의 역사성을 실체로 당연시하였다. 하지만 그의 관심은 실상 "어떤 교회?"(What Church?)인가이다. 서구 사회가 역사적으로나 문화적으로 하나의 '기독교 사회'(a Christian Society)여서 엘리엇은 서구 국가가 특정한 정치형태라기보다 기독교 유형에 적절한 형태라고 여겼다. 따라서 기독교 사회의 요소들을 중심으로 살펴보면, 우선 기독교 형태로서 '기독교 국가'(the Christian State), '기독교 공동체'(the Christian Community), 그리고 '기독교인들의 공동체'(the Community of Christians)가 가능하다. 실체적 진실로서 입법, 공공행정, 법 체제 등은 국가의 근간을 이루는 뼈대로서 기독교 사회에 관한 것이라 할 수가 있다. 이러한 실체적 진실에 기독교 문화의 적극적 가치들이 모여 기여를 한다고 보면, 엘리엇에게 '영국은 기독교 사회'(a Christian society in England)로 국가가 곧 교회이며 그러한 기독교적 문화의 가치가 모여 이루어진 나라라고 할 수가 있다. 물론 교회와 국가를 말한다면 엘리엇의 마음속에 있는 종교의 실체는 '영국 국교회'(the Anglican Church)라고 할 수 있다. 영국 교회는 오랫동안 영국 사회와 역사 속에서 함께 해왔기 때문에, 영국 개개인이 세속적이면서도 영적인 가치들을 조화롭게 이루던 삶을 떠나 설명할 수가 없다(Eliot, CC 8-9, 20-21, 36-37).

이로 보아 프로이트의 종교관에 대한 엘리엇의 의문은 일찍이 그의 『크라이테리언』지에서 거론하기는 하였다. 엘리엇은 종교의 미래에 대한 프로이트의 근원적 아이디어 자체를 부정하고 거부한 것은 아니었다. 엘리엇은 프로이트가 피력한 문화와 문명, 그리고 인류의 미래에 대해 그 나름의 종교관을 토대로 우려하는 부정적인 사고를 지적하고 있었다. 엘리엇은 문화가 단지 종교와 같은 사회 조직을 의미한다면, 그 문화는 개인에게 부정적인 영향을 미치게 된다는 프로이트의 지적은 정당하다고 생각하였다. 하지만 프로이트의 정의를 따른다면, 엘리엇은 이 정의는 문화와 문명이 소수가 다수에게 항상 법과 질서를 부여한다는 시각("civilization is something which was imposed on a resisting majority by minority", Freud 4)에서 벗어나지 못한다고 반박한다. 따라서 프로이트의 아이디어는 소수가 다수에게 법과 질서를 유지하게 하는 의미에서 종교와 문화를 규정하고 있다는 것이다.

엘리엇은 바로 이러한 점에서 프로이트의 종교와 문화에 대한 관점이 사실이 아니라고 한다. 이러한 지적은 문화의 본질을 보는 프로이트의 입장에 동의할 수 없기 때문에 엘리엇을 더욱 당혹시킨다.

사람은 문화의 본질이 삶을 유지하는 수단을 위한 자연의 정복에 있고, 인류 사이에 이 수단을 적절하게 분배함으로써 문화를 위협하는 위험을 제거하는 데 있다고 처음에 생각하였다. . .

[O]ne thought at first that the essence of culture lay in the conquest of nature for the means of supporting life, and in eliminating the dangers that threaten culture by the suitable distribution of these among mankind . . . (Freud 4)

엘리엇을 더욱 당혹시킨 것은 '우리를 자연으로부터 방어하는 것이 문화의 주요 과제였다'는 프로이트의 논리에 있었다(Eliot, "FI" 57). 엘리엇은 만약 사람이 문화를 위협하는 위험을 제거해야 한다면, 문화를 통제하고 억압하는 그 위험을 없애야 한다는 프로이트의 논리를 따르기는 한다. 하지만, 그는 자연을 극복하게 하는 힘을 문화라고 보는 데는 동의하지 않았다. 엘리엇은 프로이트의 추론 능력이 정말 잘못될 수도 있다고 지적한다. 문화의 본질에 대한 논란에 있어 엘리엇은 자연을 정복하는 힘이 문화라는 프로이트의 지적에 망연자실할 수밖에 없었다.

프로이트는 『환상의 미래』 첫 부분을 통해 사람이 문화화되고 문명화되는 과정은 사람의 본성을 억압하는 과정이며 이러한 과정은 어렸을 때부터 시작된다고 한다. 유추해보면 유아기의 경험, 즉 오이디푸스 콤플렉스 기제의 근원이 문화이며, 자연과 사람의 본성을 억압하는 소수 엘리트가, 엘리엇의 말을 빌리면, "매우 유능한 경찰"(the highly efficient policeman) 역할을 하게 된다. 엘리엇은 계속해서 프로이트의 주장을 따르면 "아마도 어떤 일부 인류는 . . . [어린 시절부터 계속해] 항상 비사회적으로 남아 있을 것"이라고 한숨을 쉰다. 엘리엇은 문화의 본질을 아이의 본능과 충동을 위협하는 힘으로 보는 프로이트의 견해에 동의할 수 없게 된다. 그 말 "비사회적"(asocial) 의미는 기존의 문명이나 문화에 순응하지 않는 한 비사회적일 수밖에 없다. 엘리엇은 이 의미가 자신의 이해를 넘어서는 범위에서 '심층 심리학적 의미'(deep psychological meaning)를 갖고 있다고 이해한다. 엘리엇은 자연 그대로의 우리를 방어하는 것이 문화의 주요한 과제, 그 존재 이유라는 프로이트의 관점에 동의할 수 없게 된다.

자연과 문화를 대립된 관계로 보는 프로이트의 관점은 종교적 관점에서도 마찬가지이다. 프로이트는 우선 사람은 자연에 저항한다는 의미에서 문화와 종교의 관점을 유사하게 보았다. 엘리엇의 말을 빌리면, 프로이트는 '문화/문명과 종교에 대한 적대감'(the hostility to culture/civilization)을 나타내기 위해 상대적으로 '화가 난 여신 자연'(angry goddess Nature)을 등장시킨다(Eliot, "FI" 57). 달리 말해, 문화와 종교는 사람의 본능과 화가 난 자연의 욕구를 좌절시키는 기제가 된다. 사람의 이러한 자연적이고 본능적 욕구 형태로는 근친혼(incest), 식인주의(cannibalism), 살인 충동(lust for killing) 등이 소개되고 있다(Freud 10). 심리적으로는 이러한 욕구가 정당화되지만, 문화와 종교는 이를 억압한다(11).

프로이트는 '인간의 초자아'(man's super-ego) 개념을 여기에 소개하며 자연과 문화의 논의에 포함시킨다. 즉, "특별한 정신 기능"(a special mental function)으로서, 소위 초자아는 "초자연적 존재"(supernatural beings)의 하나이다. 이 초자연적인 존재에 대한 프로이트의 아이디어가 종교에 대한 주제이다. 이로 보아 프로이트의 문화현상 혹은 그 본질, 이어 종교와 종교적 믿음 이면에는 감추어진 심리학적 동기들이 있다. 결국 자연, 초자연, 문화, 사회 현상, 신, 종교의 기원 등에 심리학적 동기들이 숨겨져 있게 된다. 이로써 심리학적으로 "종교적 교리는 환상이다"(religious doctrines are illusions)는 명제에 이른다. 오히려 엘리엇은 종교적 교리의 가치가 사회적 진실이라는 점에 관심을 갖고 있다. 엘리엇은 문화, 종교, 과학, 더 나아가 역사, 문명 혹은 사회현상을 지나치게 "심리학적으로 접근하려는 지적 유행"(the wipings of psychology)을 비판한다(Harding 396 재인용).

엘리엇의 종교에 대한 탐구는 여기에서 시작된다. 엘리엇은 "종교적 아이디어들의 진실"(the truth of religious ideas)과 "종교적 '대상'의 현실"(the reality of religious 'objects')을 논한다(Eliot, "FI" 58). 반면에 프로이트는 사회란 그러한 환상을 버려야 하며, 평범한 현실도 이러한 심리학적 현상을 반영하고 있다는 주장을 한다. 엘리엇은 이러한 프로이트의 주장은 너무나 훌륭해서 자신의 이성으로 파악하기 힘들 뿐 아니라, 심지어 프로이트 자신도 완벽하게 파악했는지조차 확신할 수 없다고 한다. 왜냐하면 프로이트가 종교를 환상으로써 취급하는 작업을 계속하고 있고, 환상으로 종교를 계속해서 다루고 있기 때문이다. 사실 종교적 아이디어에 대한 다음 프로이트의 말은 상당한 설득력이 있다.

종교적 아이디어는 자신의 힘으로 발견하지 못했던 무엇인가를 말해주는, 그리고 자신의 신앙에 근거를 둔 외적(혹은 내적) 현실에 관한 사실과 조건에 관한 가르침이며 주장이다.

Religious ideas are teachings and assertions about facts and conditions of external (or internal) reality which tell one something one has not discovered for oneself and which lay claim to one's belief. (Freud 33)

그래서 우리는 소망성취가 그 동기에서 두드러지는 요인일 때 환상을 신앙이라 부른다. 그렇게 함으로써 우리는 환상 자체가 증거로 해야 할 것이 없는 것처럼 현실과의 그 관계를 무시한다.

Thus we call a belief an illusion when a wish-fulfillment is a prominent factor in its motivation, and in doing so we disregard its relations to reality, just as the illusion itself sets no store by verification. (Freud 43)

세상을 창조하였던 신이 있고 축복받은 섭리가 있다면, 그리고 우주에 도덕적 질서가 있고 사후 삶이 있다면 매우 훌륭할 것이다. 하지만 이 모든 것이 정확하게 우리가 그렇게 되고 싶었으면 할 때라는 것이 정말 놀라운 사실이다.

It would be very nice if there were a God who created the
world and was a benevolent providence, and if there were a
moral order in the universe and an after-life; but it is a very
striking fact that all this is exactly as we are bound to wish it to
be. (Freud 47)

종교 차원에서 자연과 문화 혹은 문명 논의에 대한 엘리엇의 답은
훨씬 긍정적이고 미래 지향적이다. 엘리엇은 자연을 극복하며 이루어지고
있는 인간의 문화와 문명을 프로이트가 부정하고 거부했던 그 점에서 근
원적으로 답을 찾고 있다.

종교는 현대 이교도와는 식별되는 것으로써 자연과 순응하는 삶을
포함한다. 아마도 자연적 삶과 초자연적 삶은 서로 순응한다고 여
긴다. 신의 의지에 더욱 잘 따르는 것이 더 자연스러울 수 있다. 우
리는 사회 조직이 사익을 따를 때 혹은 공적 파괴를 따를 때 규제
되지 않는 산업주의에 의해 인성을 파괴당할 것이며 자연 자원을
고갈시킬 것이다. 그래서 많은 우리의 물질적 성장은 차세대가 그
대가를 비싸게 지불할 성장일 수 있다.

[R]eligion, as distinguished from modern paganism, implies a life
in conformity with nature. It may be observed that the natural
life and the supernatural life have a conformity to each other. . . .
It would perhaps be more natural, as well as in better conformity
with the Will of God, . . . We are being aware that the
organisation of society on the principle of private profit, as well

as public destruction, is leading both to the deformation of
humanity by unregulated industrialism, and to the exhaustion of
natural resources, and that a good deal of our material progress
is a progress for which succeeding generations may have to pay
dearly. (CC 48)

엘리엇은 종교적 의미를 국가 사회적 차원에서 규정할 필요가 있고,
막연한 두려움과 심리적 불안은 종교적 희망에 의해 극복될 수 있다고까
지 주장한다(CC 49).
　종교와 과학에 대한 논의 단계에 이르러 엘리엇의 결론은 더욱 확신
에 차 있게 된다. 그 결론은 바로 과학과 우주와 인간을 해석하는 프로이
트의 무모한 지적 도발에 있었다.

우주의 수수께끼는 우리의 탐구에, 즉 과학이 아직은 답을 줄 수
없는 많은 질문에 천천히 그 자체를 드러낼 뿐이다. 하지만 과학적
업적은 외적 실체에 관한 지식으로 향하는 우리의 길일 뿐이다.

The riddles of the universe only reveal themselves slowly to our
enquiry, to many questions science can as yet give no answer;
but scientific work is our only way to the knowledge of external
reality. (Eliot, "FI" 58)

엘리엇은 이 프로이트의 사고에서 무엇이 과학인지, 무엇이 우주의
수수께끼인지 전혀 듣지 못하였다고 한다. 프로이트가 반복한 '과학은 환
상이 아니다'라는 마지막 대목은 과학은 환상이 아니지만, 종교는 환상이

라는 역설이다. 달리 말해, 마법사는 꿈 세계에서 꿈을 꾸지만 과학자는 합리적인 사고를 통해 그 환상을 깨게 해준다는 뜻이다. 엘리엇은 프로이트가 그렇게 확신하는 과학에 대해서도 수학이나 물리학 같은 실제 과학을 하는 진짜 학자들이 그러한 과학에 대해 종종 덜 확신하고 있다며 프로이트를 비판하고 있다. 결론적으로, 엘리엇은 프로이트의 사고와 과학을 그릇된 사고와 벼락출세한 과학의 달인들로 비꼬고 있다. 엘리엇에게 프로이트는 전체로서 '과학'을 가장 과장되게 주장하는 사람이어서 『환상의 미래』는 정말 이상한 책으로 비쳤다. 시극 『반석』은 엘리엇이 장년 이후에 들어 이 유아적 망상에 함몰된 무책임하고 이상한 책에 대한 반론인 셈이다.

III. 국가 실체로서 종교의 사회공동체적 의미

프로이트는 종교, 자연, 문화, 과학의 역사를 개인의 심리적 근원에서 탐색하였던 정신분석학자였다. 그에 따르면, 종교란 개인이나 사회의 신경증후군의 형태이며, 오로지 깊게 숨겨져 있는 사람의 감정 갈등과 허약함에 대한 반응으로 존재하게 된, 인간에 의해 창조된 사고에 불과하다. 그는 종교가 심리적으로 스트레스의 부산물일 수 있기 때문에 그 스트레스를 처리하게 되면 종교를 제거할 수 있다고까지 한다. 이러한 사고는 인간의 본성을 이해하는 데 종교에 대한 사회의 중요성을 간과하는 면이 있다.

종교가 환상이라는 프로이트의 주장과는 달리, 종교는 사회적 실체이며 공동체 문화라는 엘리엇의 세부적인 반박 내용을 검토함으로써 삶의 진실에 접근하는 엘리엇을 살펴보기로 하자. 프로이트 주장의 담론을 살펴보면 이러하다.

내가 종교적 아이디어가 환상이라고 말할 때, 그 말의 의미를 정의
해야 한다. 환상이란 오류와 같은 말이 아니며, 정말 필수적으로 오
류는 아니다. 무지한 사람들이 여전히 믿고 있는 기생충이 똥으로
부터 진화한다는 아리스토텔레스의 믿음은 오류였다. 이러한 오류
를 환상이라 부르는 것은 부적절하다. 달리 콜럼부스가 인도로 가
는 새로운 항해 루트를 발견하였다는 것은 콜럼부스 입장에서 환상
이었다.

When I say that they (religious ideas) are illusions, I must define
the meaning of the word. An illusion is not the same as an
error, it is indeed not necessarily error. Aristotle's belief that
vermin are evolved out of the dung, to which ignorant people
still cling, was an error.... It would be improper to call these
errors illusions. On the other hand, it was an illusion on the part
of Columbus that he had discovered a new sea-route to India.
(Freud 42; Eliot, "FI" 58 재인용)

이에 대한 엘리엇의 평은 프로이트의 논리적 오류를 지적하는 데에
서 출발한다. 엘리엇은 콜럼부스가 서인도를 동인도로 생각한 것은 오류
이지만 새로운 항로를 발견하였다는 생각은 오류가 아니라고 한다. 엘리
엇은 진실과 오류에 착오를 일으키는 생각을 환상이라 할 수가 없고, 이
러한 착오를 환상이라고 부르는 프로이트가 환상에 빠져 있다고 지적한
다. 정말 환상은 필연적으로 오류가 아니라는 것이다. 예를 들어, 채소 호

박은 호박과 똑같지 않아 필연적으로 호박은 아니다. 이는 환상이 아니라 오류일 뿐이다. 오류와 환상을 구분하는 프로이트의 논리는 아리스토텔레스의 견해에도 적용이 된다. 이로 보아 기생충이 똥으로부터 진화한다는 아리스토텔레스의 생각은 환상이다. 엘리엇은 프로이트가 정의의 정의를 해야 함에도 환상이 마치 입증할 필요가 없는 무엇이었던 것처럼 다룬다 (Freud 42)고 지적한다. 더욱이 엘리엇은 프로이트가 종교적 교리를 '망상' (delusions)에 비교할 수 있다(43-44)고 한 점에서 독자를 속이고 있다고 비난한다. 망상은 꿈과 같은 것이어서 마음이 바라는 형상은 꿈에 나타나며, 두려움에 대한 해소와 그 소망이 종교이므로 오류라기보다 환상이라고 강조한다.

정신분석학적으로 프로이트는 종교가 아동이 '아버지' 인물을 필요로 한 소망 때문에 생긴 인간의 창조물이었다고 믿고 있었다. 프로이트는 이러한 오이디푸스 콤플렉스 개념을 적용해 종교의 정신기원에 대한 네 권의 책을 썼다. 그 첫 권은 『꿈의 해석』(The Interpretation of Dreams, 1900)이며 꿈은 소망 성취라는 프로이트의 논제를 논하고 있다. 그는 꿈이란 의식에 의해 억압된 소망을 위장한 성취라고 말한다. 두 번째는 『일상의 정신병리학』(The Psychopathology of Everyday Life, 1904)이며 억압된 소망이 일상으로 침입해 들어온다고 한다. 그는 특정한 신경성 증후, 꿈, 혹은 심지어 자그마한 말의 실수, 혹은 글의 실수 등이 무의식 과정을 노출시키게 된다고 주장하였다. 세 번째는 『토템과 터부』(Totem and Taboo, 1913)이며, 그는 일반적으로 종교가 어떻게 사회로부터 기원하였는지를 살펴보고 있다. 네 번째가 『환상의 미래』(1927)로 프로이트는 이처럼 전반적으로 한 개인의 심리 이면에 깔려 있는 오이디푸스 환상에서 종교의 기원을 다루고 있다.

간략하게 프로이트는 종교의 기원을 두 단계에서 고려하고 있다

(MacGrath 178-81). 첫 단계는 그 기원을 인류 역사의 발전 차원에서, 두 번째 단계는 개인 차원에서 고려하고 있다. 프로이트에 따르면 모든 종교의 핵심 요소는 '아버지' 인물의 숭배와 그 고유 의식에 대한 관심에서 비롯된다고 한다. 이처럼 프로이트에게 종교의 기원은 오이디푸스 콤플렉스까지 거슬러 가고 있다. 오이디푸스 콤플렉스는 무의식 속에 간직하고 있는 감정과 사고가 자신의 어머니를 성적으로 소유하고 아버지를 살해하고자 한 아이의 욕망에 집중한다는 개념이지만, 종교관에 있어서는 서구 사회에서 오래된 "원죄의식"(original sin)에 두고 있다(Kim Sung-Hyun 528). 프로이트는 역사의 어떤 시점에서 '아버지'라는 인물이 자신의 종족에서 여성에 대한 배타적 성적 권리를 가졌다고 주장한다. 그래서 아들은 이 아버지 인물을 내던지고 그를 살해하게 된다. 프로이트에 따르면, 종교란 이러한 선사시대의 아버지 살해 사건에서 그 주요 기원을 갖는다는 것이다. 이로 보아 프로이트의 정신분석은 이러한 오이디푸스 환상에서 해방되는 것을 의미하고 있지만, 달리 그 자리에 "무의식이라는 새로운 족쇄"를 등장시킨다(김용성 19 재인용).

종교의 기원에 대한 프로이트의 견해는 그 '아버지' 인물이 개인의 무의식 심리상태는 물론 종교의 집단 무의식 현상에서도 유효하게 작용한다고 생각한다. 정신분석학은 아버지 콤플렉스와 신의 믿음 사이를 친숙한 관계로 익숙하게 해주고 있다. 이러한 개인적인 신은 정신분석학적으로 찬양된 아버지 이상도 아니다. 그 증거로 어린 사람들이 자신의 아버지의 권위가 무너지는 순간 종교적 믿음을 잃는 일상에 있다고 한다. 그래서 종교의 필요에 대한 뿌리는 부모 콤플렉스에 있다고 인식한다(Freud 61). 프로이트는 『환상의 미래』에서 이 점에 대한 자신의 입장을 논하고 있다. 결론적으로 프로이트는 종교란 단순하게 아버지의 보호를 받던 자신의 어린 시절의 경험까지 거슬러 올라가는, 즉 무력함을 깨닫던 미숙한 반응이라고 믿고 있었다. 개인적인 신의 믿음은 그래서 이상화된 종교에서도 '아버지' 인물을 투사한 유아적 망상 이상이 아니라는 것이다.

엘리엇은 그 비교 자체에 의문을 제기한다. 종교에 대한 환상과 오류를 말할 때 아리스토텔레스와 콜럼부스를 비교하는 자체가 잘못되었듯이, 프로이트가 처음 정의에서 잘못 출발하고 있다는 생각이다. 우리가 그 비교로 우선 알아야 할 것이 있다는 것이다. 『기독교 사회에 대한 사고』의 서문에서 엘리엇은 자신의 지적 빚을 크리스토퍼 도슨(Christopher Dawson), 미들턴 머리(Middleton Murry), 목사 데만트(V.A. Demant), 그리고 쟈크 마리탱(Jacques Maritain)에게 돌리고 있다. 그는 우선 종교적 느낌과 종교적 사고를 분리하며, 프로이트 유형의 후자를 받아들이지 않는다. 대신에 그는 "인간은 나름 사회의 정신적 제도에 의해, 그리고 또한 정치적 제도 및 확실하게 경제적 활동에 의해 살아왔다"(CC 4 재인용)고 주장하는 『뉴 잉글리쉬 주간』(The New English Weekly, July 13, 1939)지에 소개된 익명의 작가에 공감한다. 그러한 대표적 인물로 엘리엇은 도슨을 주저하지 않고 지목하며, 자신의 "문화의 통일성"(uniformity of culture) 사고가 도슨의 엘리트주의에 의존하는 바가 크다고 인정한다.

> 『정치학을 넘어서』에서 크리스토퍼 도슨은 한 "문화 체제"의 가능성을 논의한다. 그는 "철학적 혹은 과학적 독선" 혹은 "낡은 휴머니스트 학문으로" 돌아가 이를 논하는 것은 불가능하다고 인식하고 있다.... 나는 도슨의 목적에 전적으로 공감하지만, 철학이 없는 (철학이 고대 특권을 잃었다고 말하기 때문에) 그리고 특정하게 종교적이지 않은 이러한 "문화"의 의미를 이해하기가 어렵다.

[I]n *Beyond Politics* (pp. 23-31) Mr. Christopher Dawson discusses the possibility of an "organisation of culture." He recognises that it is impossible to do this "by any kind of philosophic or scientific dictatorship," or by a return "to the old humanist discipline of letters,".... I am in close sympathy with Mr. Dawson's aims, and yet I find it difficult to apprehend the meaning of this "culture" which will have no philosophy (for philosophy, he reminds us, has lost its ancient prestige) and which will not be specifically religious. (*CC* 59)

문화의 통일성은 엘리엇에 의하면 '유럽 문화의 통일성'(the unity of European culture)을 가리키며, 고대 특권을 잃어버린 철학과 특정한 종교를 복원하는 과제는 기독교 사회를 논하기 위한 엘리엇의 목표가 된다. 그 목표는 영국 국교인 셈이다. 엘리엇에게 문화란 예술, 관습, 그리고 종교를 합한 것 이상이기 때문이다.

또한 엘리엇은 머리의 사고 중 "민족주의 교회의 위험성"(the dangers of a nationalistic Church)에 공감한다(*CC* 62). 머리의 『리더십의 대가(代價)』 (*The Price of Leadership*)를 읽어 본 후 종파주의와 사적 기독교에 대항해 민족주의 혹은 국가주의 교회를 선호하는 머리의 의견에 동조한다. 하지만 엘리엇은 기독교에 반대하는 민족주의보다 모든 기독교 요소를 비워버리는 기독교를 표방하는 민족주의가 더 위험하다고 보고 있다. 영국의 교회가 그러한 민족주의 기독교의 성격을 갖고 있기 때문이다. 머리도 영국 낭만주의 시인인 콜릿지(S. T. Coleridge)를 인유까지 하며 국가 교회는 국가가 함께 하는 기독교 사회를 지향하고 있다고 인정한다. 엘리엇은 주로 머리의 사고를 토대로 국가적 성격과 종교적 의미를 함께 하는 영국 교회와 영국의 기독교 사회를 지향한다. 엘리엇은 머리의 공립학교 교육의 문제에도 관심을 갖는다(CC 63).

엘리엇은 머리가 공립학교에 도덕적 표준을 개혁하고 향상시킨 공로를 인정하였다. 머리가 지적한 그 대가란 다음 세대들이 기독교 정신을 타락시키고 불순하게 훼손시킨 점이다. 그럼에도 불구하고 엘리엇은 그러한 결과 혹은 대가가 원칙에서 훼손된 것이 아니기 때문에 얼마든지 가능한 결과를 만들어 낼 수 있다고 보았다. 그 원칙은 민족적이며 기독교 사회의 주 기관은 국가라는 것이다. 엘리엇은 국가가 민족주의 교회를 주도해야 한다는 시각에 동조하였다. 교회와 국가를 함께 모색하는 그러한 민족주의 교회에 모든 것이 달려있다는 머리의 사고에 엘리엇은 전적으로 공감하였다.

또한 목사 데몬트의 『기독교 정치체제』(*Christian Polity*)를 읽고 엘리엇은 교회와 국가를 공동체로 보는 사고에 공감한다(CC 52). 엘리엇은 교회의 권위는 "모든 시민들을 대표하는 근거로 주장될 수 없다"는 데몬트의 주장(120)에 공감하게 된다. 이에 따르면, 교회는 특정한 지역과 개인을 대표하는 국회의원의 책무보다 훨씬 더 광범위하며, 교회와 국가의 관계는 억제와 균형의 관계일 수가 있다. 따라서 교회와 국가 관계의 근거와 정당성은 사회에 대한 교회의 관계라 할 수 있다. 그러므로 엘리엇은 경제와 금융에 의한 정치체제에 대해 교회와 국가는 관여하지 않는다는 데몬트의 사고에 전적으로 동의한다.

또한 엘리엇은 전체주의도 자유와 민주주의를 지속시킬 수도 있다는 당시의 풀러 장군(General J.F.C. Fuller)의 서체(*The Times*, April 24, 1939)에 관심을 갖는다(CC 53). 나치의 히틀러에게 초대를 받았던 영국인 풀러 장군은 히틀러가 19세기 이탈리아를 통일시켰던 마찌니(Giuseppe Mazzini,

1805-1872)를 확실하게 신봉하는 데다 자신을 영국의 파시스트(British Fascist)라고 불렀다며, 개인의 권리는 국가보다 먼저일 수 없기 때문에 영국은 이러한 커다란 정치적 변화를 따라야 한다고『타임즈』에 썼다(CC 54). 당시 독일의 교수였던 하우어 박사(Dr. Wilhelm Hauer)가 쓴『독일의 신흥 종교』(Germany's New Religion, Allen and Unwin, 1937)를 접한 엘리엇은 종교를 단지 인간이 신을 숭배하는 그 이상으로 이해하였다(CC 55).

엘리엇이 주장하는 기독교 사회에 대한 사고를 비판하는 당시 시각이 없었던 것은 아니다(CC 69). 어떤 신학자는 엘리엇이 기독교를 접하는 데 있어 우선 인간의 반응을 첫째로 하고 있고, 더불어 이를 하나의 종교로써 사고하는 데 문제가 있다고 비판하였다. 또한 엘리엇은 자신의 사고에 대한 사회적 반응을 보여주기 위해 1937년 2월 "교회, 공동체, 그리고 국가"(Church, Community, and State) 주제를 시리즈로 방송하고, 이 내용을 실었던『청취자』(The Listener)를『기독교 사회에 대한 사고』의 부록에 간략하게 소개하기도 하였다(CC 71). 그 주 내용은 역사를 보건대 교회와 국가 간의 긴장은 바람직하다는 것이다. 실제로 교회와 국가가 사이가 좋지 않으면 영연방에 좋지 않으며, 교회와 국가가 함께 잘 나가면 교회가 잘못하고 있다는 것이다. 그 관계는 소위 견제와 균형이다(CC 73-74).

교회의 관점에서 보면 우리 시대의 지배적인 악은 탐욕이라고 한다(CC 76). 그 근본은 교회 탓이라기보다 돈에 대한 우리의 생각이 잘못되었다는 것이다. 개인의 수입, 투자, 대출업자의 도덕성, 채권과 사채에 투자, 고리대금업자나 큰 손들의 조작 등은 주로 교회가 비난하는 개인과 사회의 행위들이다. 따라서 사회가 신을 향하지 않는 한 사회가 더 잘 되지 않을 것이며, 사회는 저주받는 사람들보다 더 나빠질 것이다. 교회가 보여주는 심각한 관심은 우리 모두가 저지르는 부도덕성에 있다. 교회의 메시지는 우리가 기독교인으로서 주일날 기도하고 주중에 단지 세속적으로 회개하는 자세로 만족해서는 안 되고, 우리는 스스로에게 매일 묻고 사업에 대해서도 되물을 필요가 있어야 한다고 한다. 엘리엇이 말하는 기독교 사회의 정신은 교회는 우리가 태어난 목적이 무엇이며 인간의 목적은 무엇인가를 늘 물을 수 있어야 한다.

엘리엇은 미래의 교회가 자신들의 과제를 설계하려면 교육의 목적이 있어야 한다고 한다. 그는 "교회, 공동체, 그리고 국가"에 관한 옥스퍼드 세미나를 모아 『교회가 자신들의 과제를 조사하다』(*The Churches Survey Their Task*, 1937)를 출간하기까지 한다. 그는 사회공동체로서 교회의 교육 의미까지 다음처럼 소개하고 있다.

> 교육은 공동체가 모든 개인에게 자체 내에서 생명을 열고 참여할 수 있게 하는 과정이다. 교육은 그들에게 공동체의 문화를 전수하며 살아야 할 표준을 가리킨다. 그런 문화를 최종적으로 고려하는 그곳에 교육은 문화를 어린 사람들에게 전수하고자 한다. 그런 문화를 발달 단계로 보는 곳에서 어린 사람들은 문화를 수용하고 비판하고 더 나아지게 된다.
>
> 이런 문화는 다양한 요소들로 구성된다. 문화는 기초 능력과 지식에서부터 공동체가 살아가는 우주와 인간의 해석까지 이어진다.

Education is the process by which the community seeks to open its life to all the individuals within it and enable them to take their part in it. It attempts to pass on to them its culture, indicating the standards by which it would have them live. Where that culture is regarded as final the attempt is made to impose it on younger minds. Where it is viewed as a stage in development, younger minds are trained both to receive it and to criticise and improve upon it.

This culture is composed of various elements. It runs from rudimentary skill and knowledge up to the interpretation of the universe and of man by which the community lives.... (*CC* 172)

엘리엇은 기독교 문화, 소위 교회와 교육의 본질을 분리해서 설명하지 않는다. 엘리엇의 말을 빌리면, "문화가 초등학교와 중등학교 등 공립학교에서 전달되는 것을 의미한다면 제도는 전체 유기체"이다. 학교는 물론 가족과 환경뿐만 아니라 일과 놀이 등 외부 영향이 학교 제도와 조화를 이루면 교육은 효과적으로 전달할 수 있다고 한다. 달리 말해, 교육과 더 넓은 차원의 문화와의 관계는 교육의 목적이 문화를 전하는 것이기 때문에 기독교 문화를 떠나 교육의 목적을 설명하기가 어렵다는 뜻이다.

영국 국교회(성공회 교회)를 다루었던 시 『반석』에서 엘리엇은

살면서 우리가 잃어버린 삶은 어디에 있나요?
지식에서 우리가 잃어버린 지혜는 어디에 있나요?
정보에서 우리가 읽어버린 지식은 어디에 있나요?

Where is the Life we have lost in living?
Where is the wisdom we have lost in knowledge?
Where is the knowledge we have lost in information? (*CPP* 96)

라고 우리에게 질문을 던진다. 이 물음은 물론 자신에게 던지는 질문이기

도 하다. 『반석』은 문화의 정의를 잊거나 잃었을 때 교육의 목적 또한 길을 잃을 수 있다는 뜻이기도 해, 공동체의 정체성을 지켜 온 오랜 역사적 산물인 영국 교회의 중요성을 일깨우는 시이기도 하다. 감성교육의 중요성은 그래서 아주 어렸을 때부터 어른으로 성장해가며 올바르게 살아가는 문화의 중요성을 벗어나 설명하기가 어렵고, 서구문화는 기독교 문화의 정의에서 비롯되었기에 환상도 아니며 오이디푸스 정신 현상의 산물도 아니라는 엘리엇의 주장이다.

> 박해를 결코 몰랐던 사람과,
> 기독교인을 결코 몰랐던 사람은 힘들다,
> 기독교의 박해에 관한 이야기들을 믿는다는 것이.

> It is hard for those who have never known persecution,
> And who have never known a Christian,
> To believe these taleks of Christian persecution. (*CPP* 105)

기독교 문화는 종교, 관습, 종교적 믿음을 합해 놓은 그 이상이라고 믿었던 엘리엇은 유럽에는 공통 특성이 있고, 이를 유럽 문화라고 말할 수 있다고 한다. 유럽인들의 공통 문화를 창조한 지배적인 힘은 종교이고, 이 종교는 역사적으로 사회적으로 사실이며, 현재의 유럽을 있게 한 공통 전통은 기독교라고 할 수가 있었다. 그 답은 시 『반석』에 있었다.

제7장

『반석』, 중장년의 감성교육[1]

I. 중장년

　일찍이 엘리엇(T. S. Eliot)은 프로이트(Sigmund Freud)의 『환상의 미래』에 대한 평론에서 당혹감에 빠진 자신을 발견하였고, 영국 교회의 의미를 담았던 1934년 최초 시극인 『반석』을 발간, 공연하게 된다. 그리고 이후 5, 6년이 지나 이 시극을 산문 형태로 체계적으로 정리할 시간을 가졌던 셈이다. 이때 이후 엘리엇은 장년과 노년으로 들어선 나이이다. 장년이던 1938년에 『기독교 사회에 대한 사고』와 노년이던 10년 후 1948년에 『문

---

1) 이 글은 논문 「프로이트의 '종교의 미래'에 대한 엘리엇의 논평 고찰: 종교는 오이디푸스적 환상인가? 사회적 실체인가?」(『문학과 종교』, 20.1 (2015))의 뒷부분과 「코리올란과 반석에 나타난 위대한 영광」(『T. S. 엘리엇연구』, 24.1 (2014))을 수정·보완하여 재구성하였음.

화 정의에 관한 소고』를 내놓았고, 1965년 사후 2년 만인 1967년에 이두 권은 『기독교와 문화』(*Christianity and Culture*)로 출간되었다. 엘리엇은 확고하게 국가사회체제로서 영국 성공회를 받아들이게 되었던 당시의 당혹감을 마무리하면서, 자신은 프로이트처럼 '마치 ~처럼'(as if)이라는 철학(Freud 39)을 결코 정복하지 못하였고 자신의 지식과 상식이 무너지는 경험을 하였다고 한다(Eliot, "FI" 58). 프로이트가 『환상의 미래』를 발표한 1927년은 엘리엇이 한참 『에어리얼 시집』의 시들을 출간하던 때여서 아기, 유아, 아동, 청소년, 청년기에 걸쳐 종교를 통해 국가사회차원에서 감성교육의 중요성을 인식하고 있었던 시기였기 때문이다.

프로이트와 비슷하게 종교의 사회적 의미와 공동체적 가치에 대해 논란이 없었던 것은 아니다. 메르치아 엘리아데(Mercia Eliade) 경우 종교는 두 가지 근원적인 개념, 즉 신성한 것과 세속적인 것을 이해하는 열쇠라고 한다("Mercia Eliade"). 엘리아데는 종교가 사회 현실을 기반으로 한다고 말은 하지 않지만, 일찍이 엘리엇은 종교는 한 사회가 총체적인 문화 현상으로 받아들이는 현실이고 인간의 삶 자체라고 믿고 있었다. 카를 마르크스(K. Marx) 또한 종교를 비판한 지식인이기는 하지만 종교는 주어진 사회에서 물질과 경제적 현실에 기반을 둔 사회제도 중의 하나라고 한다("Karl Marx"). 달리 말해, 종교 세계 또한 사회 제도를 반영하고 있지만, 마르크스에게 종교는 특히 경제 제도에 의존하는 형국으로 이해되고 있다. 마르크스 또한 '종교는 환상'이며, 그 주요 목적은 우리의 높은 이상과 야망을 소위 신이라는 낯설고 미지의 존재에 투사시켜 우리를 이로부터 소외시키는 기능을 한다고 한다.

에밀 듀르카임(Emile Durkheim)의 주장은 엘리엇에게 상당한 의미를 시사해 준다. 듀르카임은 사회는 사회 구조, 사회 관계, 그리고 사회 제도 측면에서 발달하였다고 한다. 이러한 그의 사고는 종교에서도 그대로 적용되고 있다("Emile Durkheim"). 그에게 종교는 통합된 믿음 체계이며, 분리된, 그러면서도 금지된 신성함과 관련된 실체라는 것이다. 심지어 듀르카임은 종교의 개념과 공동체의 행복과의 관련성에 초점을 맞추며, 종교는 사회 현실을 상징적으로 표현하는 믿음이라고 주장한다. 엘리엇은 공동체의 실체로서 종교의 의미가 가장 잘 드러나는 곳이 영국이며, 영국의 교회와 국가가 기독교 사회가 가야 할 희망이라고까지 말한다. 이는 아시아가 개종한다고 하여 유럽의 일부일 수가 없는 이치와 같다는 생각이 엘리엇에게 있었다.

달리 말해, 종교의 '아버지' 권위는 일종의 폭력 콤플렉스라는 프로이트의 주장과는 달리, 엘리엇은 이를 고의적으로 생략하거나 거부하기보다 그 상징적 의미를 사회 실체로 수용한 인물이다. 현재에 유럽의 정신적 유산도 또한 위기에 처하였다는 엘리엇의 진단은 새로운 문명의 희망으로 영국 국교의 실체를 이야기하게 된다. 이러한 진단은 특히 프로이트가 말한 종교가 환상이라는 주장에 대한 답이며, 그는 『환상의 미래』가 나온 이후 10년에 걸쳐 작품과 두 산문인 1938년 『기독교 사회에 대한 사고』와 1948년 『문화 정의에 관한 소고』에서 그 실체를 규명하였던 셈이다. 시로는 일찍이 1931년 「개선 행진」이고, 시극으로는 1934년의 첫 희곡 작품 『반석』이었다. 시에서 시극으로 넘어가던 이때의 중장년 시기에 이 두 작품은 이러한 엘리엇의 신념을 잘 보여준 작품이라고 하겠다.

엘리엇은 우선 「개선 행진」에서 셰익스피어의 비극적 영웅 코리올라누스를 십자가의 성 요한에 비추어 정치사회와 종교문제를 다루었다. 그는 「개선 행진」 시를 통해 종교의 정치사회적 의미를 찾아보았던 셈이다. 이어 그는 『반석』에서 교회를 다루었고, 개인이나 사회가 바라는 미래는 오랜 전통과 문화를 이어 온 영국 국교라는 자신의 신념과 확신을 다루었다.

결론적으로, 종교가 환상이라는 주장은 이상한 책동이며, 역설적이게도 장년에 들어 엘리엇은 인간 심성의 근원성에 대한 감성교육을 위해 영국 국교도의 정체와 정신에서 그 희망을 찾으려고 하였다. 그 완성된 인성은 아기 예수, 어른인 그리스도, 그리고 동양의 현자나 기독교 성자이며, 특히 영국 국교, 즉 성공회의 성자인 셈이다. 『반석』 시극은 중장년에 이르러 그 모델 제시에 해당된다.

II. 영국 국교로서 성공회

『반석』 극의 의미는 코리올란의 삶, 성장 과정, 죽음과 불가피하게 관련이 있기는 하다. 그보다 『반석』 작품의 의의는 종교국가 형태를 통해 인간의 모순된 삶을 극복하고자 하는, 즉 교회와 성자의 위대한 영광을 재현시키고자 하는 데 있다. 막스웰(D. E. S. Maxwell)은 『반석』에서의 "보이지 않는 빛"(O Light Invisible, CPP 112)은 한때 세상의 빛이었던 코리올란의 유형이 아니라 신이나 예수 그리스도를 나타낸다고 한다(133). 알려진 바로, 예수가 자신의 교회를 이 베드로(Peter)로부터 기초를 세웠다 하여 성서에서는 이 바위를 베드로로 가리키고 있다. 하지만 로마 가톨릭에서는 베드로는 바위 이상으로써 그리스도가 첫 번째 교황을 베드로로 지명하였다고 말하고 있다. 마태복음 16장 3절에 예수가 제자들에게 사람들이 '인자'(the Son of man)를 누구라고 하느냐고 묻는 대목이 나온다. 이때 제자들은 사람들이 그리스도는 세례자 요한(John the Baptist), 엘리야(Elijah), 예레미야(Jeremiah), 혹은 다른 선지자들 중 하나라고 응답한다. 그러자 예수는 제자들에게 자신은 누구냐고 묻는다. 시몬 베드로가 "주는 그리스도여 살아 계신 하느님의 아들"(Thou art the Christ, the Son of the living God.)이라고 답한다. 그러자 예수는 베드로에게,

바요나 시몬아 네가 복이 있도다 이를 네게 알게 한 이는 혈육이 아니요 하늘에 계신 내 아버지시니라. 또 내가 네게 이르노니 너는 베드로라 내가 이 반석 위에 내 교회를 세우리니 너는 베드로라 내가 이 반석 위에 내 교회를 세우리니 음부의 권세가 이기지 못하리라. (마태복음 16:16-18)

Blessed art thou, Simon Barjona: for flesh and blood hath not revealed it unto thee, but my Father which is in heaven. And I say also unto thee, That thou art Peter, and upon this rock I will build my church; and the gates of hell shall not prevail against it. (Matthew 16:16-18)

로마 가톨릭에서는 예수가 베드로를 바위로 가리켰기 때문에 그를 첫 교황이라고 한다. 하지만 다른 설에 의하면, 신약성서가 그리스어로 되어 있어, 베드로 Peter는 조약돌이라는 'pebble'을 의미하며, 예수가 바위로 사용하였던 그리스어는 큰 바위인 'petros'이거나 기반 혹은 기초인 'bedrock'(foundation) 의미라고 한다.[2] 그래서 베드로가 예수 그리스도를 교회의 기반 혹은 기초라는 의도로 사용하였다는 지적이다. 마태복음 21절 45절은 건물의 "머릿돌"(the chief cornerstone)로 예수 그리스도를 지칭하고 있다. 그래서 그리스도의 교회는 단단한 기초 위에 있지 자그마한 조

---

2) http://www.wordoftruthradio.com/questions/47.html 참고(Ocb. 15, 2013).

약돌이 아니라는 주장이다.

> 그러므로 누구든지 나의 이 말을 듣고 행하는 자는 그 집을 반석
> 위에 지은 지혜로운 사람 같으리니 비가 내리고 창수가 나고 바람
> 이 불어 그 집에 부딪히되 무너지지 아니하나니 이는 주추를 반석
> 위에 놓은 까닭이요. (마태복음 7:24-25)

> Therefore whosoever heareth these sayings of mine, and doeth
> them, I will liken him unto a wise man, which built his house
> upon a rock: And the rain descended, and the floods came, and
> the winds blew, and beat upon that house; and it fell not: for it
> was founded upon a rock. (Matthew 7:24-25)

사도 바울(Paul) 또한 고린도 전서 3장 11절에서 교회의 기초는 예수 그리스도라 분명하게 선언하고 있다("For no other foundation can anyone lay than that which is laid, which is Jesus Christ."). 『반석』에서 코러스 리더(Chorus Leader)는 이러한 반석의 의미를 전달한다.

> 누가 우리의 의혹에 아마 답을 할까.
> 반석. 파수꾼. 이방인.
> 일어났던 것을 목격하였던 주님.
> 일어날 것을 본 주님.
> 증인. 비평가. 이방인.
> 내쫓긴 하느님, 타고난 진리가 주님 안에 있다.

Who will perhaps answer our doubtings.
The Rock. The Watcher. The Stranger.
He who has seen what has happened.
And who sees what is to happen.
The Witness. The Critic. The Stranger.
The God-shaken, in whom is the truth inborn. (*CPP* 97)

랜디 말라무드(Randy Malamud)는 『반석』에서 "코러스의 언어는 직접적으로 동시대적이며 예언적이다"(In The Rock, the language of the Choruses is at the same time immediately contemporary and vatic.)라고 지적하고 있다(242). 따라서 엘리엇이 의미하는 반석은 결과적으로 성인 예수의 감성을 가진 극중 인물로서 영국 국교도의 교회를 가리키고 있다. 케니스 아서(Kenneth Asher)는 이 코러스는 "교회의 목소리"(the voice of the church)를 혹은 교회의 입장을 말하는, 즉 모든 삶의 드라마적 구성요소들을 '감성의 통일'(a unity of sentiment)로 '통일화'(unification)시키는 경지를 말하며, 성인 예수의 감성은 이러한 경지를 보여주는 것이라고 지적한다(81). 하지만 오늘날 사람들에게는 그 "내쫓긴 하느님" 이미지처럼 그러한 교회, 즉 주님 안에서의 진리를 필요로 하지 않아 주일날도 의미가 없다.

　　　사람들은 교회를 필요로 하지 않는다
　　그들이 일하는 곳에서, 하지만 그곳에서 그들은 주일날을 보낸다.

　　. . . . .

더구나 교회는 원치 않아 보인다
시골에서나 교회에서; 그런데 도시에서는

오로지 중요한 결혼식에서만.

　　　Men do not need the Church
In the place where they work, but where they spend their
Sundays.

. . . .

And the Church does not seem to be wanted
In country or in suburbs; and in the town
Only for important weddings. (*CPP* 96-97)

　엘리엇이 바라는 교회는 누구에게나 눈에 띄는 교회("the Visible
Church")로써 세상을 정복하기 위해 마땅히 그 길을 계속 가야 하는 성전
("the Temple")이다(*CPP* 112). 이 성전을 짓고 싶은 사람들이 있지만, 짓고
싶지 않은 사람들도 있었다고 지적하는 엘리엇은 느헤미야 2장에 나오는
페르시아의 왕 아닥사스다(Artaxerxes)의 에피소드를 인용한다.

　　선지자 느헤미야 시절
　　전체 통치에 예외가 없었던 때였다.
　　수산 궁, 니산 월에
　　그가 포도주를 왕에게 드렸는데,
　　무너진 예루살렘 도시를 근심하자
　　왕이 출발을 허락해
　　그 도시를 다시 짓게 해주었다.

In the days of Nehemiah the Prophet
There was no exception to the general rule.
In Shushan the palace, in the month Nisan,
He served the wine to the King Artaxerxes,
And he grieved for the broken city, Jerusalem
And the King gave him leave to depart
That he might rebuild the city. (*CPP* 104)

    술 관원이었던 느헤미야가 아닥사스다 왕 앞에서 무너지고 불타버린 예루살렘을 슬퍼하자 왕이 가서 성전을 지으라는 이 고사를 엘리엇이 원용한 이유는, 교회는 많지만 시골에서나 도시에서 이미 영향력을 잃어버린 전통적인 영국 교회를 재건하려는 의도일 것이다.

    엘리엇은 영국 국교(Anglo-Catholicism)가 영국 사회에 영향력을 크게 지니지는 못했지만, 성찬식이나 기도하는 자세 등에서 로마 가톨릭 의식 전통을 상당히 유지하고 있었고, 엘리자베스 여왕 치세 이후 강력한 왕권의 비호를 받으며 영국의 정신을 대표하고 있다고 보았다. 영국 국교는 "중용의 길"(via media) 철학 등 엘리자베스 왕조의 시대정신을 반영하고 있었고, 정치와 종교가 조화를 이루는 평화롭고 이상적 시대정신을 담고 있었다(서광원 134). 이러한 시대정신은 로마 교황 당국과 개신교 사이의 중용을 견지하는, 소위 "교회 정치체제의 걸작"(a masterpiece of ecclesiastical statesmanship)이었다(*SE* 341-42). 영국 국교도의 교회가 로마 교황 당국으로부터 독자적이며, 개신교로부터도 자유롭고, 제정일치의 이상을 실현하던 역사와 문화의 산물이라는 점을 엘리엇이 비로소 생각하였음이 분명하다. 엘리엇은 영국 국교를 일찍이 17세기 존 던(John Donne), 조지 허버트(George Herbert), 앤드류 마블(Andrew Marvel), 헨리 본(Henry Vaughan), 리처드

크래쇼(Richard Crashaw) 등 시인들이 이루어 놓은 신앙과 문학의 열매로 보았다(SE 343). 허버트의 시집 『성전』(The Temple)에 묘사된 영국 교회가 영국 국교가 추구한 중용의 의미를 잘 보여주고 있다(서광원 135-36).

적절한 차림으로 좋은 모습인,
너무 조야하지도, 너무 야하지도 않은
　　　(영국 교회는) 가장 좋은 모습을 보여준다.

극단적인 외양은 비교하기 힘들다.
왜냐하면 하나는 진하게 화장했고
　　　다른 하나는 아예 옷을 입지 않았기에.

A fine aspect in fit array,
Neither too mean, not yet too gay,
　　　Shows who is best.

Outlandish looks may not compare:
For all they either painted are,
　　　Or else undrest. ("The British Church" ll. 7-12)

중용의 정신은, 허버트가 지적하듯이, "적절한 차림의 가장 좋은 모습"의 영국 교회에서 드러나고 있다. 엘리엇이 찾는 영국 국교는 개종 이후 『에어리얼 시집』에 나오는 동방박사들, 시므온, 하드리아누스, 머리나, 페리클레스 등의 삶과 죽음으로 대비되는 인물들, 그리스의 민주 정체를 이은 로마 공화체제에 희생된 영웅 코리올라누스, 그리고 민중계급의 시릴이 아닌, "영혼의 어두운 밤"(dark night of the soul)이라 할 영적 훈련을 경험하였던 성 요한 같은 국교도들의 교회를 기초로 하고 있다. 이로 보아 정치사회적 측면에서, 엘리엇이 바라는 정치형태는 영국의 전통 종교사회나 종교국가 체제를 떠날 수가 없다. 그가 염원하는 정치사회체제는 그리스의 민주주의, 로마의 공화정, 근대 유럽의 파시즘보다 왕정체제 하의 전통 영국의 국가종교체제이다. 엘리엇에게 종교로서 영국 성공회는 왕정 전통과 종교체제의 국가사회를 포함하면서도, 결국 영국의 전통 신앙이 현대인에게 어떤 의미로 기능하는 것인가 하는 문제로 비치고 있다.

엘리엇이 선언하였던 영국 국교는 비영국계가 속한 로마 가톨릭도 아니고 개신교(Protestants dissents)도 아닌, 영국계가 속한 영국의 문화적 전통으로 이루어졌고 이어지고 있다고 할 수 있다(SE 382-83). 그가 여러 기독교 종파 중 영국 국교를 선택한 이유는 잘 알려져 있지 않다. 서광원은 엘리엇이 1920년대 중반까지는 로마 가톨릭에 관심을 갖기는 하였지만, 1926년 바티칸 당국이 "악숑 프랑세즈"(Action Française)를 공개적으로 정죄(condemnation)하자 엘리엇은 이에 깊은 충격을 받고 가톨릭을 향한 마음을 종식시켰다고 소개하고 있다(134).

노저용에 따르면, 엘리엇은 1927년 11월에 출간된 『월간 크라이테리언』(Monthly Criterion)지의 「논평」("A Commentary")과 영국 국교, 달리 성공회 기관지인 『교회 타임스』(Church Times)지를 통해 바티칸의 "악숑 프랑세즈" 정죄에 대한 논쟁에 참여하는 정도가 아니라, 이에 항의하고 "악숑 프랑세즈"를 공개적으로 지지하기까지 하였다는 것이다(39). 당시 교황이었던 피우스 10세(Pius X, 1835-1914)가 1914년 1월 29일에 "악숑 프랑세즈"와 그 지도자 샤를 모라스(1868-1952)의 저서와 1899년에 창간되어 격주로 발행되던 『악숑 프랑세즈 리뷰』(Revue de l'Action Française)까지 금독시켰다고 한다. 금독서로 지정된 모라스의 저서는 『천국으로 가는 길: 신화와 우화』(*Le Chemin de Paradis: mythes et fabliaux*, 1895)에서부터 『앙티네아』(*Anthinéa: d'Athènes à Florence*, 1901), 『베니스의 연인들』(*Les Amants de Venise: George Sand et Musset*, 1902), 『세 가지 정치사상』(*Trois Idées Politiques: Chateaubriand, Michelet, Sainte-Beuve*, 1898)이었고, 또 『종교적 정치』(*La Politique Religieuse*, 1912), 『만약 무력으로 정권쟁취가 가능하다면』(*Si le coup de force est possible*, 1924)과 『지성의 미래』(*L'Avenir de l'Intelligence*) 등으로 알려져 있다(Noh 40). 모라스가 정죄된 배경으로 그가 프랑스 혁명에서 비롯된 민주주의가 조국을 망치게 한 주원인이라고 지적한 점, 보수적 반혁명주의 사상가들인 조셉 드 메스뜨르(Joseph de Maistre), 조셉 레낭(Joseph Ernest Renan), 히폴리트 뗀(Hippolyte Taine), 모리스 바레스(Maurice Barrès), 오귀스트 콩트(Auguste Comte) 등을 지지한 점, 프랑스는 다시 왕정체제로 복귀해야만 한다는 점이 소개되고 있다.

하지만 알려진 바와 달리, 모라스는 공화정에 반대하고자 오히려 독실한 가톨릭 신자들과 상류 귀족층과 함께 왕정복구 세력의 중심인물이 되었다. 사실상 모라스에 의해 주도되었던 "악숑 프랑세즈" 운동은 프랑스의 가톨릭교회를 부흥시켰고, 젊은 가톨릭 지도자들이었던 앙리 마시스(Henri Massis)나 쟈크 마리땡(Jacques Maritain) 등은 모라스를 당대 최고의 가톨릭 사상가로 인식하기도 하였다(Noh 42). 1925년까지 "악숑 프랑세즈" 운동이 노동계층과 청소년들까지 파고들자, 파쇼주의자나 왕당파 당원들은 가톨릭 사회봉사원들을 같은 일원으로 동일시하는 일이 생기기도 하였다. 민주 정치체제보다 왕정 중심의 정치체제를 바라던 가톨릭 세력과 귀족 세력은 급기야 "악숑 프랑세즈" 운동에서 등을 돌리기 시작하였다. 보르도의 대주교이며 추기경인 앙드리외(Paulin-Pierre Andrieu)는 "악숑 프랑세즈"와 매우 친밀한 관계를 유지해 온 인물이었음에도 이 운동을 비난한 최초의 인물이었다. 교황 피우스 11세의 지시에 따라 앙드리 추기경은 "'악숑 프랑세즈'가 가르치는 것은 무신론, 불가지론, 반기독교주의, 반가톨릭주의, 개인과 사회에 대한 반도덕성이며, 또 불의와 폭력으로써 이교도주의의 복구를 가르치고 있다"고 비난하였다(Noh 44 재인용).

엘리엇은 『교회 타임스』의 사설에 소개된 "악숑 프랑세즈"에 대한 가톨릭계의 대응을 읽고, 이의 오류를 반박하는 한편 옹호하는 글을 『교회 타임스』의 독자 기고란에 투고했다. 이 기고는 잘 알려지지 않은 엘리엇 글의 하나로 그 핵심은 『교회 타임스』 사설 필자가 지적한 대로 모라스가 결코 악마 교리를 설교하는 사람이 아니며, 또한 가장 거칠고 유해한 민족주의자가 아니라는 반박이다. 무엇보다 엘리엇은 프랑스계 모라스의 민족주의가 독일계 "마샬 폰 힌덴버그(Marshal von Hindenbrg)의 민족주의"나 이탈리아계 "무솔리니의 민족주의보다 훨씬 덜 거칠고 덜 해롭다"고 지적하고 있다("Letter" 212; Noh 54 재인용). 이에 대해 사설 필자는 모라스가 당시 프랑스의 수상 아리스티드 브리앙(Aristide Brian, 1862-1932)이 프랑스, 독일, 벨기에 사이에 불가침조약을 체결하였던 로카노(Locarno) 정신을 거부했고, 이는 동시에 로카노를 지지하였던 교황 피우스 11세의 동기에 의문을 제기한 행위로 규정하였다.

엘리엇은 사설 필자의 진술을 직접 반박하기보다, 모라스의 정치철학에 대한 자신의 입장을 밝혔다. 엘리엇은 모라스의 정치철학이 군국주의적이지 않다는 것과 프랑스는 물론 다른 나라들에도 적용이 될 수 있는 합리적인 주장이며, 유럽의 평화와 양립할 수 있는 것이라는 입장을 피력하였다. 그리고 엘리엇 자신은 "중도파라고 생각한다"(I considered that I am Moderate.)며 불필요한 정치적 논쟁을 피하려는 입장을 이미 정리하였다.

이러한 종교정치 환경에서 『반석』은 엘리엇이 「시의 세 목소리」("The Three Voices of Poetry") 에세이를 통해 자신의 시적 재능이 미약해지고 고갈되면서 시극을 쓰기 시작하였다는 첫 희곡 작품이다(*OPP* 98). 제3의 목소리는 다른 인물을 통해 논쟁이 될 만한 정치적, 종교적 목소리를 내기 위한 극적 장치라고 할 수 있다. 그러한 목소리를 내기 위해 엘리엇은 성 요한의 모습을 『반석』에서 완전한 의지를 가진 인물로 제시하고 있다. 성인 예수의 감성으로 극 중 주인공인 '반석'(The Rock)은 인간의 운명에 대해 '아담의 저주'(the curse of Adam)에서처럼 노동과 투자에 대해 매우 비관적으로 설명하고 있다.

> 반석: 인간의 운명은 쉼 없는 노동이야,
> 아니면 쉼 없는 게으름인데, 이게 훨씬 더 힘들지,
> 아니면 불규칙적인 노동인데, 이것은 유쾌하지가 않아.
>
> . . . .
> 모든 인간은 자신들의 돈을 투자하려고 하지만
> 대부분 배당을 기대하면서이지.
> 말하건대: 너희들의 의지를 완벽하게 하라.

The Rock: The lot of man is ceaseless labour,
    Or ceaseless idleness, which is still harder,
    Or irregular labour, which is not pleasant.

    . . . .
All men are ready to invest their money

But most expect dividends.

I say to you: Make perfect your will. (*CPP* 97)

엘리엇은 오히려 사람들에게 의지가 완벽하려면 자신의 말을 들어보라며 겸손한 사람들의 노역을 소개한다. 노동은 투자로서가 아니라 함께 노역할 목표는 교회이다. 반석은 "노동자들의 목소리"(the voices of Workmen)로 "모두를 위한 교회"(A Church for all)는 "각자를 위한 알"(a job for each)이며, "자신의 노역에 각자를 위한 알"(Every man to his work)이란 "새로운 벽돌로"(with bricks), "새로운 회반죽으로"(with new mortar), "새로운 돌로"(with new stone), "새로운 목재로"(new timers), "새로운 언어"(new speech)로 교회를 짓는 일이라고 소리친다(*CPP* 98). 그 교회는 영국 선조들이 "예수 그리스도 자신이 주춧돌"(Christ Jesus Himself the chief cornerstone)인 기초 위에서 세웠던, "성자들"(saints), "사도들"(apostles), "선지자들"(prophets)로 "동료 시민"(fellow citizens)을 만들고 "하느님의 가솔"(the household of God)로 만든 성전이다(*CPP* 100). 엘리엇의 그곳은 "하느님의 집"(the House of God)으로 "하느님의 말씀"(the Word of God)으로 가득 찬 "그리스도의 집"(Thy House)으로 "평화의 성소"(the peace of Thy sanctuary)이다(*CPP* 103).

하지만 성자 요한이 경험하였던 '영혼의 어둠'을 지나야 한다. 고통을 결코 모른 사람과 그러한 성자 요한의 고통을 알지 못한 사람은 "그리스도의 고통에 대한 이야기"(these tales of Christian persecution)를 믿기가 어렵다(*CPP* 105). 예를 들어, 이들은 은행 곁에 살며 자신들의 돈의 안전을 의심하지 않는 사람들과 같다. 또한 이들은 경찰서 곁에 살며 폭력의 승리를 믿지 못하는 사람들과 같다. 엘리엇은 "믿음만이 세상을 지금까지 정복하였다"(the Faith has conquered the World)고 코러스를 통해 절박하게 호소

한다. 엘리엇은 예수 그리스도야말로 "생명과 죽음"(Life and Death)을 이야기하며 완벽한 의지로 교회를 세운 반석이며, "악과 죄"(Evil and Sin)를 멸하는 살아 있는 신이라고 말한다(CPP 106). "어둠이 빛을 상기시키듯이" (darkness reminds us of light), 예수 그리스도는 보이지 않는 세상의 빛("O Light Invisible")으로서, 엘리엇의 페르소나 반석은 "그의 위대한 영광에 고맙다"(Thee thanks for They great glory)고 선언한다(CPP 144).

엘리엇은 일반적인 기독교 신앙을 넘어 『반석』에서 영국 국교회의 정신에 의해 삶과 종교의 관계를 다루고자 한다. 그래서 엘리엇은 이 작품에서 예수가 하늘의 사명을 자각한 사람이고, 또한 그는 인간의 구원을 위한 신의 택하신 자로 스스로를 선포한 사람임을 발견하는 차원을 넘어, 한 인간이 탄생, 삶, 죽음의 과정에서 겪게 될 신앙의 유형과 예수 기반의 종교정치를 다루고 있다. 그러한 예로 『코리올란』은 현실 사회와 대중으로부터 희망을 찾지 못한 인간의 자유와 해방에 관한 종교적 이야기일 수 있으나, 『반석』은 국가사회의 산물로서 영국 사회와 그 역사 속의 교회에서 원시성을 회복하려는 새로운 시대의 신앙 이야기일 수가 있다. 영국 사회에서 교회는 분명 영국의 역사 속에서 새로운 도전에 따라 끝없이 그 나름의 유형을 보여주었고, 여기에 대응해 오며 현대사회로 진화를 모색하였지만, 엘리엇에게는 새로운 정치적, 종교적 의미를 주고 있다.

그러기 위해 엘리엇은 종국에 사람이 태어나 죽을 때까지 어떻게 살아가야 하는가를 제시한다. 그 방법으로 감성과 지성을 통합하는 인간과 이들이 구성원이 되는 이상 사회를 이야기 형식을 빌려 『반석』 작품에 접목해 본다. 동시에 그는 특별한 시극이라는 새로운 형식과 서사 구조와 캐릭터를 통해 그 나름의 진정한 신앙과 국가, 그리고 개인의 삶의 여정이라 할 어렸을 때부터의 감성교육을 다루고 싶어 한다.

『에어리얼 시집』은 그러한 감성교육의 출발이고, 이어 어른들의 세계를 다룬 『코리올란』과 『반석』 두 작품은 아기 예수를 만나는 「동방박사의 여정」에 이어 두 번째 시 「시므온을 위한 찬가」의 유아기 시와는 다르다. 『에어리얼 시집』의 두 작품은 아기 예수의 탄생을 축하하러 온 동방박사들과 첫아들인 예수의 정결 의식을 치르러 예루살렘 성전에 들린 부모를 만나는 성서의 시므온을 다루고 있지만, 『코리올란』과 『반석』은 청소년까지의 아동 시기를 다룬 세 번째 시 「작은 영혼」과 청년기를 다룬 네 번째 시 「머리나」 이후 장년을 다룬 점에서 한 인간의 일생을 다루고 있다고 하겠다.

엘리엇의 『코리올란』과 『반석』 두 작품은 성공회로 개종한 자신의 삶을 되돌아보고, 코리올란과 대비시킨 성자 요한의 삶을 스스로 삶의 지표로 세운 점에서 성자의 삶을 영국 교회 차원에서 찬양하는 희곡이라 하겠다. 이로써 제정일치라 할 영국 교회를 위한 찬가는 국가사회 정치체제에서나 개인의 삶의 의미에서나 엘리엇 스스로를 위한 찬가에 해당된다. 『반석』에 이어 보다 신앙적으로 성숙한 위대한 인물로는 영국 성공회의 측면에서는 『성당에서의 살인』(*Murder in the Cathedral*, 1935)에서 순교한 토마스 베켓(Thomas Beckett)을 들 수 있다. 개인의 삶 측면에서는 가족의 화목을 다룬 『가족 재회』(*The Family Reunion*, 1939)에서 "저 찬란한 천사들을 따라 가겠다"(I must follow the bright angels. *CPP* 281)는 해리(Harry)의 모습을 들 수가 있다.

III. 영국 국교도로서의 삶

결과적으로 보아 엘리엇에게 영국 국교도로서의 삶은 새로운 정신적 가치와 책임 있는 한 시민의 의식을 지향하는 그 무엇일 수가 있다. 엘리엇은 다양한 20세기 인간의 모습들, 크게 보아 인간의 두 가지 형태인 삶의 세계를 전향적으로 접근하려는 의식적 자세, 방황하고 고통을 받는 무의식적이면서도 무기력한 자세 모두를 영국 국교의 의미에서 접근하고 있다. 실제 산업혁명 이후 거세어지는 물질 위주와 세속주의의 등장은 서구인들에게 정신적 위기를 주었고, 이에 반해 지식인들은 새로운 질서를 찾고 있었다. 영국 국교는 어떤 형태로든 새로운 가치와 사회 질서를 찾으려는 엘리엇에게 새로운 형태의 사회와 국가체제를 희망하는 계기를 주었다. 여기에 우리는 종교기반의 정치체제를 회복하고 싶어 하고, 어른의 감성교육 가치관을 찾으려는 엘리엇으로부터 그의 두 작품 『코리올란』과 『반석』의 의의를 찾게 한다.

기존 작품들이 인간의 허무와 삶의 무기력을 비관적으로 그렸고, 소외와 의미 없이 표류하고 정처 없이 방황하는 인간의 실존 위기와 부조리한 상황을 기술하였다면, 『반석』은 종교기반의 정치체제, 소위 종교정치를 통해 긍정적으로 희망의 세계를 모색해 본 작품이라 하겠다. 이로 보아 엘리엇이 추구하는 정신적 가치와 사회 질서는 영국 교회와 영국이 오랫동안 전통적으로 이 교회를 기반으로 국가사회를 운영해온 실제적 전통문화와 문명이다. 그 전통문화와 문명은 엘리엇에 의해 부정을 확실한 긍정으로 승화시켜 온 영국 교회와 영국인들의 신앙에서 경험적으로 찾아진다.

신앙을 긍정과 부정밖에 할 수 없는 사회는 엘리엇이 원하는 사회가 아니며, 그 변증은 오히려 『코리올란』의 모순과 『반석』의 순기능에서 초래되고 있다. 엘리엇이 내린 『반석』의 결론은 "우리 당신(예수 그리스도)에게 당신의 위대한 영광 때문에 당신에게 고맙습니다!"라는 선언이다. 즉, 엘리엇에게 신앙은 새로운 의미로서 그리스도와 그가 실천했던 정신적 가치를 회복하고, 현실에서는 영국의 국가교회가 영국인에게 부여해 온 그리스도의 정신과 이를 사회 운영의 원리로 영국인들이 직접 체험해 온 영국 국교의 종교정치체제라고 하겠다. 이런 의미에서 엘리엇의 정치사회 문제를 다룬 이 두 문학은 어떤 면에서 세속 세계에서의 영광보다 신의 영광을 현실에서 체현해 내는, 즉 국가 교회를 현실 사회에 복원시키려는 노력이라고 하겠다.

사실 고통, 죄의식, 죽음, 회의, 부정, 사랑 등은 복합적으로 기독교 휴머니즘 문학에서도 체험되는 가치들이지만, 엘리엇은 이러한 가치들을 개인적인 차원을 넘어 영국의 역사와 전통에서 찾으며 새로운 의미로 원용하게 된다. 그래서 첫 희곡 작품인 『반석』은 중장년의 감성교육 프로그램과 관련이 깊으면서도, 중세의 전통을 간직하고 있는 시극과 희곡을 현대사회에 정착시키려는 노력이며, 그의 시와 시극 연구에 매우 중요한 의미를 주고 있다.

세속적 영광의 허무함을 그린 『코리올란』에 이어 신앙을 통해 위대한 영광을 그려내던 『반석』을 성서의 이야기대로, 즉 창세기의 신("In the beginning GOD created the world")과 인간의 아들인 예수의 이미지("Son of Man")로 시를 읽는다면 매우 단순할 수도 있다(CPP 106, 110). 이 두 작품은 로마 정치가와 성서의 인물을 현실 사회와 정치에 비추어 상당히 객관적으로 인유하고 있어 표면적으로 정치적이거나 종교적일 수밖에 없다. 하지만 심층적으로는 엘리엇 자신의 삶의 고뇌와 종교적 개종으로 인한 자기 성찰이 강력해, 달리 보면 어린 시절, 성인이 된 정치인, 고뇌하고 고통받는 사회인의 이미지를 강렬하게 제시하는 측면에서 『반석』은 자서전적으로 엘리엇 나름의 구원의 여정으로 느껴지게 한다.

엘리엇은 『반석』 첫 행에 "독수리가 천상의 정점 속으로 솟구친다"(The Eagle soars in the summit of Heaven)고 선언한다(CPP 96). 독수리 이미지였던 코리올란은 '반석'(영국 국교회) 위에서 비로소 천상의 세계로 솟구치게 된다. 엘리엇의 『반석』은 이로 인한 새로운 세계관과 인간관, 그리고 새로운 기독교 신앙관을 당시와 다르게 기록하고 있다. 따라서 『코리올란』의 로마 정치인 코리올란과 『반석』의 예수나 성 요한은 엘리엇에게 공적 사회에서 인간의 존재나 자아를 위한 탐구의 기회를 준 것이다. 하지만 이 기회도 공공질서의 원리에 관한 담론을 목표로 하기보다, 엘리엇이 영국 사회의 역사적 산물인 영국 교회에서 새로운 정신적 가치와 공동체 질서의 의미를 찾게 한 동력이라고 볼 수 있다.

오늘날에도 정치와 "종교가 조화될 수 있는 '[영국] 국내 기독교'(interior Christianity)"("A Reply to Mr. Ward" 104; 허정자 181 재인용)를 바라는 엘리엇의 의도는 인간 상황이나 조건에 유희적인 디지털시대에도 더욱 그 가치가 기대되고 있다. 그 이유는 『반석』이 주는 메시지, 성자의 삶이라 할 '위대한 영광'은 『황무지』 유형이나 이전 시에서의 죽음보다 명백하게 희망에 찬 구원을 영국 교회로부터 찾고 있다는 점이라고 하겠다.

제8장

「늙은 들쥐」, 노인의 감성교육[1]

I

　『반석』 이후 상당한 나이였던 엘리엇은 이젠 나이와 장소의 한계를 넘는 즐거움과 환희를 찾을 수 있는 무렵에 장편 『늙은 들쥐』(*Old Possum*) 시를 썼다. 이 시는 즐거움과 흥이 넘치는 아동시이다. 아동문학의 특성은 오락성이 큰 비중을 차지하듯이 아동시 또한 오락성이 차지한다. 문학이 주는 교훈이나 유익한 메시지를 전달하는 문제에 있어서 아동문학의 형식은 내용에 비해 우선 재미가 느껴진다. 아동시도 그래야 할 것이다. 노년에 들어 엘리엇이 아동시를 쓴 배경에는 아이에 대한 새로운 관심이 있었다고 할 수 있다. 감성교육은 그 감성의 순수함과 청순함과 단순함에 있

---

[1] 이 글은 논문 「아동문학으로서 『유용한 고양이들에 관한 늙은 파섬 시집』」(『T. S. 엘리엇 연구』, 20.2 (2010))을 수정 · 보완하였음.

고, 생의 긍정과 환희에 찬 삶에 있다고 하겠다.

아동문학이 주는 감성교육은 노년에 들어서 어린 감성 그대로의 사회적 실천이라 할 수 있다. 이러한 경향은 19세기 들어 그중에서도 영국의 경우 루이스 캐롤(Lewis Caroll)의 『이상한 나라의 엘리스』(Alice in Wonderland)와 미국의 경우 마크 트웨인(Mark Twain)의 『톰 소여의 모험』(Tom Sawyer's Adventure)에서 일찍이 찾아볼 수 있다. 이 모두 재미 위주라는 아동문학의 특성과 형식에 있어 문학을 소비하는 대상의 흥미를 끌어들이는 방식에서 감성교육의 즐거움에 있다고 하겠다. 즐겁게 감성교육을 한다는 의미는 모두 성인을 대상으로 하면서도 아동시기부터 즐겨 읽는 시가 어른의 정서적 순화, 곧 나이가 들을수록 감성교육이 필요하다는 시학에서 비롯된다는 사실이다.

우리가 알고 있듯이 엘리엇은 매우 진지하고 도덕적이고 심지어 자신의 독자들을 가르치려고까지 하는 시인이며 비평가이다. 그런 그가 장년을 넘은 나이 때인 1939년 『유용한 고양이들에 관한 늙은 들쥐 시집』(Old Possum's Book of Practical Cats-이후 『늙은 들쥐』)을 냈다. 이 아동시의 대상은 엘리엇 친구들의 자녀였다고 알려져 있다(Bay-Cheng 228). 그런 의미에서 이 시집은 처음부터 실제 아동을 위해 썼으며 이솝우화처럼 동물을 소재로 하고 있다. 아동을 위했다면 그 형식은 오락성이 분명하게 나타날 것이며 동물을 소재로 한 것이라면 우화에 가깝다고 하겠다. 문학이 알레고리 형식의 하나라면 우화만큼 재미있는 소재로 쉽고 편하게 숨겨진 메시지를 잘 전달하는 형식도 없을 것이다. 그런데 고양이도 고양이지만 왜 늙은 들쥐인가? 늙은 들쥐는 북미에 흔한, 혹은 주머니쥐, 혹은 너구리 같은 쥐로 알려져 있다. 엘리엇이 내성적인 데다 속을 알 수 없어 '동굴 속의'(Kenner 128) 혹은 '늙음의 가면'(박경일 111)을 쓰고 있다는 지적에도 불구하고 에즈라 파운드(Ezra Pound-그의 급한 성격 때문에 붙여진 애칭은 'rabbit'(토끼))가 붙여준 '늙은'(Letters 588)은 엘리엇의 애칭으로 알려져 있다. 1934년에서 35년에 쓰기 시작한 이 『늙은 들쥐』는 이런 점에서 아동들에게 즐거움과 재미를 주기 위해 쓴 엘리엇 자신에 관한 아동문학, 특히 아동시의 하나이다.

'유용한 고양이들'이라는 부제 성격의 제목만큼이나 몇몇 개별 고양이들의 개성을 세세하게 다룬 『늙은 들쥐』는 쥐가 본 고양이들, 혹은 고양이들을 장난스럽게 가지고 노는 늙은 쥐를 연상시켜 우리가 아는 탐(고양이)과 제리(쥐) 이야기와는 달리, 고양이와 쥐 사이의 고전적 위치를 뒤바꾸어 놓은 인상을 준다. 쥐는 위협이 오면 움츠려 위기를 모면하는 특성 때문에 늙은 들쥐(노회한 쥐의 이미지)는 이국인으로서 험한 런던(고양이 이미지)에서 살아남기 위해 처세에 능한 엘리엇의 속성을 가리키기도 한다. 그 처세의 기법이 우화이기는 하지만 우선 첫 시 「고양이 이름 짓기」("The Naming of Cats")에서부터 출발한다. 일련의 고양이 시리즈에 관한 이야기들을 풀어 놓은 이 시집은 「고양이의 말 걸기」("The Addressing of Cats")로 결론을 내리는 순서로 구성되어 있다. 모두 인간 독자에게 직접 말을 거는 형식이지만 화자는 고양이가 아니라 1인칭("I")으로 시인 자신인 들쥐며 독자는 2인칭("you")으로 특정인이라기보다는 일반 성인이나 아동이라 할 수 있다.

첫 시는 고양이가 "깊은 명상"(profound meditation)의 모습을 보이는 이유는 늘 그의 마음이 사색에 몰입해 있고 "이루 말할 수 없는 신성한"(ineffable effable/Effanineffable) 자신의 이름을 사색한다는, 철학적이면서도 다소 우스꽝스러운 내용이다. 그리고 이 시집은 사람이 제각기 고양이의 이름을 부를 수 있을 때까지는 사전에 그 고양이의 성격을 잘 아는 친구가 먼저 되어야 한다는 화두를 마지막 시에 던지고 있다. 이러한 시의 화두는 낯선 지역에서 낯선 사람을 사귀는 우화에 해당되어 보인다. 시의 화법으로 보아 쥐가 시인이고 청중은 아동이지만 고양이의 내향적 성격 때문에 오히려 그 고양이가 보이지 않고 냉정해 보이는 시인 자신을 연상시키기도 한다. 엘리엇의 첫 부인 비비언(Vivien Eliot)이 쥐라는 이야기도 있지만, 그래서인지 몰라도 시에서의 쥐와 고양이의 위치가 시인의 관점에 따라 뒤바뀐 모습을 보여준다. 고양이가 쫓는 쥐가 그러한 사색형의 고양이를 잘 알고 부리는 형태이기 때문이다.

이러한 뒤바뀐 형상은 첫 시와 마지막 시에서 다룬 고양이의 이름에 나타난다. 첫 시가 고양이 이름을 짓는 인간의 세 가지 방식에 관한 것이다. 결국 그 인간은 시인 자신으로 노련하면서도 세상을 달관한 늙은 들쥐에 해당된다. 시의 시작에서부터 늙은 들쥐는 쫓기는 입장이면서도 쫓는 고양이들을 하나의 게임이나 놀이 유형으로 접근한다. 그러한 유형은 고양이들의 습성을 재미있게 전달하려는 스타일이기는 하지만, 장난기가 있어 보이는 부분은 무엇보다 드러난 오락성에 있다. 운율과 리듬 중심과 재미있게 비유하는 스타일은 명백하게 오락성을 보이고 있다. 그리고 시의 메시지는 그런 오락성과는 대조적으로 진지하다. 고양이 이름 짓기가 휴일의 게임 같은 것이 아니라 매우 어렵다는 설명으로 시작하는 첫 시는 세 유형의 고양이 이름을 말할 때부터 이미 화자 자신은 모자장수만큼이나 미치광이로 비칠 수 있다고 고백한다. 『이상한 나라의 엘리스』에서의 모자장수는 엘리스와 토끼와 함께 차를 마시는 장면에서 늘 시계를 차고 다니는 토끼와 늘 시간에 맞추어 차를 마시고 하루 생일날을 챙기는 엘리스를 조롱하는 캐릭터이다. 하지만 이 미치광이처럼 보이는 모자장수는 반대로 아이들을 빗대 날카롭게 어른들의 세상을 비판한다. 우스꽝스럽게 보이고 미친 듯이 보이는 모자장수가 화자라면 시의 형식과 내용은 분명해진다. 형식은 오락성을 띠고 있으며 내용은 날카롭고 풍자적인 메시지를 담고 있다.

아동이 좋아하는 스타일은 오락성과 날카롭고 풍자적인 언어의 사용에 있다고 하겠다. 그러한 능력은 어쩌면 늘 쫓기듯이 사는 늙은 들쥐만이 가능하지 않을까 하며, 엘리엇의 별명과 그 별명 뒤에 감추어져 있는 시인을 찾아보는 일은 매우 흥미로운 과제에 해당한다. 다만『늙은 들쥐』 시집이 아동을 대상으로 한, 하지만 어른들 세계를 풍자한 시라는 것은 분명하다. 본 장은 이러한 시의 스타일을 아동들이 좋아할까 하는 문제와 좋아한다면 어떤 특성 때문에 좋아할 수 있는지를 살펴보고, 아기, 유아, 아동, 청소년, 청년에서부터 중장년 및 노년에까지 가져야 할 감성교육의 의미를 찾아보고자 한다.

II

전체적인 시의 흐름은 우선 「고양이 이름 짓기」의 경우 흔한 가족 이름을 고양이에게 지어 부르는 일상형, 예를 들면 피터(Peter)나 제임스(James) 방식이고, 다른 하나는 고상하고 환상적인 의미에서 신사나 숙녀를 가리키는 이름으로 플라톤(Plato)이나 엘렉트라(Electra) 방식이고, 마지막으로는 위엄과 품위를 갖춘 의미의 특별한 이름인 멍쿠스트랩(Munkustrap)이나 젤리로럼(Jellylorum) 방식이다. 마지막의 경우가 깊고 이해할 수 없는 유일무이한 이름 짓기로 "고양이만 알지 절대로 털어놓지 않을"(BUT THE CAT HIMSELF KNOWS, AND WILL NEVER CONFESS) 이름 때문에 고양이의 속을 알 수가 없다는 뜻이다. 이어 늙은 들쥐는 「늙은 검비」("The Old

Gumbie") 고양이에 관한 이야기에 연결되어 보인다. 이 검비 고양이를 시작으로 「그로울타이거」("Growltiger") 고양이, 「럼 텀 터거」("The Rum Tum Tugger") 고양이, 「젤리클」("The Jellicles") 고양이, 「멍고제리와 럼펠티저」("Mungojerrie and Rumpelteazer") 고양이들, 「늙은 듀터로노미」("Old Deuteronomy") 고양이, 「피크와 폴리클 간의 싸움과 이 싸움에 참여하는 퍽과 폼, 그리고 이 싸움에 개입하는 몸집 큰 롬퍼스캣」("Of the Aweful Battle of the Peaks and the Pollicles: Together with Some Account of the Participation of the Pugs and the Poms, and the Intervention of the Great Rumpuscat") 고양이들, 「미스터 미스토플리스」("Mr. Mistoffelees") 고양이, 「신비한 멕케버티」("MaCavity: The Mystery Cat") 고양이, 「극장의 거스」("Gus: The Theatre Cat") 고양이, 「도시의 버스토퍼 존스」("Bustopher Jones: The Cat about Town") 고양이, 그리고 마지막으로 「철도의 스킴블샹크스」("Skimbleshanks: The Railway Cat") 고양이에 관한 이야기들은 세세한 특성과 고양이들 간의 습성을 잘 묘사하고 있다.

　『늙은 들쥐』는 총 14 시리즈 시를 통해 고양이들의 이름, 이들의 개성과 비밀스러운 의식 등을 서술하고 있다. 두 번째 시인 「늙은 검비」 고양이의 경우 실제 이름은 '제니애니닷'(Jennyanydots)이다. 제니애니닷은 얼룩 고양이로 호랑이 줄무늬와 표범 점을 가지고 있다. 그리고 이 고양이는 이름에서 알 수 있듯이 여성으로 묘사되고 있다. 검비 고양이는 종일 계단 위에나 매트 위에 앉아 있기도 하고, 따뜻하고 햇볕이 드는 곳을 좋아하여 난로 옆이나 침대 위, 심지어 늙은 들쥐의 모자 위에 앉는 습성이 있다. 그래서 검비 고양이라고 이름이 지어지게 된다. 이 이름은 달라붙는 껌을 연상하기도 한다. 하지만 검비 고양이는 부산한 하루가 끝나고 가족이 모두 잠자리에 드는 늦은 저녁에 활동을 시작한다. 이 시간이면 쥐들이 시끄러워지게 되고 고양이는 이때 지하실에 슬며시 기어들어 가 쥐가 다니는 길목을 가로막는다. 그리고 검비 고양이는 돗자리 위에 쥐들을 줄 세워놓고 음악, 크로셰 뜨개질, 실뜨기를 가르친다. 이 고양이는 쥐들에게 생쥐가 좋아하는 빵조각과 말린 완두콩을 만들어 주기도 하고 보기 좋게 튀긴 얇은 베이컨과 치즈를 만들어 줄 정도로 먹이를 굽기도 하고 튀기는 일을 잘한다. 또한 이 고양이는 생쥐들이 한가하게 제멋대로 파괴하는 성격을 막기 위해 바퀴벌레 등이 필요하다고 생각한다. 그래서 이 고양이는 무질서한 이러한 많은 촌뜨기 쥐들을 삶에 목적을 가진, 그러면서도 훌륭하게 행동하는, 잘 훈련되어 도움이 되는 보이스카우트 단으로 만들기도 한다. 심지어 이 고양이는 딱정벌레의 나팔소리를 지어내기도 한다. 보기에 이 세 가지 기쁨을 주는 검비 고양이 때문에 잘 정돈된 가정이 있게 된다는 메시지로 이 고양이에 대한 유쾌한 평가는 마무리가 된다.

이 두 번째 시의 형식은 매우 잘 짜인 구성미를 보여준다. 고도의 음악적 예술미를 보이고 있는 이 시는 일상의 담화 스타일과 평범한 언어 사용은 물론 유사한 사운드를 반복(예를 들어, 첫 행의 'm'과 'n' 사운드나 두 번째 행의 't'와 'p' 사운드)시켜 소리내기에 적합한, 그러면서도 귀를 즐겁게 해주고 있다. 전체적으로 첫 연은 4행 형태이고 소개 형식의 문장이 다소 길어 보이지만 세 가지 기쁨을 준다는 3연 형식으로 이어져 있고 각 연의 8행시는 정형시 형태를 보이고 있다. 3연에 걸쳐 소개되는 긴 4행 형태나 3연 마다의 8행 모두 2행 대구(couplet)로 구성되어 있다. 첫 4행의 경우 첫 행의 끝에 세미콜론이나 콜론을 쓰고 그 대구 행에 마침표와 느낌표를 주는 이러한 패턴(첫 끝 낱말은 'Jennyanydots;'와 'spots' 그리고 다음 대구는 'mat;'과 'Cat!'을 사용)은 나머지 연의 4행에 반복되어 있고, 각 연에 소개된 각 8행시의 경우에도 2행마다 마침표를 사용하며 4번이 반복되어 있다('done,', 'begun.', 'asleep,', 'creep.', 'mice-', 'nice;', 'matting,' 그리고 'tatting.'). 이처럼 이 시는 매우 공을 많이 들인 형식이라 보이며, 2행 대구 패턴에 있어서도 사운드의 음악성을 최대한 고려한 것이라 볼 수 있다. 물론 고양이와 쥐 간의 습성에 관한 내용이지만 그 결말에 말하고 있듯이 "잘 훈련된"(well-disciplined) 보이스카우트 단, 그리고 "잘 정돈된"(well-ordered) 가정의 표현은 동시에 시의 형태와 시인의 집 사정이 잘 정돈되어 있는 느낌을 갖게 한다. 이 모두는 검비 고양이의 덕이 크다는 설명이지만 오락성과 함께 잘 절제된 시인의 감수성과 결코 무관하다고 보기 어렵다.

2행 대구 형식은 다음 세 번째 「그로울타이거」 고양이에 대한 시에서도 계속 유지되고 있다. 다만 4행시로 14연으로 구성되어 있는 이 3번째 시는 고양이의 이름이 "브라보 고양이"(Bravo Cat)로 소개된다. 이 고양이가 그 사나운 성격 때문에 "테임즈강의 공포"(The Terror of the Thames) 타이틀을 즐긴다는 행태를 설명하기 위해서인지 시의 흐름은 다소 속도감을 보이고 있다. 그 활동 범위는 "그래이브샌드"(Gravesend)에서부터 "옥스퍼드"(Oxford)까지 매우 넓게 묘사되고 있지만 "사나운 몽골 유목만"(fierce Mongolian horde)이나 "중국인들"(Chinks)의 불꽃이나, 혹은 "방콕"(Bangkok)에서는 큰 쥐들이 모두 구워진다는 표현은 다소 과장된 것으로 듣는 이에 따라서는 동아시아에 대한 편견이 크게 작용하고 있는 느낌을 준다.

네 번째 시 「럼 텀 터거」의 경우는 시각적인 조형미가 크게 돋보인다. 특히 운은 첫 연이 abababa 7행에 짧은 cddc 4행으로 되어 있고, 마지막 4행은 행마다 약간 안으로 들여 써 비스듬하게 반대 사선형으로 만들어져 있다. 2연은 1연과 동일한 형태로 되어 있지만 마지막 3연은 ababcdcdefef 12행에 짧은 gfgf 4행으로 되어 있다. 각 연마다 이 짧은 4행 형태는 거의 동일한 문장으로 구성되어 있는 데다 길이도 비슷하다. 그리고 처음 문장의 끝과 마지막에 모두 'it'(첫 'it:'과 마지막 'it!')의 사용은 입술에 힘을 주게 하여 마무릿감을 주고 있다.

> And there isn't any call for me to shout it:
>> For he will do
>>> As he do do
>>>> And there's no doing anything about it!

럼 텀 터거 고양이의 설명은 첫째 "호기심이 많은 고양이"(a Curious Cat)이다. 그래서 그런지 1연은 'If'를 5행에 걸쳐서 사용하고 있다. 2연의 경우 럼 텀 터거는 "지겨운 존재"(a terrible bore)로 집안에 넣어 놓으면 밖으로 나가고, 항상 잘못된 문 방향에 있고 못 나가게 하면 야단법석을 떤다. 마지막 연의 경우 럼 텀 터거는 다시 "호기심 많은"(a curious) 존재로 "짐승"(beast)이라는 다소 강한 어조로 묘사된다. 그의 반항적인 태도는 습관처럼 늘 지독하게 휘젓고 다니는 것 외에는 즐기는 것이 없는 사람의 습성을 연상시킨다. 그 성격과 습성 때문인지 럼 텀 터거는 남성으로 표현되어 있다.

흥미가 있는 시는 다섯 번째 「젤리클의 노래」이다. 이 시는 4연시로 각 연은 8행으로 구성되어 있고 운은 ababcdcd에다 각 행은 거의 4박자이다. 특히 이 고양이는 그 이름답게 흑백이 섞인 작고 귀여운 고양이로 묘사되어 있고 무도회에서 춤을 추는 모습을 연상시킨다. "젤리클 달"(Jellicle Moon)이 밝게 빛나면 이 젤리클들은 "달빛 같은 눈"(moonlit eyes)으로 "젤리클 무도회"(Jellicle Ball)에 와서 춤을 추고 "폭풍이 오는 밤"(a stormy night)이면 홀에서 깡충깡충 뛰어다니다가도 햇볕이 빛나면 조용해지는 습성이 있다. 그래서 젤리클이라는 단어가 무려 26번이나 반복된다. 특히 젤리클 고양이의 경우 고양이의 이름 "젤리클"과 춤을 추는 습성은 너무나 어울리는 이미지를 보인다. 이 시는 형식이나 내용에 있어 운율과 음악성, 그리고 여기에 이름과 습성의 관련성에다 작고 귀여운 아이를 상대로 노래하듯이 재미와 친근감을 높이고 있다. 이러한 특성은 엘리엇의 평소의 근엄해 보이는 모습에 비추어 여느 다른 그의 시와는 사뭇 다르게 느껴지게 한다. 이러한 장난기와 치기는 나머지 시에 있어서 점차 aabb 혹은 aabbccddd 등 그 형태가 매우 다양하게 나타난다.

여섯 번째 시 「멍고제리와 럼펠티저」의 경우 언어의 장난기는 여전하다. 특별하게 눈에 띄는 운은 문장이 매우 긴 2행 대구 형태를 보이면서도 모두 6연이지만 각 연의 경우 정형화된 패턴이 거의 없다. 오히려 다른 시와는 달리 하이픈과 느낌표의 빈번한 사용은 강한 흥미와 재미를 자극하고, 질문 형태는 답을 유도하는 대화 스타일이어서 직접 아동을 앞에 두고 이야기하는 모습이 연상된다. 그래서 설명이 길어야 할 필요가 있는지, 두 마리 모두 문이나 지하실 틈이 조금이라도 있게 되면 집안의 보석 등이 없어지는 "최고 수준의 강도들"(highly efficient cat-burglars)에다 "영리하고"(smart) "수다"쟁이(gab)로 "일정한 직업도 없는"(no regular occupation) "악명 높은 한 쌍의 고양이들"(a very notorious couple of cats)로 묘사된다. 특히 워낙 같이 붙어 다녀 "어느 고양이가 어느 고양이인지" 늘 헷갈리게 한다(Was it Mungojerrie-or Rumpelteazer?; Now which was which cat?)는 표현에서 이 두 고양이의 비슷한 습성이 잘 나타나 있다.

일곱 번째 시 「늙은 듀터로노미」는 정형성에다 시각적인 조형미를 겸비한 시로 전체 3연이지만 각 연의 마지막 부분에 반복하여 쓴 문장들은 시라 보기에는 거의 파격적이다. 각 연은 다음과 같은

The Oldest Inhabitant croaks: "Well, of all . . .

Things . . . Can it be . . . really! . . . No! . . . Yes! . . .

Ho! hi!

Oh, my eye!

패턴을 동일하게 반복하고 있다. 각 연의 마지막 2행은 시인의 신체와 관련 있는 낱말이 쓰였다. 1연은 늙은 듀터로노미의 자식이 99명이어서 "나의 마음"(My mind)이 궁금하지만 믿어야 한다는 내용이며, 2연은 사람이 많이 다니는 시장이 있는 큰 도로에 진을 치는 습성이 있어 "나의 시각"(My sight)이 믿을 수 없지만 고층 거리이고, 그리고 3연은 어디에서나 소란스러워 경찰을 불러야 할 정도로 "나의 다리"(My legs)가 비틀거리지만 늙은 듀터로노미를 조심해야 한다는 내용이다. 이러한 내용은 형식에 있어서도 빈번한 점(. . .)의 사용이나 느낌표의 사용과 조화를 이루고 있다. 이와 같은 내용과 형식의 조화는 늙은 듀터로노미에 대한 시인의 궁금증(점의 사용)과 불안한 심리(느낌표의 사용)를 잘 드러내 보인다.

여덟 번째 시 「피크와 폴리클 간의 싸움과 이 싸움에 참여하는 퍽과 폼, 그리고 이 싸움에 개입하는 몸집 큰 롬퍼스캣」의 경우 싸우는 모습이 그대로 언어에 재현되고 있다. 운으로는 특별하게 aaabbb, 혹은 aaabbbcccc, 혹은 aabbbaaccddeeff, 혹은 2행 대구의 사용 등 한 시에 매우 다양한 형태가 나타나며 그 목적도 각 연에 'bark'라는 단어가 8번 계속 반복되어 있는 관계로 싸우는 모습이 현실감 있게 전달되고 있다. 실제 아동들의 입으로 이 시를 낭송할 때는 아이들의 얼굴에서 사나운 모습과 재미가 어우러져 한껏 오락성과 음악성의 분위기가 만들어질 것으로 보인다. 다음 시 「미스터 미스토플리스」 또한 정형성과 조형미가 어우러진 시이지만 다소 남성적인 매력을 풍기기 위해 짧고 단정한 구성을 갖추고 있다.

「미스터 미스토플리스」 시에서의 미스토플리스(Mistoffelees) 고양이는 괴테(Wolfgang von Goethe)의 악마 메피스토플리스(Mephistopheles)와 유사한 소리를 주고 있어 비슷한 이미지를 연상시킨다. 서구인들에게 여전히 강력한 영향을 미치고 있는 이 메피스토플리스는 하나의 사탄으로 이미지화 되어 있지만, 괴테는 글자 그대로의 기독교 악마의 존재를 강렬하게 부정하였다고 한다(Russell 158). 엘리엇은 아마 괴테가 그린 음험하고 냉소적인 이미지를 가진 신사 메피스토플리스를 이 미스토플리스 고양이로 재현시키고 싶어한 것 같다. 보다 구체적으로 사나운 범죄형의 고양이로는 다음 시 「신비한 멕케버티」가 소개하고 있다. 현실계의 악을 형상화한 듯한 이 고양이는 사운드에 있어 음험한 이탈리아 정치인 마키아벨리(Machiavelli)를 연상한다. 이러한 악의 이미지는 형식과 언어에 있어서도 나타난다. 행의 수는 다양하지만 운은 거의 2행 대구 형식으로 되어 있고, 큰 키에 사나운 발톱, 적대감, 타락한 악마 등의 표현 등은 전체적으로 시의 길이나 박자에 비추어 매우 장중한 느낌을 준다.

나머지 시는 「극장의 거스」, 「도시의 버스토퍼 존스」, 그리고 「철도의 스킴블샹크스」 등으로 거의 모두 장소에 관련되어 있다. 고양이가 잘 다니는 지역 특성에 맞는 습성을 묘사하고 있기는 하지만 다른 시에 비해 언어의 장난기는 다소 줄어든 모습이다. 하지만 그 정도에 차이가 있을 뿐 시의 형태로는 「극장의 거스」의 경우 3연시로 2행 대구이지만 「도시의 버스토퍼 존스」의 경우 3연에 걸쳐 거의 무운형(blank verse)인데다, 「철도의 스킴블샹크스」는 시각적인 조형미는 있지만 4연에 걸쳐 무운형을 유지하고 있다. 어떤 의도가 있다면 극장은 일정한 좁은 장소에 사는 작은 고양이들(kitten)을 반영하고 있고, 도시는 작은 읍내의 느낌을 주어 버스토퍼 존스 고양이가 "선술집"(pubs)에 다니는 사람들에게 늘 친근하게 "고개를 끄떡이거나"(nodded) "절을 하는"(bowed) 모습을 연상시켜 주고 있다. 철도라는 곳도 열차와 선로가 있어 늘 열차의 움직임에 신경("All Clear!")을 쓰는 고양이의 습성이나 이미지와 관련이 있다.

마지막 시 「고양이의 말 걸기」에 이르러서는 짧은 대화에 어울리는 4박자 길이의 문장에 2행 대구 패턴에다, 흥미로운 문장으로는 "A CAT IS NOT A CAT"이고 "A CAT'S A CAT"에서 대문자 쓰기가 주목된다. 물론 이러한 대문자 쓰기는 늙은 들쥐가 고양이의 정체성을 강조하려는 의도일 것이다. 하지만 개별 고양이의 이름을 존중하고 부르는 태도가 곧 고양이에게 말을 거는 예의나 방식이라고 귀결하는 대목에서나, 마지막 2행 대구의 경우 전체 이야기를 차분하게 최종 마무리하는 느낌이 드는 대목에서는 대단원의 결말을 보는 듯하다. 그 3연의 순서는 1연의 끝 "How would you ad-dress a Cat?" 질문에 2연의 끝에 "A Dog's a Dog-A CAT'S A CAT"라는 답변이 따르고 있고, 결론인 마지막 연의 "So this is this, and that is that:/ And there's how you AD-DRESS A CAT."에서 볼 수 있듯이 수사적 논리로 점층법 혹은 3단 논법 형태에 의해 모두 "CAT"으로 귀결되고 있기 때문이다.

엘리엇이 고양이에 관한 시리즈 시를 쓴 자세에 대해 논란이 있는 것이 사실이다. 우선 대부분 비평가들이 이 시를 무시하거나 바로 '아웃' 시킨다는 지적이 있다(Bay-Cheng 229). 대표적으로 존 홀름스(John Holmes)의 경우 이 시집은 출판을 막았어야 한다는 비판(15)에서부터 엘리엇이 웃기는 시인의 가면을 쓰고 자신의 시적 기법을 연습한다는 지적(Moody 182)까지 나온다. 하지만 최근에는 이 시를 통해 엘리엇의 유머를 느낄 수 있으며 그의 넓은 글쓰기 형태를 찾아볼 수 있다는 평가(McCabe 39-40)에서부터 웃기는 시인의 가면 개념과는 반대로 외설적이고 가벼운 분위기이지만 매우 자연스러운 데다 엘리엇이 '들쥐'로서 혹은 '탐'으로서 자신을 늘 너무 심각하게 보지 않았으면 하는 바람이 있었다는 평가(Schuchard 101)까지 나오고 있다.

이 시를 통한 엘리엇에 대한 평가가 엇갈리기는 하지만 이 시의 독자가 명백하게 아동이라면 문제는 경솔한 언동과 경박성에 대해 우리가 어떻게 접근해야 하는가에 있다. 이러한 장난기 문제는 비단 이 시에만 나타나는 것이라기보다 엘리엇 초기 시에서부터 『황무지』에까지 나타나고 있다는 지적(Bay-Cheng 229)이 있다. 그러므로 엘리엇을 늘 엄격한 도덕주의자로 접근하기보다는, 또한 음흉한 느낌이 드는 '늙은 들쥐의 가면'을 쓴 '늙은 들쥐'로 보기보다는, 인생의 여유를 알고 언어의 유희까지 즐길 줄 아는 감성 시인으로, 즉 어른이 감성교육을 위해 아동의 심리, 즉 아동성을 배울 줄 아는 태도가 바람직해 보인다.

『늙은 들쥐』 시는 아동의 심리 상태는 물론이고 엘리엇의 아동적 특성을 고려하여 아동을 위한 유쾌하고 즐거운 시로서의 특징과 함께, 인간성에 대한 날카로운 풍자와 도덕성을 가르치려는 진지함이 나타나 있다. 이 시가 페이버 출판사 사장인 제프리 페이버(Geoffrey Faber)의 아들이며 자신에게 대손(godson)이 되는 토마스(Thomas Earle Faber)를 위한 생일 선물이란 점에서도 이 시의 특성을 살펴볼 수 있다. 우선 토마스의 나이가 4살이란 것과 이 나이에 맞추어 처음으로 쓴 고양이에 관한 아동시가 「릴리켓」("Lilliecat")이었다고 한다(229). 후에 이 고양이 이름은 '젤리로럼'으로 개명되고, 첫 시 「고양이 이름 짓기」에 특별하고도 위엄이 있는 고양이로 소개되고 있다. 엘리엇은 위엄 있게 깊은 사색을 하고 환희에 차 명상에 몰두하고 있는 젤리로럼 유형의 고양이에 매료된 것이 분명하다. 고양이의 가벼움에서부터 진지함을 발견한 엘리엇은 '유용한'(practical)이라는 표현에서 보듯이, 아동은 물론 성인에게 동물의 성격과 습성을 통해 나름의 '유익함'을 보여주고자 한 실용주의 자세를 보여주게 된다. 인간과 동물 간의 연결은 젤리클 고양이에서 보듯이 활발한 리듬, 장난스러운 운율, 그리고 재미로 동물을 묘사하는 데서 잘 나타나지만, 우선적으로 아이에서부터 어른까지의 인간 삶에 대한 사색을 동시에 반영하고 있다.

이 점으로 보아 이 시집은 4살인 토마스 생일 선물로 시작되어 아주 어린 나이의 아동을 대상으로 하고 있어 보이지만, 고양이와 사람의 삶을 비유할 수 있는 지능 수준(구체적 조작 단계), 언어 사용(어휘와 문장 구성) 능력, 도덕적 판단(질서 의식)에 비추어 10세 이상의 아동을 지향하고 있다. 특히 1936년 부활절 시기에 맞추어 출판하려 하였지만 실행에 옮기지 못한 일련의 동물 시들로는 "폴리클"(Pollicle)이라 불리는 개와 "젤리클"(Jellicle) 고양이에 관한 시가 있었다고 한다(231). 하지만 이렇게 시작된 동물 시들에 대한 엘리엇의 관심은 점차 당시 대중문화 속의 동물 자료를 많이 활용하게 되면서 본격적인 오락성을 보이게 된다. 그러한 예로 사나운 범죄형의 고양이를 묘사하고 있는 「신비한 멕케버티」 시는 당시 유행하고 있던 셜록 홈즈(Sherlock Holmes)의 탐정 시리즈에 나오는 모리아티(Moriarty)를 기반으로 하여 쓰였다는 지적이 있다(231). 여기에는 엘리엇 자신도 죽은 모리아티 교수를 모델로 하게 되었다는 이야기가 있다.

이처럼 『늙은 들쥐』 시는 어린 아동은 물론 교육 수준 면에서 10세 이상의 아동을 향하고 있기에 오락성은 'Pollicle'과 'Jellicle'에서 나타나 있듯이 우연적이라기보다는 고의적이면서도 매우 치밀한 구성력에서 비롯되고 있음을 알 수 있다. 이 시는 페이버 출판사에서 아직도 아동 도서 목록에서 아동시로 출판되고 있고, 실제 집에서나 학교에서 학습 자료로

권장되고 활용되고 있다(Faber and Faber Children's Rights Guide 2010). 아동문학의 경우 스토리텔링 형식의 이야기 유형은 많지만 시의 경우 자장가(lullaby) 같은 짧은 시 이외에는 에피소드 중심의 아동시로는 이『늙은 들쥐』가 유일하지 않는가 생각된다.

아동문학에서는 시가 당연히 사운드의 음악성과 오락성을 통한 파닉스(Phonics) 학습과 어휘 학습, 문장 연습, 그리고 행과 연, 리듬, 운율 등 시의 형식은 물론, 은유나 직유, 아이러니 등 비유법 등의 시 기법 학습을 제공하겠지만, 엘리엇의 아동시는 특별한 것이 내레이션이다. 시에 있어 내레이션 방식은 엘리엇 특유의 시 기법으로 사람이 캐릭터로 등장하고 그 캐릭터의 움직임이 에피소드 전개에 따라 성격과 도덕성의 평가로 나타난다. 이런 내러티브 구성은 아동의 목소리나 심성에 맞춘 것이기 때문에 대부분 아동의 편안한 심리와 안정을 주는 리듬이 다른 시에 비해 매우 강조되고 있다(Douglass 117). 이처럼『늙은 들쥐』시는 동물에 관한 에피소드를 아동의 특성을 기반으로 하여 전개하고 있어 특별히 즐거움에 비중을 많이 둔 시라고 하겠다. 영어 교육 목적으로는 이 시가 잘 사용하지 않는 어휘나 긴 문장 때문에 다소 수준이 높아 보이는 것이 사실이다. 하지만 우선 언어의 유희와 낱말들의 음악적 특성이 뛰어난 데다 내용에 있어서도 아동을 대상으로 한 고양이들의 성격 묘사가 다양한 아이들의 성격을 가리킬 정도로 많은 흥미를 자극하고 독특하다는 것이다.

아동문학 리터러시(literacy) 활동에 있어서 아동시의 경우 시를 읽고 쓰는 행위는 매우 중요한 학습에 해당된다. 시 중에서도 다양한 캐릭터들을 접하고 보편적인 인간의 경험을 만날 수 있는 공간이 이야기 시이다. 사실 아동들이 가장 재미있어하는 부분이 이야기일 것이다. 이야기란 무엇인가? 이야기의 특성과 구성요건이 무엇이며 특히 아동들이 좋아하는 특성과 구성요건은 무엇인가? 왜, 무엇으로, 어떻게 이야기는 아동들의 리터러시 활동에 적극적이고 긍정적인 의미를 주는가? 아동들이 이야기 유형의 아동시를 좋아하는 이유는 무엇이며 아동 시기의 이야기 경험은 성인 삶에 어떤 영향을 미치게 될까? 이에 대한 나름의 답을 엘리엇이 제공해주고 있다. 그것은 아동들의 욕망과 관련된 소통에 있으며 사회적인 규칙을 배우는 학습 과정이고, 그 욕망의 소통과 규칙에 대한 학습 수단은 말이나 문자에 있다고 보는 것이 타당하다.

말이나 문자는 일정한 규칙이 있다. 이 규칙을 배우고 익혀야 일정한 의사소통이 이루어진다. 특히 아동문학의 경우 말이나 문자는 의사소통에 따른 규칙성과 구조를 학습하게 하는 특별한 수단이며 목적이 된다. 그래서 아동시는 감성이 중심이어서 감정의 흐름에 따라 변화무쌍하지만, 일단 말로 하게 되면 독자와의 소통을 위한 규칙이 적용되기 마련이다. 우선 아동에게 맞는 적절한 말도 찾아야 하지만, 말은 규칙에 의해 움직이므로 언어 전문가의 역할이 중요해진다. 언어 전문가는 적절한 말을 잘 찾거나 말의 규칙성을 잘 알고 효과적으로 말의 방향을 잘 잡는다. 이러한 말의 방향은 아동이 그렇게 되었으면 하는 가치의 세계일 수 있다. 쉽게 말하면, 아동시의 세계는 이들의 욕망이나 소망을 형상화한 언어 세계가 주를 이루며 감성교육에 매우 유용하게 활용될 수 있다.

엘리엇의 아동시는 시적 언어 세계이면서도 동물과 아동 간의 의사소통의 한 형식에 해당된다. 이 시는 엘리엇의 생각이나 경험을 실제적으로 전달하는 의사소통의 형식이므로, 엘리엇이 아동을 이해하는 방식이며 감성교육의 형식에 해당된다. 『늙은 들쥐』 시는 고양이에 관한 내레이션을 통해 엘리엇의 경험과 생각을 전달하게 되며 아동과의 혹은 대중과의 재미있으면서도 매우 유용한 의사소통 형태라 보인다. 『늙은 들쥐』 시의 경우도 성인이 썼기에 그의 시집은 이런 차원에서 아동의 삶과 아동을 둘러싸고 있는 환경, 혹은 우주를 이해하는 아동의 생존방식을 다루게 된다.

『늙은 들쥐』 시가 아동의 아이디어와 행동에 어떻게 연관되는지, 이야기라는 것을 통해서 아동에게 무슨 메시지를 전달하려고 하는지 그 깊은 의미는 분명하다. 즉 이야기 형식을 통해 전하고자 하는 내용도 내용이지만 언어의 유희 형태가 우선 강조되기 마련이다. 이 둘의 균형을 찾는 사람인 시인으로서 엘리엇은 언어의 오락성과 유의미를 통해 아동들에게 재미와 함께 감성을 교육의 의미에서 유익하게 한다. 이처럼 아동이 행복해하고 즐거워하는 희극적 인간이 되도록 『늙은 들쥐』 이야기는 그러한 요구와 사명에 충실해 보인다.

캐롤의 『이상한 나라의 엘리스』를 보거나 C. S. 루이스(Lewis)의 『나니아 연대기』(The Chronicle of Narnia)의 경우 영국 아이들의 상상 세계, 혹은 그들의 꿈에 대한 이야기를 하고 있다. 하지만 이 꿈의 세계에도 주인공과 상대역이 등장한다. 주인공과 상대역은 바라고자 하는 이상 역할과 그 역할을 억압하는 현실 역할로 나누어진다. 그리고 이야기 속에서는 현재 살아가는 자기와 은연중에 바라고자 하는 자아를 대립시켜 보인다. 엘리스와 시간, 혹은 엘리스와 대립하는 현실의 사람들, 즉 사업가나 여왕 등은 모두 현실이 가진 부도덕하고 무책임한 어른의 억압적인 힘으로 상상 세계의 엘리스를 현실로 끌어들이는 사악한 세력들이다. 또한 나니아 세계의 네 자매(Lycy, Edmond, Susan, Peter)와 사자(Aslan), 그리고 얼음 세계의 마녀 또한 여름과 겨울 이미지로 따뜻하고 살기 좋은 세계가 춥고 황량한 피하고 싶은 세계와 충돌한다.

이와 유사하게 엘리엇의 캐릭터들인 많은 고양이들은 창조의 세계이며 이들의 공간은 실제처럼 느껴지는 이야기 세계이다. 이야기 내에는 바라고자 하는 캐릭터와 이상세계가 있고, 반대로 이를 억압하는 나쁜 캐릭터와 '황무지' 같은 현실세계가 공존한다. 아동의 욕망은 이러한 이상세계를 지향하고, 반대로 이를 억압하는 현실은 서로 반대되는 코드를 아동에게 준다. 코드는 말이며, 문자이며, 글자이며, 기호이며, 현실의 의미이다. 고양이의 이름 짓기와 고양이의 말 걸기는 아동의 현실적 행복 추구와 관련이 깊다. 아동의 즐거움이나 쾌락을 생각하게 하는 젤리클 고양이, 늙은 검비 고양이, 럼 텀 터거 고양이, 미스터 미스토펠리스 고양이 등과 대비되는 불쾌함과 사악함을 생각하게 하는 그로울타이거 고양이, 멍고제리와 럼펠티저 고양이들, 너무 오래 살아 9명의 부인을 두었던 늙은 듀터로노미 고양이, 시끄럽게 싸움을 좋아하는 피크, 폴리클, 퍽, 폼, 롬퍼스캣 고양이들, 그리고 극악한 범죄자로 보이는 신비한 멕케버티 고양이 등은 아동들 사회에서 배척되어야 할 코드로 해석된다.

그 외에 다양한 영역에서 활동하는 극장의 조그마한 거스 고양이, 도시를 헤매는 하이에나 같은 버스토퍼 존스 고양이, 마지막으로 철도를 무대로 삼는 갱단 같은 스킴블샹크스 고양이 등은 늘 아동들에게 어떤 경고의 메시지를 준다. 이야기 코드는 그만큼 아동의 즐거움과 쾌락에 어떤 도덕적 메시지를 전달하려고 한다. 지나쳐서는 안 된다는 메시지이다. 그래서 아동 이야기는 아동의 꿈의 세계로 가는 코드에서 다시 현실로 되돌아오는 코드를 찾는다. 여기에 엘리엇의 문학적 장치가 있다. 출발이 고양이 이름 짓기이고 마지막인 고양이의 말 걸기는, 달리 엘리스 세계의 문고리나 나니아 세계의 벽장문, 혹은 열차 역 등에 해당되는 현실세계에서 상상세계로 들어오고 나가는 꿈과 도덕 코드에 해당된다.

결과적으로, 엘리엇의 시 『늙은 들쥐』는 현실세계의 실용주의와 잃어버린 아동들의 낭만적 가치세계와 불가분의 관련이 있다. 이렇게 볼 때 엘리엇의 아동문학이 소망, 이상이나 꿈, 절대적 가치세계를 지향하고 있다면 그의 시집은 종교적 구원의 가치관과 감성교육의 출발점을 같이한다. 이러한 깨달음은 아동은 물론 대중이 무엇으로 어떻게 살아야 할 것인가? 왜 사는가? 그리고 어떻게 살아야 할 것이냐는 현실 삶에 대한 구체적 문제 제기와 함께 그 해답을 엘리엇 나름으로 제공하는 방식에 해당한다. 이처럼 아동문학으로서 『늙은 들쥐』는 아동을 통해 '삶의 문제'에 대해 고민하는 엘리엇 자신의 자화상이다. 그것이 비록 재미있게 사탕발림을 하여 아동을 끌어들이지만, 그 숨겨진, 혹은 명시된 교육 목적이 있기 때문에 아동의 행복 추구와 고통 해소라는 구원의 의미가 『늙은 들쥐』 시에 있다.

엘리엇의 『늙은 들쥐』 시의 원형은 결국 엘리엇의 다른 성인시의 전형이 되고 있다. 고양이 이야기 속의 현실은 중년 때의 『황무지』(The Waste Land, 1922)의 현실과 장년 때의 『네 사중주』(Four Quartets, 1935-1942)까지 미치고 있다. 나이를 넘고 장소를 넘어 『늙은 들쥐』 시는 노년에까지 이상향의 초현실세계 간 만남을 가르쳐주는 이야기 전범에 해당된다. 어느 경우이든 인간의 실존 위기 문제와 이를 해소해줄 것 같은 주제를 늙은 들쥐 시인은 고양이의 성격과 습성과 그들이 살아가는 세상의 단면을 통해 다양한 각도로 만나 볼 수 있게 해준다. 『늙은 들쥐』의 시적 과정은 인간의 역사적 존재, 정체성, 그 문화사회적 조건, 지역 삶의 단면, 나아가 세상과 우주, 신들을 이해하는 이야기를 살펴보게 해주며, 아동시 텍스트로서 엘리엇의 시의 감성교육 목적에 부응하고 있다.

III

　19세기 이전의 영국 아동문학은 청교도 중심의 교육적 성격이 강하였고, 이후 19세기 초중반은 공상이나 환상, 상상의 세계를 무시한 교훈적인 이야기가 넘쳤다. 매우 엄격한 윤리를 강조하기 위해 성서를 사용하거나 지나치게 교육을 목적으로 한 금욕적 성격의 아동문학은 성인들의 가치관을 반영하는 시대적 특성 때문에 감성교육으로서는 적절하다고 보기는 어렵다. 빅토리아 시대 이전 아동문학은 도덕성을 지닌 옛 민담 같은 이야기나 동물 이야기가 등장하지만 종교적인 차원에서 신성모독이라는 이유로 비판을 받았다. 아동들만의 독특한 특성과 요구, 이해 수준에 맞는, 동시에 실제적인 교훈과 지혜를 아동 스스로 깨닫게 하여 올바른 성장을 유도하는 성장문학은 20세기 들어서야 가능해졌다. 엘리엇의 아동시 『늙은 들쥐』의 위치와 의미는 그러한 시대적 환경과 요구에 부응한다고 하겠다. 엘리엇 시기 이전부터 이미 영국은 세계 아동문학들을 흡수하면서 나름대로 아동문학의 토대를 마련하고 있었다.

　아동문학의 흐름에 있어 결정적인 전환점은 기쁨과 즐거움을 위주로 한 캐롤의 환상동화 성격의 『이상한 나라의 엘리스』에서 만들어진다. 아동문학은 이미 그간의 고정관념을 깨고 아동의 눈을 통해 그 성격과 형태가 근본적으로 변화하고 있었다. 미국의 경우도 트웨인의 모험동화 성격의 『톰 소여의 모험』과 『허클베리 핀의 모험』 등은 독립심을 키우려는 아동의 모습, 아동의 순수함에 비해 타락된 성인 문명, 그리고 유럽의 성격을 벗어난 미국의 대륙적 색깔을 그렸다. 이러한 흐름은 그다음 세대의 아동문학 글쓰기에 큰 영향을 미치게 된다. 그 주류는 아동들의 말과 행동, 이들의 쾌락적 속성이나 충동 등에 상당한 초점을 맞추게 되고, 도덕성과 교훈성의 경우 에피소드마다 아동 스스로 깨닫게 하는 교묘한 장치를 깔아 놓게 된다. 정도의 차이는 있겠지만 가장 아동적인 색깔이 있는 아동문학일수록 가장 성인적인 교육 목적이 그 이면에 깔려있다고 생각할 수 있다.

아동문학에서의 오락성과 유익성에 관한 이러한 이중성은 20세기 아동문학에서 더욱 분명해진다. 엘리엇 『늙은 들쥐』 시 작품 이전에는 영국의 제임스 배리(James Barrie)의 『피터 팬』(*Peter Pan*, 1904)과 『피터와 웬디』(*Peter and Wendy*, 1911), 밀른(Alan A. Milne)의 『아기 곰 푸』(*Winnie-the-Pooh*, 1926), 비트릭스 포터(Beatrix Potter)의 『피터 토끼 이야기』(*The Tale of Peter Rabbit*, 1902)가 있고, 나이가 들어서는 미국의 화이트(E. B. White)의 『샬롯의 거미줄』(*Charlotte's Web*, 1952), 모리스 센닥(Maurice Sendak)의 『괴물들이 사는 나라』(*Where the Wild Things Are*, 1963) 등이 출간된다. 무엇보다 화제가 되고 있는 루이스(C. S. Lewis)의 『나니아 연대기』, 톨킨(J. R. Tolkien)의 『반지의 제왕』 등도 엘리엇 생전에 나온 아동문학이고, 이들의 영향을 받은 롤링(J. K. Rowling)의 『해리 포터』 시리즈 등은 20세기 후반에 쓰인 문학이지만 모두 픽션 유형의 아동문학이다. 모두 아동의 특성이라 할 충동과 호기심, 탐닉과 그에 대한 경고, 그리고 모험 속의 환상세계와 현실세계를 그리고 있지만 엘리엇 경우처럼 내레이션 형식의 시는 지금까지도 드물다.

엘리엇의 아동시는 현대 시의 원형이거나 거울로서 기능하는 의미가 클지 모른다. 어른의 내면세계는 어린이의 내면세계를 반영하게 된다는 프로이트의 이론이 아니더라도, 아동의 눈은 현실 사회, 문화, 종교, 가치관들을 살펴보는 진실일 수도 있기에 엘리엇의 시는 시의 학습과 함께 인성교육 학습에도 적지 않은 의미를 주고 있다. 그런 의미에서 엘리엇은 모자장수에 비유된다. 모자를 파는 행상인으로서 모자장수는 평범한 행상인이라기보다 자신의 등에다, 머리 위에다 물건들을 지니고 다닌다. 처음에 그는 자신만의 체크무늬 모자를 쓰다가 다음에 회색 모자를 쓰고, 그 다음에 푸른 모자를 쓰다가 붉은 모자를 쓴다. 엘리엇의 『늙은 들쥐』는 노회한 모자장수를 연상시키며 그는 학교 교사도 되고 읽기 전문가이기도 하며, 필요에 따라 새로운 모자 패션으로 자신을 잘 맞추는 '유용한' 사람이다. 아동 전문 감성교육 코치 역할을 생각한다면 일찍이 엘리엇은 아동 문학을 통한 감성교육의 선구자라 할 수 있을 것이다. 아동의 학교생활은 대체적으로 신체 발달, 사회적, 정서적 발달, 언어 발달, 그리고 인식과 일반 지식 등이 필요하다고 알려져 있다. 여기에 일상의 읽기 기술과 학습활동을 살펴보면, 감성교육에 중요한 기술들로 음운론적 자각으로 파닉스(음성기호 해석과 의미), 어휘 이해, 텍스트 이해(읽기 전략), 유창성(구두), 동기 유발에 『늙은 들쥐』만한 시집도 찾기가 쉽지 않다.

기술한 대로 「젤리클들의 노래」 시는 아동들의 감성교육 요건에 탁월한 특성을 모두 갖추고 있다. 노래만큼이나 춤에 관해 묘사한 이 시는 음악은 물론 실제 춤의 유형인 가봇티(gavotte)나 지그(jig) 등을 포함해 다양한 스타일의 언어 유창성과 말의 재미를 유발시키며 시 텍스트의 이해를 강화시키고 있다. 이처럼 독자의 참여를 통해 흥겨움을 자연스럽게 유발시키는 시의 특성은 현대에 들어 그 상업적 성공과 무관하지가 않다. 엘리엇 사후 토니 상(Tony Award)에 이어 최고 수준의 기획과 감각적인 뮤지컬 무대 연출은 단순한 아동문학 수준이나 그의 다른 시에 대한 평가를 능가하기까지 한다.

1981년 웨버(Andrew L. Webber)가 각색하고 넌(Trevor Nunn)이 감독한 뉴욕 브로드웨이 『캣츠』(Cats) 공연은 18년간 지속되었고 7,485 횟수의 기록을 남겼다고 한다(Bay-Cheng 237). 문학이 대중들과 호흡하고 일상의 삶에 가까울 때 얼마나 성공할 수 있는가를 보여준 『늙은 들쥐』는 그 대상이 아동이라는 데서 특별한 의미를 갖게 된다. 아동이 좋아하는 오락성과 오락성 뒤에 숨어 있는 유익함의 장치야말로 시이든 드라마이든 그 성공의 열쇠라 할 수 있다. 엘리엇이 『늙은 들쥐』를 통해 시 극장의 성공적인 선구자라면 그 의미는 무질서한 일상의 현실에 시와 행위의 코드를 통해 믿을 만한 감성교육을 부여한 일이라 하겠다. 아동이나 일반 대중들은 고양이를 소재로 한 『늙은 들쥐』 텍스트가 주는 재미에 고양이 특유의 습성, 시 특유의 습성, 그리고 사람 특유의 습성이 합쳐져 평안, 화해, 사색을 동시에 즐기지 않을까 생각한다.

제9장

「크리스마스트리 재배」, 노년의 환희[1]

I. 노년의 시 「크리스마스트리 재배」

엘리엇이 「크리스마스트리 재배」("The Cultivation of Christmas Trees")를 출간한 때가 66세로 1954년 10월 26일이다. 이 시는 1931년 10월 29일 이미 출간된 적이 있던 「개선 행진」("Triumphal March")과 함께 1954년 페이버(Faber & Faber) 시리즈로 『에어리얼 시집』(*Ariel Poems*)에 최초로 실린다. 이보다 앞서 『에어리얼 시집』 관련 시로는 1927년에서 1930년 사이, 개별적으로 각기 발표된 적이 있다. 이 시는 1927년 8월 25일에 출간되었던 「동방박사의 여정」("Journey of the Magi"), 1928년 9월 24일에 출간되었던 「시므온을 위한 찬가」("A Song for Simeon"), 1929년 10월 9일에 출간된

---

1) 이 글은 논문 「「크리스마스트리 재배」에 나타난 경이로움과 두려움」(『T. S. 엘리엇 연구』, 25.1 (2015))을 수정 · 보완하였음.

「작은 영혼」("Animula")과 1930년 9월 25일에 출간된 「머리나」("Marina") 등 네 편이 있다. 엘리엇은 이 네 편을 묶어 요정이란 뜻의 '에어리얼'이란 말을 처음 사용한다. 따라서 1954년 「크리스마스트리 재배」와 함께 『에어리얼 시집』에 1931년의 「개선 행진」 시를 다시 실은 의도가 주목된다. 본래 「개선 행진」은 『미완성 시집』(*Unfinished Poems*)의 「코리올란」("Coliolan") 1편(Section I)에 실려 있었다. 그럼에도 불구하고 엘리엇이 이 두 시를 묶어 출간한 의도는 아이들의 영혼을 가리키는 '에어리얼' 시 제목에 있어 보인다.

「크리스마스트리 재배」 시의 주요어는 '경이로움'(wonder)과 '두려움'(fear)으로 요약될 수 있다. 특히 두 단어에 특별한 관심을 갖고 1954년에 요정 관련 시를 쓴 이유가 무엇일까? 이러한 흥미는 머리린 챈들러(Marilyn R. Chandler)의 「엘리엇, 아인스타인, 그리고 동양」("Eliot, Einstein, and the East") 글에서 어느 정도 찾아진다. 공통점은 신비주의에 있다. 시인과 물리학자 모두 한때 동양의 신비주의 세계관을 접한 경험이 있고, 불가사의하고 경이로운 세상을 적극 해결하려는 공통점이 있다. 그 방식은 유추, 은유, 역설에 의존하며, 그 해결은 모두 초현실 세계, 우주의 법칙, 그리고 신비로운 삶에 대한 의미를 세속에서 발견하고자 하는 데 있다(160). 달리 보면, 현실과 세상은 대립과 모순투성이라는 것을 알고 있음에도, 엘리엇이나 아인스타인 모두 평생에 걸쳐 영원, 우주의 신비로움, 생의 경이로움에 대한 호기심을 포기한 적이 없던 사람들로 보인다. 세속을 기반으로 성스러운 감성에 대한 관심은 엘리엇의 노년의 생에서도 적극적으로 나타난다. 「크리스마스트리 재배」 시의 의의는 노년의 엘리엇이 노인과 아이, 생의 고통과 행복, 탄생과 죽음, 죄와 구원, 성스러움과 세속 간의 어떤 타협점을 여전히 찾고 있기 때문이다.

엘리엇 전기를 살펴보면, 1943년 뉴욕에서, 이어 1944년 런던에서 『네 사중주』(*Four Quartets*, 1936-1942)를 출간한 이후 엘리엇은 시작 활동은 거의 하지 않은 편이었고, 대체적으로 드라마 작품과 비평에 관한 산문 글쓰기 활동에 주력하고 있었다. 이 때문에 1954년의 「크리스마스트리 재배」는 「개선 행진」과는 다르게 특별하게 노년의 즐거움을 다룬 점에서 주목되는 시이다. 이미 53세 무렵 「리틀 기딩」("Little Gidding") 이후 시를 쓰는 즐거움이 거의 없어졌다는 그에게 마지막 '시극'(the poetic drama)은 『상원의원』(*Elder Statesman*, 1959)이었다. 말년의 엘리엇은 이 시극에서 모니카 (Monica)를 통해 재혼한 부인 발레리(Valerie Eliot)와 가진 행복한 생을 간접적으로 시사하고 있었다. 이와 관련해 엘리엇은 1954년 「크리스마스트리 재배」 시에 이미 '즐거운'(gay) 행복 등을 보여주고 있었다. 존 워덴(John Worthen)은 속내를 잘 알 수 없던 엘리엇이 이때의 작품을 "약간 속내를 털어놓은" 시기로 적고 있다(203).

이런 차원에서 「크리스마스트리 재배」가 「개선 행진」과 함께 페이버 시리즈로 1954년 출간된 의미는 엘리엇이 아이들의 영혼과 요정의 뜻인 '에어리얼'의 의미를 노년에 돌아본 의의와 이전 중장년 때의 심각한 자세와는 다르게 노년의 행복과 아이 때의 경쾌한 유머를 찾는 것과 관련이 깊다. 그 유머는 노년에 생의 즐거움과 생의 두려움을 복합적으로 암시하고 있기 때문이다. 본 장은 노년에 생의 신비와 아이의 순수함을 세속적 즐거움과 행복에서 적극 찾던 엘리엇과 그 성격을 동시에 살펴보는 데 있다.

II. 시작과 끝: 탄생과 죽음

「크리스마스트리 재배」 시 이전 1949년에 엘리엇은 이미 『칵테일 파티』(The Cocktail Party) 시극에서 특별히 코믹한 유머를 구원을 위한 방식으로 사용하고 있었다.

그 노벨상 수상 시인[엘리엇]은 유쾌한 작품 하나를 내놓았지만, 그 [유쾌한] 장식 안에는 구원에 대한 신곡이 감춰져 있다. . . . 『칵테일 파티』에서 엘리엇은 청중을 세심한 거실 코미디에 열중하게 한다. 그 방법은 유머이다. . . . 코미디 세상은 겸허의 세계이다. 그 세계는 사람들이 사는 속세(腐蝕土)에 있기 때문에 추락하지 않는 곳이다.

The Nobel laureate gives them a delightful one, but wrapped in its trappings is a divine comedy of salvation. . . . In *The Cocktail Party*, Eliot keeps his audience engaged with sophisticated living-room comedy The method is humor. . . . The world of comedy is the world of humility, where people do not fall, because they are already on the ground (humus) where they belong. (Brady 179)

엘리엇이 1948년 현대시에 공헌한 개척자로 노벨문학상을 받은 이후, 코믹한 희곡과 산문 위주의 글쓰기 무렵에 나온 시가 「크리스마스트리 재배」이다. 노벨문학상이 엘리엇의 삶에 어떤 변화를 주었는지 확실하지는 않지만, 『칵테일 파티』의 경우 인간적인 모든 것을 버리고 절대적 사랑을 찾던 실리아(Celia)와 세속적 행복을 찾던 에드워드(Edward)의 대화 (CPP 379)를 볼 때, 그가 행복에 대한 전환점을 보여준 면은 확실해 보인다. 그 점은 인간적 한계를 인정하고 에드워드 부부처럼 이 세속에서 행복의 의미를 찾으려던 엘리엇의 삶의 변화라 할 수 있다. 시인으로서 노벨문학상을 수상한 생의 영광과 기쁨이 1948년이라면, 이 『칵테일 파티』는 1년 후에 초연한 것으로, 세속적 기쁨에 대한 엘리엇의 의중이 은연중 반영되어 있다고 하겠다. 5년이 경과해 이러한 의도를 적극 반영한 시가 「개선 행진」과 「크리스마스트리 재배」이다. 우선 「크리스마스트리 재배」는 전반적으로 노인이 아동 때의 크리스마스의 경험을 되도록 유쾌하게 기억하고 현실에서 이를 상기시키려고 노력하는 점에서 『칵테일 파티』에서 감춰져 있던 세속적 행복을 적극 노출시킨 작품이다.

「크리스마스트리 재배」는 크리스마스에 대한 다양한 태도를 소개하는 첫 문장에서부터 행복한 유머로 시작한다. 촛불, 별, 금빛 천사 등을 되새기며 엘리엇은 아동 때의 크리스마스에 대한 즐거운 기억을 더듬고 있다. 엘리엇은 어린 시절에 크리스마스트리를 다양하게 장식하던 그 경험을 말하고자 한다. 아동에게 크리스마스트리 끝에 장식되어 있는 촛불은 별이며, 금빛 천사는 진짜 천사이다. 이 모두 성서의 사건을 인유하고 있다. 성서는 헤롯 왕 때 아기 예수가 유대 베들레헴에서 태어나자, 동방으로부터 온 박사들(the Magi)이 아기 있는 곳 위에 머물러 있는 '그의 별'(his star)을 보고 크게 기뻐하였다고 적고 있다(마가복음 2:1-10). 그리고 성서는 그 지역에 목자들이 밤을 새우고 있을 때 천사가 이르러 '내가 온 백성에게 미칠 큰 기쁨의 좋은 소식을 너희에게 전하노라'고 적고 있다(누가복음 2:8-20). 이처럼 성서에서 별의 이미지는 신을 찾는 동방 이교도의 신비주의와 관련이 깊어 보인다. 하지만 엘리엇에게 별의 이미지는 신을 향한 십자가의 성 요한(St. John of the Cross)의 기독교 신비주의와 관련이 깊다.

십자가의 성 요한에 대한 엘리엇의 기독교적 이해는 성 요한이 16세기 스페인에서 종교개혁을 반대하다 감옥에 갇혀 있을 때 쓴 『영혼의 찬가』(*The Spiritual Canticle*, 1578) 작품이 대표적이다. 일반적으로 이 글은 영혼을 신부로 비유하며 그 영혼이 신랑인 예수를 찾아 여정을 떠난다는 모티브로 시작하는 점에서 비록 이교도이지만 신을 찾아 나선 동방박사의 여정과 유사하다("John of the Cross"). 이 시는 영혼과 예수가 재결합하자 큰 기쁨이 이들에게 넘친다는 내용을 다루고 있다. 또 다른 그의 시 『어두운 밤』(*The Dark Night*, 1579)은 영혼을 어두운 밤으로 비유하며 그 영혼이 육체의 고통으로부터 벗어나 신과 결합하는 여정을 이야기하고 있다. 일반적으로 이 글에서 밤의 이미지는 영혼이 만나는 고통과 어려움을 나타내고 있고, 별빛은 창조주와의 결합을 의미한다. 어둠에서 이 별빛에 이르는 여정은 영혼이 성숙하고 신과 결합하고자 할 때 겪어야 할 고통스러운 경험을 재현해내고 있다고 하겠다. 결국 십자가의 성 요한의 글에 비추어 「크리스마스트리 재배」에서의 빛은 별과 천사의 이미지로 어두운 밤이 지나고 아이들이 아침에 아기 예수를 만나는 신비주의 경험을 의미한다고 하겠다. 우선 이 여정은 크리스마스 시즌에 마치 아이의 영혼이 겪어야 하는 고난과 슬픔을 연상시키고 있다. 이처럼 십자가의 성 요한의 기독교적 신비주의에 비추어 특히 크리스마스 때의 아기 예수에 대한 경외심은 역설적으로 슬프고 어두운, 즉 생의 두려움과 혼재해 있다.

예수 탄생과 예수를 만나던 경험은 아동들이 크리스마스 때 크리스마스트리를 장식하며 어린 시절부터 느끼게 되는 '신비'와 '경이' 그 자체이다. 그렇지만 이 경험은 시 마지막에 두려움과 함께 연결되어 있다.

　　　　　　아동에게
촛불은 별이며, 금빛 천사는
나무 끝에서 날개를 펼친
장식이면서 천사이다.

・ ・ ・ ・ ・ ・ ・ ・ ・ ・ ・ ・ ・ ・ ・

아동은 크리스마스트리에 신기해한다.
아동이 경이로움의 기분 속에 평계가 아니라
행사로서 축제에 머무르게 하자.
최초 기억된 크리스마스트리의
빛나는 환희, 놀라움이 되도록

・ ・ ・ ・ ・ ・ ・ ・ ・ ・ ・ ・ ・ ・ ・ ・

나중 경험에서 잊히지 않도록,

・ ・ ・ ・ ・ ・ ・ ・ ・ ・ ・ ・ ・ ・ ・

　　　　　　커다란 즐거움이
또한 커다란 두려움이 되게 하자
두려움이 모든 사람에게 닥쳤을 때처럼.
시작이 끝을 우리에게 상기시키고
최초 임하심이 재림을 상기시키니까.

                    the child

For whom the candle is a star, and the gilded angel

Spreading its wings at the summit of the tree

Is not only a decoration, but an angel.

. . . .

The child wonders at the Christmas Tree:

Let him continue in the spirit of wonder

At the Feast as an event not accepted as a pretext;

So that the glittering rapture, the amazement

Of the first-remembered Christmas Tree,

. . . .

May not be forgotten in later experience,

. . . .

                    a great joy

Which shall be also a great fear, as on the occasion

When fear came upon every soul:

Because the beginning shall remind us of the end

And the first coming of the second coming. ("CCT")

시 첫 부분에서 어린 시절의 경이로움은 현재시제로서 아동에게 늘 일어나는 경험이나 현상으로 설명되고 있지만, 시 마지막 부분에서 그 경이로움은 커다란 즐거움이면서도 동시에 커다란 두려움이 되는 사건으로 전이되고 있다. 경이와 두려움은 신에 대해 사람들이 느끼는 같은 어조이다. 전자는 어린 시절에 신을 만나는 신비적 경험이라면, 후자는 노년에 그 신비적 경험은 사라지고 죽음에 이르는 슬픔을 연상시킨다는 점에서 매우 모순된 현상이다.

「동방박사의 여정」과 「시므온을 위한 찬가」는 성서에 나오는 노인 캐릭터가 아기 예수를 직접 만나는 시라면, 「크리스마스트리 재배」는 노년에 아기 예수의 성탄절을 직접 경험한 기억을 다루고 있다. 그래서 「크리스마스트리 재배」는 성탄절이면 기독교인들이 경험하는 기도와 찬송가, 그리고 성탄 예배로 채워져 있다. 이 시를 쓴 엘리엇은 노년에 자신의 어린 시절 크리스마스를 돌아보고 있고, 시에 크리스마스 아침에 설레며 기대하던 아동의 추억들을 재구성하고 있다. 엘리엇은 이 시에 아동이 크리스마스에 대해 가질 수 있는, 아동으로서 자신이 다소 감상적인 분위기를 주지만, 아동의 단순함과 순수함을 찬양하고자 한다. 그래서 성탄절의 의미는 예수 탄생에 대한 습관적이고 반복된 의식이 아니라, 진실로 기독교인의 축복과 환희로 채워져야 한다는 메시지에 있다. 여기에 성육신의 신비와 죽음의 신비가 설명되고 있다. 이러한 신비는 아동들이 어린 시절에 경이로움을 경험하던 유사한 신비이지만, 동시에 살면서 이러한 순수한 경험을 잃어버린 죄의식과 죽음을 향한 두려움으로 연결되고 있다.

엘리엇 시는 생의 시작에서부터 신비하고 순수한 체험이 누구에게나 닥치는 두려움으로 옮겨지고 있다. '누구에게나 닥치는 두려움'이란

사람마다 두려워하는데 사도들로 말미암아 기사와 표적이 많이
나타나니

Everyone is filled with awe, and many wonders and miraculous
signs
were done by the apostles. (Acts 2:43)

구절에서 보듯이 엘리엇은 생이 두려움으로 가득 차 있다는 성서적 문맥
을 벗어나지 않는다. 성서의 이 구절은 사도들이 행한 많은 기사와 표적
을 과거 행위로, 항상 오는 두려움을 현재 시제로 표현하고 있다. 이 점에
비추어 시 구절 "두려움이 모든 사람에게 닥쳤을 때"는 과거시제로서 두
려움은 늘 사람에게 찾아오기 때문에 신을 두려워하는 마음이 있을 수밖
에 없다. 하지만 그 두려움으로부터 벗어나는 기적이나 경이는 사도들처
럼 믿고 행할 때 올 수 있다는 점을 의미한다. 달리 시를 살펴보면, 아기
예수에서 보듯이 삶의 시작은 경이와 신비이지만, 너무나 경이롭고 신비
해 즐거웠던 그 어린 시절 순수한 경험이 생의 두려움으로 중첩되고 있
다.

이러한 이치는 시작이 있으면 당연히 끝이 있다는 삶의 질서에 의해
서도 설명되고 있다. 그 과정은 불가피하게 누구에게나 오는 냉혹한 현실
에 대한 두려움이다. 그래서 이 놀라움은 당연히 과거 시제로 옮겨져 있
다. 하지만 이 놀라움은 "시작이 끝을 우리에게 상기시키고" "최초 임하
심이 재림을 상기시키는" 차원에서, 별과 천사를 느끼던 어린 시절의 경
이와 환희가 죽음에 이르러서도 다시 이어지기를 바라는 역설이다. 이처
럼 두려움은 중의로 시에 제시되고 있다. 하나는 경이로움이 놀라워 두려
움으로 느껴지게 되고, 다른 하나는 현실과 죽음에 대한 삶의 두려움이

주는 모순이다. 크리스마스트리가 주는 의미는 예수의 탄생, 생의 고통, 순교와 부활, 그의 재림을 전하는 신비로운 궤적에 있다.

전반적으로 「크리스마스트리 재배」는 『네 사중주』의 「이스트 코커」("East Coker")를 연상시킨다. "내 시작에 내 끝이 있고", "내 끝에 내 시작이 있다"는 유명한 시 구절이다(CPP 123, 129). 이러한 시 구절이 1954년의 『에어리얼 시집』에 의미를 갖는 이유는 시작이 삶의 시작을 가리키는 출생과 유아 및 아동 시기를 가리키고 있지만, 동시에 경험을 의미하는 「개선 행진」과 연결되기 때문이다. 이처럼 「개선 행진」이 「크리스마스트리 재배」에 함께 실린 이유는 생의 끝은, 손기표가 지적하듯이, "탄생과 죽음이 그 꼬리를 물고 상호침투"(34)하며 당연히 죽음과 노년을 지시하고 있기 때문이다. 특히 『네 사중주』가 사람, 시간, 우주, 신과 불가분의 관련성을 사색하고 있는 반면에, 「개선 행진」과 「크리스마스트리 재배」는 생의 세속적 기쁨과 몰락, 그리고 출생의 신비와 죽음에 이르는 생의 고통에 대한 종교철학적 주제를 암시하고 있다.

『코리올란』의 「개선 행진」은 위대한 로마인 코리올라누스가 겪은 생의 고통과 비극을 다루고 있다. 하지만 「개선 행진」은 그를 "또 다른 세계의 초월적인 힘을 지닌 신비한 인물"로 그려내고 있다(Stead 230). 외견상, 「개선 행진」은 정치적 관점에 의해 쓰였지만, 코리올라누스의 정치적 몰락은 "세속에 살기에는 성품이 너무나 고결한 분이지요."(His nature is too noble for the world. Shakespeare, *Coriolanus* III. i.)라는 표현에서 보이듯이, 여전히 유아적 순수함을 간직하고 있다. 성인과 사회정치를 다룬 「개선 행진」은 평범한 시민으로 성장한 어린 시릴("young Cyril")에 비추어, 위대한 코리올라누스는 "세속에 살기에는 성품이 너무나 고결한 분이지요"라는 모습에서 여전히 순수한 영혼을 보여주고 있다. 어린 시릴과 성인 코리올라누스는 나이와 성장 과정이 다름에도 이러한 중첩된 이미지는 적어도 엘리엇이 초기 「개선 행진」을 크리스마스트리와 함께 묶은 이유이기도 하다.

이처럼 노년의 『에어리얼 시집』은 생의 황량함과 공허함, 그리고 죽음에까지 이어지는 삶의 전 궤적 이면에 아이의 순수함을 잃지 않았던 코리올라누스의 의미를 다시 찾고, 이 이미지를 예수 탄생의 신비로 병치시키고자 한다. 이 두 작품은 코리올라누스와 어린 시릴, 늙은 동방박사와 아기 예수, 늙은 시므온과 아기 예수, 심지어 노인 엘리엇과 아기 예수의 모습을 연상한다. 『재의 수요일』(Ash Wednesday)은 이러한 생의 과정을 "죽어가고 있음과 탄생 사이의 긴장의 시기"(This is the time of tension between dying and birth)로 표현한다(CPP 66). 모두 "탄생과 죽음에 관한 화두들"이다 (허정자 109). 「크리스마스트리 재배」는 아기 예수의 탄생과 생의 고통과 죽음과 관련이 깊은 시지만, 실상 엘리엇은 노벨문학상 수상으로 인한 생의 영광을 「개선 행진」에, 그리고 노년에 아기 예수를 만나는 생의 즐거움을 「크리스마스트리 재배」로 묶고 있다.

엘리엇은 이러한 생의 영광과 크리스마스 체험이 삶에 지속적으로 이어지지 않고, 습관처럼 "따분한 습성"(bored habituation)이 가져오는 "피곤함"(fatigue)과 "지루함"(tedium)이나, 더욱이 "죽음을 의식"(awareness of death)하는 행위를 경계한다. 또한 그는 "실패에 대한 의식"(consciousness of failure)과 "자기기만으로 더럽혀질 수 있는 개종자의 신앙심"(In the piety of the convert/ Which may be tainted with a self-conceit)을 경계한다. 여기서 말하는 개종자란 영국 국교로 개종한 자신을 가리키고 있다. 그리고 '자기기만'이란 개종자로서 자신의 위선과 겉치레, 혹은 습관적으로 성탄 축가를 부르는 세태에 대해 날카롭게 비판하고 있기는 하다. 스티븐 메드카프(Stephen

Medcaff)가 보았듯이, 엘리엇은 성탄 축가나 찬송가를 진정한 의미에서 부르지 않는 '기독교인의 신앙심'을 "풍자하고 있고"(in a parody of mission hymns), "말씀"(Th Word)으로 표현되는 성육신이 거룩하게, 경건하게 나오지 않는다고 경계한다(537-38). 이렇게 타락하고 더럽혀진 크리스마스 정신은 "성자 루시"(St. Lucy)의 순교 정신과 대비되고 있다.

성자 루시에 대한 엘리엇의 기억은 미국에서 보내던 어린 시절의 경험에서 비롯되어 보인다. 시 내용에서 보듯이, 아동 시절에 경험한 크리스마스 기억이 그려져 있고, 성자 루시가 순교하는 장면, 즉 불꽃이 화관으로 부르는 노래가 축가로 생생하게 묘사되고 있는 점 등은 엘리엇의 어린 시절 크리스마스를 연상시켜 준다. 성자 루시는 젊은 여성으로 죽음에 임할 때 흔들림 없는 신앙을 지킨 인물로 알려져 있다.[2] 그녀의 이름은 라틴어로 '빛'(light)을 의미하며, 빛이 의미하듯이 산 채로 화형을 당하였지만 기적적으로 보호를 받았다고 한다. 매년 12월 13일에 열리는 성자 루시 축제 때는 소녀들이 그녀의 의복을 입고 촛불 화관을 쓰고는 그녀에 대한 축가를 부른다고 한다("Saint Lucy"). 성자 루시의 죽음은 이 축제에 의해, 다시 엘리엇의 이미지로 탄생되고 있다.

크리스마스에 대한 엘리엇의 기억은 이 시가 처음은 아니다. 이 시와는 다른 이미지가 초기 『에어리얼 시집』과 다른 작품에 나타나고 있다. 실제로 초기 『에어리얼 시집』의 네 시가 크리스마스 연하장 그림이 그려

---

2) 성자 루시(Saint Lucy, 283-304)는 세인트 루시아(Saint Lucia) 혹은 산타 루시아(Santa Lucia)로 또한 알려져 있으며 부유한 젊은 기독교 순교자였다. 결혼하지 않고 가난한 사람에게 베푸는 등 신앙심과 자신의 순결과 정절을 신에게 바친 인물로 동정녀 마리아 외에 가톨릭 미사 전문에 기념되는 7대 여성의 하나이다. 성자 루시는 로마 가톨릭교회, 성공회, 루터교, 그리스 정교 모두에 의해 성자로서 숭배되고 있다. 15 Oct. 2014. <http://en.wikipedia.org/wiki/Saint_Lucy>.

진 채 매년 이어 출간된 사실이 있다. 그러한 근거로 「동방박사의 여정」과 「시므온을 위한 찬가」 모두 크리스마스를 배경으로 하고 있고, 「작은 영혼」은 "크리스마스트리의 향기로운 화려함에 즐거움을 갖는"(taking pleasure/ In the fragrant brilliance of the Christmas tree) 아동을 회상하며 탄생에서 죽음에 이르는 삶의 궤적을 추적하고 있다(*CPP* 71). 「머리나」의 경우 "소나무 향내, 그리고 안개를 통해 노래하는 개똥지빠귀 새"(the fragrant brilliance of the Christmas tree) 구절은 머리나가 탄 배가 주는 크리스마스트리 이미지를 연상한다(*CPP* 72). 물론 이 네 시의 경우 크리스마스가 주는 성탄절의 축하를 의미하는 내용은 거의 없다. 하지만 노년의 「크리스마스트리 재배」는 "견디기에 쓰라린 고통"(hard and bitter agony) 이미지를 넘어 탄생과 죽음의 신비를 동시에 전하고자 한다(*CPP* 69). 성자 루시의 죽음은 기독교의 신비로, 크리스마스를 다룬 다른 작품과는 다르게 예수의 길을 걸었던 순교자의 참다운 의미를 되새겨주고 있다.

III. 크리스마스의 순교: 성자 베킷 vs 성자 루시

엘리엇의 시극 『성당에서의 살인』(*Murder in the Cathedral*, 1935)은 베킷(Thomas Becket)의 크리스마스 설교 장면을 보여주고 있다. 이 장면은 1954년 출간한 『에어리얼 시집』 전반에 걸쳐 크리스마스 의미를 본질적으로 전달하고 있다.

여러분이 성탄절 미사의 깊은 의미와 신비를 숙고하고 사색하기를 바랄 뿐입니다. 우리는 미사 때마다 주의 수난과 죽음을 재연합니다. 이번 성탄절에도 우리는 그의 탄생을 축하하며 미사를 하고 있습니다. 그래서 동시에 우리는 인류의 구원을 위해 그의 오심을 기뻐하고 세상의 죄를 위해 제물로, 봉헌으로 기쁘게 그의 살과 피를 신에게 바칩니다. . . . 그러므로 바로 이러한 기독교 신비에서만 우리가 같은 이유로 동시에 즐거워하고 슬퍼할 수가 있습니다.

I wish only that you should ponder and meditate the deep meaning and mystery of our masses of Christmas Day. For whenever Mass is said, we re-enact the Passion and Death of Our Lord; and on this Christmas Day we do this in celebration of His Birth. So that at the same moment we rejoice in His coming for the salvation of men, and offer again to God Hid Body and Blood in sacrifice, oblation and satisfaction for the sins of the whole world. . . . [S]o it is only in these our Christian mysteries that we can rejoice and mourn at once for the same reason. ("Interlude," *CPP* 198-99)

1170년 크리스마스 아침에 베킷이 행한 이 설교는 순교를 앞둔 시점이어서 매우 장엄한 톤과 비장함이 엿보이고 있다. 성자 베킷에 관한 이 시극의 경우 순교의 의미란 두 모순된 말로 풀이되고 있다. 그 말은 죽음의 신비로 '슬픔'과 '즐거움'을 동시에 수반하고 있다. 이 말은 우연하게 만들어졌다기보다, 일찍이 엘리엇의 신념이 담긴 말이다. 종교란 따르기가 결코 쉽지 않지만, 순교자들이 걸어갔던 길처럼 그 길이 올바른 길임을 입증하는 실체라는 것이다. 그 실체는 종교적이지 않는 사람은 생명이 끝나기 때문에 죽음에 대해 크게 슬퍼하지만, 종교적인 사람은 사후 더 큰 기쁨과 행복감으로 채워지기 때문에 즐거워한다는 것이다. 실제 엘리엇은 베킷을 통해 순수한 세속적 존재로서가 아니라 순교와 연결함으로써, 혹은 상징적으로 죽음과 연결함으로써, 그 두 말이 전하는 아이러니를 특별히 선택한 듯하다. 다시 말해, 이 두 말은 종교가 없다면 삶은 평화를 찾지 못한다는 것을 보여주는 좋은 예이기도 한다. 종교는 곧 평화라는 메시지가 탄생과 죽음 간의 긴장보다 죽음에 대한 여유를 전달하고 있기 때문이다.

죽으면서 큰 기쁨과 행복감을 전하는 순교자 베킷의 이미지는 「크리스마스트리 재배」에서 순교자이며 성자인 루시의 이미지와 자연스럽게 연결되고 있다. 그것도 두 순교자 모두 크리스마스 때의 기억과 관련이 깊다. 성자 루시는 304년 21살 나이인 젊은 여성으로 신앙을 지키며 순교한 인물이다. 산 채로 화형을 당하면서도 기적적으로 보호를 받았다는 이야기는 어릴 때 엘리엇의 크리스마스 기억과 무관하지 않다. 이들 순교자 모두 사후 더 큰 기쁨과 행복을 위해 기꺼이 신앙을 지켰으며, 사람들은 이들의 죽음을 슬퍼하면서도 그들이 죽는 순간까지도 갖던 즐거움을 함께 기억한다는 것이다. 실제 엘리엇은 베킷을 세속적 존재로서가 아니라, 그를 종교적 추앙의 존재로 연결시킴으로써 즐거움과 슬픔이라는 두 말이 전하는 죽음의 아이러니를 특별히 선택한 것이다. 순교를 기억하는 베킷과 엘리엇에게 다른 점이 있다면, 「크리스마스트리 재배」 시에 나타난 성자 루시에 대한 엘리엇의 세속적 입장이다.

순교자로서 성자 루시는 「크리스마스트리 재배」에서 세속적 이미지를 주는 캐릭터로 등장한다. 그보다 엘리엇 시 기법을 볼 때, 어릴 때의 크리스마스를 기억하고 있다는 표현은 시에 직접 나타나지 않지만, 성자 루시에 대한 기억으로 크리스마스가 주는 즐거움에 대한 개인적 감성이 은연중 전달되고 있다. 베킷의 삶에서도 순교의 슬픈 사건이 동시에 기억되지만, 그의 순교는 루시와는 다르게 개인적 감성과 연결되어 보이지 않는다. 즉, 베킷의 순교는 아기 예수 탄생의 경이와 죽음의 신비를 암시하면서도, 그 사건은 소위 "시간과 공간을 초월하는" 초현실주의 특성을 보여주고 있다고 하겠다(김성현 14). 아기 예수와 함께 시대는 다르지만 성자 베킷이나 성자 루시 모두 죽음을 초월한 종교적 인유에 해당된다. 그럼에도 성자 루시의 기억은 어릴 때의 기억과 함께 매우 특별하다.

어릴 때 기억의 재현은 4연으로 구성되어 있는 시의 흐름과 관계가 깊다. 1연과 4연은 8행이고 2연과 3연이 9행이다. 이미 지적하였듯이, 시의 형식은 시행이 5박자와 4박자를 주로 사용해 시간의 흐름과 관련이 깊다. 어떤 태도들은 무시해도 된다는 표현은 상대적으로 그렇지 않은 태도들은 기억되어야 한다는 강한 메시지이다.

크리스마스를 향해 몇 가지 태도들이 있다,
그 중 몇은 우리가 무시해도 된다.

There are several attitudes towards Christmas,
Some of which we may disregard: ("CCT")

전체적으로 1연은 현재의 세태, 2연은 과거의 기억, 3연은 미래의 다짐, 그리고 4연은 어린 시절의 즐거움과 생의 두려움에 대해 이야기하고 있다. 다시 말해, 4연은 탄생, 삶, 죽음, 그리고 다시 탄생을 말하는 시간의 흐름에 대한 철학적 사색으로 마무리되고 있다. 이러한 시간의 흐름은 시의 내용과 관련이 깊으면서도 운율의 흐름과도 관련이 깊어 보인다. 1연의 첫 행과 둘째 행만 보더라도, 5박자와 4박자이면서도 자음 'r'의 유음의 반복, 's' 't' 'd' 등의 치찰음의 반복, 그리고 'm' 등의 순음에 의해 발성에 대한 경쾌한 인상을 준다. 이러한 경쾌한 느낌은 크리스마스를 장식하던 아동의 즐거움과 관련이 깊으면서도, 술과 유흥으로 변질된 세태에 대한 가벼운 탄식도 들어 있다.

크리스마스트리 장식에 대한 이러한 아동의 기쁨은 2연에서 예수 탄생을 기억하는 크리스마스 때 '오리'(goose)나 '칠면조'(turkey) 고기를 먹는 식탁의 즐거움으로 이어지고 있다. 경외심과 유쾌함에 대한 기억과 감성은 예수 탄생의 본질을 잊어버린, 즉 생의 고통 속에 갖게 되는 피로감과 권태로움 등으로 묘사되어 다소 우울하고 어두운 느낌으로 바뀐다. 어린 시절 크리스마스 기억이 후에 신에게 불쾌하고 아이들에게도 모욕적인 경험으로 변질되질 않길 바라는 희망은 죽음 앞에서 장엄함보다는 어린아이 이미지로 즐겁게 순교를 택한 성자 루시의 사건으로 재현되고 있다.

성자 루시의 사건은 3연에서 노년의 엘리엇의 감성과도 무관하지가 않다. 이렇게 타락하고 더럽혀진 크리스마스 정신은 "신에게 불쾌하며 아동에게 무례해"(Displeasing to God and disrespectful to children), 엘리엇은 "성자 루시"와 그녀의 "축가"(carol)와 "화관"(crown of fire)을 고맙게 기억하고자 한다. 마지막 연에서 엘리엇은 그녀의 "80번째 크리스마스"(the eightieth Christmas)가 마지막이 되기 전, 즉 "죽음"(the end)과 크리스마스 "어느 것이 마지막이든"(whichever is last), "축적된 매해 감정의 기억들"(The accumulated memories of annual emotion)이 "커다란 즐거움"(a great joy)으로, 하지만 "큰 두려움"(a great fear)도 함께 기억되기를 간절히 기원한다. 이처럼 엘리엇은 이 80번째 크리스마스 때 마지막 시간이 될지 모를 죽음과 성자 루시의 순교를 동시에 철학적 사색으로 옮기고 시를 마무리하고 있다.

이러한 종교철학적 사색은 크리스마스 때의 어린 감성과 성인이 되어 크리스마스의 본질을 망각하는 세태에 대한 분노에서 출발하지만, 곧 이어 성자 루시의 삶을 통해 노년의 평화를 찾는 방식에서 나타나고 있다. 성자 루시의 종교적 순교는 그 성격이 역설적이게도 '유쾌함'(gaiety)에 있어 보인다. 이 유쾌함은 성자 베킷과 다소 다르지만, 성자 루시 등이 죽음 앞에서도 어린아이처럼 순수하게 의연하였던 모습에서 느껴지는 내적 평화라 할 수 있겠다. 「크리스마스트리 재배」에서 어린 시절의 추억과 성자 루시에 대한 기억은 엘리엇의 감성을 자유롭게 표현하는 점에서 극적 즐거움을 객관적으로 표현하고 있다고 하겠다. 그래서 극 중 캐릭터 모습의 변화는 장엄하고 비장한 베킷 캐릭터로부터 유쾌하고 즐거운 루시 캐릭터로 전환되고 있는, 즉 시적 감성 처리의 변화를 말하고 있다.

「크리스마스트리 재배」 시를 쓰던 무렵, 1년 전에 출간하였던 『비서』(The Confidential Clerk)의 경우 엘리엇은 장엄한 순교에서 갖는 궁극적인 기쁨보다 세속적인 차원에서 이미 생의 즐거움을 적극 찾고 있었다. 이러한 즐거움은 일찍이 『칵테일 파티』의 실리아와 에드워드 이미지를 융합한 형태로써 엘리엇은 기독교적 결혼에 대해서 긍정적으로 보게 된다. 성과 속 간의 두 가지 방식을 철학적으로 사색하고 있는 이 목표에 사람 간의 사랑이 있다(Smith 147). 엘리엇은 이 시극에서 사람 간의 사랑이 은총은 아니라도 행복으로 가는 길이라고 보고, 즐거운 삶에서 정신적, 육체적 평화를 찾고 있다. 세속에 대한 이러한 변화는 1939년 일찍이 『가족의 재회』(The Family Reunion) 드라마에서 자신의 부인을 익사시킨 데 대해 죄의식을 느꼈던 해리(Harry) 캐릭터를 상기시킨다. 이 해리에 비추어 엘리엇은 첫 결혼하였던 비비안에 대해 참회를 하고 있었던 셈이다. 이로 보아 『성당에서의 살인』에서 무겁고 장중하던 톤이 『네 사중주』에서부터 종교철학적 사색으로 바뀌고, 후기 「개선 행진」에서는 상대적으로 노년의 순수함을 다시 찾게 된다. 이어 실제 말년의 「크리스마스트리 재배」 작품에서는 경쾌하고 밝은 이미지로 전환되고 있다. 이러한 변화는 말년의 결혼과 무관하지 않을 것이다. 마지막 시극인『상원 의원』에서는 재혼한 부인 발레리와 가진 행복한 결혼을 모니카(Monica)가 간접적으로 시사하는「나의 부인에게 바치는 시」("A Dedication to My Wife") 대목이 나온다.

> 그대에게 내가 깨어 있을 때 내 감각을
> 소생시키는 튀는 즐거움을 빚지고 있고
> 잠자고 있을 때 안식을 다스리는 리듬은
> 함께 섞여 숨 쉰다.

> To Whom I Owe the leaping delight
> That quickens my senses in our waking time
> And the rhythm that governs the repose of our sleeping time,
> The breathing in unison (*The Elder Statesman* 7)

이처럼 엘리엇이 말년의 결혼생활에서 삶의 긍정성, 행복 등 아이는 없지만 상상 속에서 갖는 즐거움은 일찍이 다양한 고양이의 삶을 다루던 '늙은 들쥐'(old possum) 시집에서 시작된, 현실에 대한 유쾌한 시각이 보다 성숙해졌다는 의미이다.

이처럼 성탄절에 아동의 경험을 사람들에게 교화시키고자 반면교사로 전하고 있는「크리스마스트리 재배」시는 크리스마스를 축제라는 행사 의미로, 즉 성자 루시의 이미지를 통해 다소 밝고 유쾌한 유머로 전달하고 있다.『성당에서의 살인』과는 달리「크리스마스트리 재배」에서의 이러한 변화는 엘리엇의 나이와 무관하지 않은 것도 사실이다. 이러한 변화는 초기『에어리얼 시집』의 네 시가 1927년에서부터 1930년에 걸쳐 있고,

초기 「개선 행진」이 1931년인 점으로 보아, 엘리엇에게 『성당에서의 살인』에서처럼 성자의 죽음을 통해 숭고하면서도 비장한 시각에서 벗어나 경쾌하고 유쾌한 삶으로 옮겨간 노년의 생을 의미한다. 전기적으로 보아도, 한창 장년인 46세에 쓰였던 『성당에서의 살인』은 『황무지』(The Waste Land)의 감성을 넘어 『네 사중주』로 종교철학적 사색으로 이어졌다. 『네 사중주』 시의 흐름은 모두 2차 세계대전 속에서 희망을 말하고자 한 측면에서 「크리스마스트리 재배」 시의 종교적 '유쾌함' 주제와 연관이 깊다. 스테드(C. K. Stead)에 따르면, 『네 사중주』의 구조는

1. 영원의 찰나가 있는 시간의 움직임
2. 불만으로 이어지는 세속적 경험
3. 영혼에게 피조물의 사랑을 빼앗는 세상의 지옥
4. 중재를 위한 서정적 기도 혹은 그 필요에 대한 증언
5. 영혼의 건강을 얻고자, 혹은 병합시키고자 예술적 통합성을 얻으려 했던 문제들

1. The movement of time, in which brief moments of eternity are caught
2. Worldly experience, leading on to dissatisfaction
3. Purgation in the world, divesting the soul of the love of created things
4. A lyric prayer for, or affirmation of the need of, Intercession
5. The problems of attaining artistic wholeness which becomes analogue for and merge into, the problems of achieving spiritual health

을 중심으로 구성되어 있다(171). 이러한 점들은『황무지』에서도 찾을 수 있지만,『네 사중주』는 이를 성취하고자 하는 꿈과 희망을 보인 셈이다. 이러한 점들이 모두라고 단정할 수 없지만, 장엄한 분위기의『성당에서의 살인』이후 희망을 말하던『네 사중주』의 흐름이 말년에 유쾌함을 찾던 「크리스마스트리 재배」의 종교적 감수성에 모여 있다고 하겠다.

결과적으로, 「크리스마스트리 재배」는 크리스마스를 배경으로 한 초기『에어리얼 시집』첫 두 시와 성년기의 코리올라누스 비극을 다룬 초기 「개선 행진」, 그리고『성당에서의 살인』에서의 탄생과 죽음,『네 사중주』의 종교철학적 사색과 직간접적으로 이어져 있다. 다만 순교자 루시는 어릴 때의 크리스마스 체험과 함께 엘리엇에게 생생한 이미지로 기억되고 있는 면에서 순교 이미지를 승화한 성자 베킷과는 다른 이미지를 느끼게 한다. 죽음과 크리스마스, "어느 것이 마지막이든"(whichever is last) 그 순간은 커다란 즐거움인 동시에 큰 슬픈 사건으로 연결되고 있다. 이러한 역설은 노년에 신의 의지에서 찾는 순교에서보다 세속적 의미에서 그 답이 찾아지고 있다. 그 이유는 성자 루시나 베킷처럼 순교자는 신의 의지에 순종하고서야 비로소 진정한 자유를 찾기 때문이기는 한다(CPP 199). 하지만 엘리엇의 노년은 「개선 행진」의 의미를 생의 고통에서보다 생의 영광에서 다시 되새겨보고, 아기 예수 탄생의 신비를 기억하는 「크리스마스트리 재배」에서 죽음에 의한 자유보다 생의 즐거움과 행복을 적극 체험하고자 한다.

IV. 환희의 감성

　살펴보았듯이, 「크리스마스트리 재배」에 나타난 경이로움과 두려움은 다소 밝고 교훈적이어서 『성당에서의 살인』에 나타난 경이로움과 두려움만큼 무겁고 장중하게 느껴지지 않고 있다. 『성당에서의 살인』에서는 슬퍼해야 할 죽음과 즐거워해야 할 탄생이 평화나 구원 등 기독교의 신비로 연결되어 있고, 「크리스마스트리 재배」에서는 이러한 신비가 아동에게는 경이로운 체험이면서 동시에 생의 두려움을 암시하고 있기 때문이다. 결국 삶은 신비로움과 두려움이 겹쳐있다는 메시지이지만, 「크리스마스트리 재배」는 노년과 아동의 단순함과 순수함을 찬양하며 생의 환희를 적극 전달하고자 한다.

　『네 사중주』의 「리틀 기딩」 시 마지막 부분에서 가식과 꾸밈이 없는 순박한 모습, 전혀 무엇을 의식하지 않는 그 모습은 아이러니하게도 엘리엇이 66세에 「크리스마스트리 재배」 시를 쓰던 노인의 모습과 중첩되고 있다. 일찍이 이 시에서 아동과 노인의 모습은 모두 완전한 순수함보다 단순성으로 인식되고 있다.

　　　그리고 사과나무에 있는 아동들
　　　찾지 않아 알려진 바 없지만
　　　정적 속에서 들리기만 하는, 반쯤 들리는
　　　바다의 두 파도 사이에도,
　　　살아있는 지금, 여기, 지금, 항상—
　　　완전한 단순성의 조건

And the children in the apple-tree

Not known, because not looked for

But heard, half-heard, in the stillness

Between two waves of the sea.

Quick now, here, now, always —

A condition of complete simplicity (*CPP* 145)

　이 「리틀 기딩」에서의 감성은 「크리스마스트리 재배」에서 보여주는 '순수한 유쾌함'으로 이어지고 있다고 할 수 있다. 노소의 문제, 시간의 문제, 혹은 삶과 죽음의 문제는 이 유쾌함의 감성에 비추어 '시작에 끝이 있고 끝에 시작이 있다'라는 구절과 즐겁게 연결되고 있다. 다만 사람들이 이러한 메시지를 평생 잘 보존하고 지속하며 살아갈 수 있기를 바라는 마음에서, 엘리엇은 어릴 때 가졌던 요정 같은 감성이 노년에까지 이어질 수 있기를 강하게 염원하고 있는 것이 사실이다. 하지만 그는 성스러운 크리스마스트리 시즌을 통해 마치 사람들의 몸과 마음을 나무를 키우듯이 육성하고 교화시키는 마음으로 이 시를 썼다고 보인다.

　결과적으로, 「크리스마스트리 재배」는 어린아이가 성장 과정에서 불가피하게 겪게 되는 생의 아이러니를 노년에 다소 경쾌한 톤으로 다룬 시라 하겠다. 그 경쾌한 톤은 노년의 엘리엇이 갖게 된 세속에서의 환희의 감성과 무관하지 않아 보인다. 이 시는 크리스마스에 대한 아이의 경이로움이 즐거움으로, 동시에 죽음의 두려움이 아이의 즐거움으로 바뀌는 삶의 여정을 다루고 있기 때문이다. 즉, 이 시는 아기 예수 탄생을 기념하는 크리스마스 때의 신비로움과 즐거움을 경험하는 아동은 물론, 성인에게 미래의 삶의 고통과 죽음의 그림자를 의식해 무엇으로 어떻게 살아야 하느냐는 감성교육에 대한 메시지라 할 것이다. 그 유형이 한때는 순교자 베킷의 장엄함과 숭고함으로 나타나지만 노년에 들어 성자 루시의 삶으로 제시되고 있다. 이들의 삶은 죽음 앞에서도 삶의 의연함과 의로움을 선택한, 하지만 성자 루시가 보여주는 유쾌함 자체라고 할 수 있을 정도이다. 이로 보아 삶은 모순이면서도 선택할 때는 유쾌함과 평화 그 자체이기도 하다. 그 유쾌함은 성자 루시의 순교에도 있지만, 그보다 생의 즐거움과 행복을 강하게 느꼈던 엘리엇의 노년에서 비롯되고 있다.

사람이 살아가면서 선택해야 할 삶은 성자 베킷처럼 두려울 정도로 경건하고 장중할 수밖에 없지만, 달리 보면 생은 크리스마스 때의 아동의 즐거움에서 크게 벗어나지 않아 보인다. 이 아동의 즐거움은 엘리엇이 노년에 느낀 삶의 통찰력에서 오며, 곧 산다는 것과 죽는다는 것은 신곡에서의 천국을 향한 유쾌한 과정이기도 하다. 이처럼 즐거움이 동시에 두려움으로, 즐거움이 동시에 두려움으로 느껴지는 과정은 죽음에 대한 엘리엇의 여유와 유머에서 비롯된다고 하겠다. 그 유머는 말년의 엘리엇에게 크리스마스의 신비와 동일시되었던 셈이다. 이러한 신비는 아동에게 경외심을 주던 같은 신비이지만, 이를 잃어버린 영혼과 세상에 대한 심판을, 즉 죽음의 고통을 주는 두려움과 늘 겹쳐 있다. 우선 경이로움이 놀라워 두려움으로 느껴지고, 그리고 두려움은 냉혹한 삶의 현실과 죽음에서 오는 모순이다. '크리스마스트리'가 엘리엇에게 주는 의미는 천사의 예언과 함께 온 예수의 탄생, 그리고 아이의 순수한 경험, 그리고 살며 겪어야 할 수난과 영광, 이어 노년의 죽음과 평화, 즉, 예수의 재림이 전하는 신비한 환희에 있다고 하겠다.

참고문헌

김성현. 「T. S. 엘리엇과 초현실주의」. 『T. S. 엘리엇 연구』 24.3 (2014): 1-32.

김용성. 「사무엘 베케트의 『막판』에 나타난 종말론적 비전으로서의 파루시아」. 『문학과 종교』 18.3 (2013): 19-53.

김욱동. 『포스트모더니즘의 이해』. 서울: 문학과지성사, 1990.

김정호 역. 『사회과학의 논리』. 서울: 이문출판사, 1986.

노양진. 「Rorty의 철학비판과 상대주의 문제」. 『미국학연구』. 광주: 전남대학교출판부, 1994.

박경일. 「『니체의 거미』와 『늙은 들쥐의 가면』: T. S. 엘리엇의 전환기적 예술철학」. 『면암 진용우 박사 정년기념논문집』. 87-113.

배순정. 「두 자아의 갈등-「프루프록의 연가」와 「여인의 초상」」. 『T. S. 엘리엇 연구』 22.2 (2012): 65-92.

_____. 「문학과 음악의 관계: 문학사적인 배경과 T. S. 엘리엇의 관점」. 『T. S. 엘리엇 연구』 16.2 (2006): 85-101.

블라이허, 조셉. 『현대해석학』. 권순홍 역. 서울: 한마당, 1990.

서광원. 「엘리엇은 진정한 고전주의자, 왕당파, 영국국교도인가?」 『T. S. 엘리엇 연구』 16.2 (2006): 129-65.

손기표. 「이스트 코우커에 나타난 죽음」. 『T. S. 엘리엇 연구』 24.3 (2014): 33-51.

안영수. 「T. S. 엘리엇과 낭만주의」. 『T. S. 엘리엇 연구』 3 (1995): 113-36.

양병현. 『미국의 리터러시 코칭』. 서울: (주)대교출판, 2009.

_____. 「아동문학으로서 『유용한 고양이들에 관한 늙은 들쥐 시집』」. 『T. S. 엘리엇 연구』 20.2 (2010): 65-86.

_____. 「T. S. 엘리엇의 사유체계는 중심적인가? 탈중심적인가?」. 『T. S. 엘리엇 연구』 2-3호 (1994-1995).

여인천. 「시인 엘리엇과 시의 주제에 관한 연구」. 『칼빈논단』 (2007): 247-63.

이정호. 『영미시의 포스트모던적 읽기: 베오울프에서 T. S. 엘리엇까지』. 서울: 서울대학교출판부, 1994.

_____, 편저. 『포스트모던 T. S. 엘리엇』. 서울: 서울대학교출판부, 1996.

위성홍. 「T. S. Eliot의 "Marina": '통일의 길'(The Way of Unity)의 출발 단계의 극화」. 『영어영문학』 13 (1994): 1-13.

이명용. 「Yeats와 Eliot 시에 나타난 죽음에 관한 연구」. 『한국예이츠저널』 10 (1999): 225-44.

이문재. 「개성과 탈개성의 융화가 낳은 『재의 수요일』」. 『T. S. 엘리엇 연구』 20.2 (2010): 111-37.

이정호. 「프로이트, 라캉, 그리고 T. S. 엘리엇 읽기」. 『T. S. 엘리엇 연구』 8 (2000): 143-85.

이철희. 「엘리엇의 객관적 상관물과 셰익스피어의 『맥베스』」. 『T. S. 엘리엇 연구』 21.1 (2011): 113-36.

정정호 · 강내희 편저. 『포스트모더니즘의 쟁점』. 서울: 문화과학사, 1994.

최재현 편역. 『현대 독일사회학의 흐름』. 서울: 형성사, 1991.

하버마스, 위르겐. 『정치문화 현실과 의사소통적 사회비판이론』. 홍기수 역. 서울: 문예마당, 1996.

하용조 목사 편찬. *Old and New Testaments*. Duranno, 2008.

허정자. 「시므온을 위한 노래: '엘리엇의 시므온'을 위한 노래」. 『T. S. 엘리엇 연구』 24.3 (2014): 99-127.

_____. 「코리올란: "회전하는 세계의 정지점"」. 『T. S. 엘리엇 연구』 22.1 (2012): 157-85.

홍기수. 「하버마스의 의사소통이론의 해석학적 기반에 대해서」. 『해석학 연구』 1호 (1995).

Ackroyd, Peter. *T. S. Eliot*. London: Hamilton, 1984.

_____. *T. S. Eliot: A Life*. London: Hamilton, 1985.

Albright, Daniel. *Quantum Poetics: Yeats, Pound, Eliot, and the Science of Modernism*. Cambridge: Cambridge UP, 1997.

Asher, Kenneth. *T. S. Eliot and Ideology*. Cambridge: Cambridge UP, 1995.

Barbour, Brian M. "Poetic Form in 'Journey of the Magi.'" *Renascence* 40 (Spring 1988): 189-96.

Barnes, Annette. *On Interpretation*. Oxford, England: Blackwell, 1988.

Bay-Cheng, Sarah. ""Away we go": Poetry and Play in *Old Possum's Book of Practical Cats*." Ed. David E. Chinitz. *A Company to T. S. Eliot*. Chichester, West Sussex, UK: Wiley-Blackwell, 2009. 228-38.

Beardsworth, Richard. *Derrida & The Political*. London: Routledge, 1996.

Brady, Ann P. "The Alchemy of Humor in *The Cocktail Party*." Ed. Jewel Spears Brooker. *Approaches to Teaching Eliot's Poetry and Plays*. New York: MLA, 1988. 179-82.

Brooker, Jewel Spears & Joseph Bentley. *Reading "The Waste Land": Modernism and the Limits of Interpretation*. Amherst: U of Massachusetts P, 1990.

Cavallaro, Daniela. "A Song for Virgil: Dantean Reference in Eliot's "A

Song for Simeon."'" *Journal of Modern Literature* XXIV.2 (Winter 2000-2001): 349-52.

Chandler, Marilyn R. "Eliot, Einstein, and the East." Ed. Jewel Spears Brooker. *Approaches to Teaching Eliot's Poetry and Plays*. New York: MLA, 1988. 158-61.

Chandran, K. Narayana. "T. S. Eliot's Literary Adoption: "Animula" and "The Child" of H. E. Bates." *English Studies* 88.4 (2007): 418-24.

Colum, Mary. *St. Louis over Bloomsbury. T. S. Eliot: The Critical Heritage*. Ed. Michael Grant. London: Routledge & Kegan Paul, 1982. 656-59.

Cooper, Xiros John. "In Times of Emergency: Eliot's Social Criticism." Ed. David E. Chinitz. *A Companion to T. S. Eliot*. Chichester, West Sussex, UK: Wiley-Blackwell, 2009. 287-98.

Crowther, Paul. *Critical Aesthetics and Post Modernism*. Oxford, England: Clarendon P, 1993.

Davidson, Harriet. *T. S. Eliot and Hermeneutics: Absence and Presence in "The Waste Land."* Baton Rouge: Louisiana State UP, 1985.

Derrida, Jacque. *The Gift of Death*. Tr. David Wills. Chicago: U of Chicago P, 1995.

_____. *Of Grammatology*. Tr. G. C. Spivak. Baltimore: Johns Hopkins UP, 1976.

_____. *The Other Heading: Reflections on Today's Europe*. Tr. Pascale-Anne Brault & Michael B. Naas. Indianapolis: Indiana UP, 1992.

_____. *Writing and Difference*. Tr. Alan Bass. Chicago: U of Chicago P, 1978.

Douglass, Paul. "Eliot's Cats: Serious Play Behind the Playful Seriousness." *Children's Literature* 11 (1983): 109-24.

Drew, Elizabeth. *T. S. Eliot: The Design of His Poetry*. London: Eyre & Spottiwoode, 1954.

Eagleton, Terry. *The Illusions of Postmodernism*. Oxford, England: Blackwell, 1996.

_____, ed. *Ideology*. Harlow, England: Longman, 1994.

Eliot, T. S. *The Complete Poems and Plays 1909-1950*. New York: Harcourt, Brace & World, Inc., 1971. [Abbreviated as *CPP*]

_____. *The Complete Poems and Plays of T. S. Eliot*. London: Faber & Faber, 1960. [Abbreviated as *CPPT*]

_____. *Knowledge and Experience in the Philosophy of F. H. Bradley*. London: Faber & Faber, 1964.

_____. *Notes Towards the Definition of Culture*. London: Faber & Faber, 1962. [Abbreviated as *NTDC*]

_____. *Selected Essays*. London: Faber & Faber, 1972. [Abbreviated as *SE*]

_____. *The Use of Poetry and the Use of Criticism*. London: Faber & Faber, 1970. [Abbreviated as *UPUC*]

_____. "The Cultivation of Christmas Trees." 3 Oct. 2012. <http://deefrank.tripod.com/tseliot.html>. [Abbreviated as "CCT"]

_____. *The Elder Statesman*. London: Faber & Faber, 1969.

_____. "Journey of the Magi." *The Complete Poems and Plays: 1909-1950*. New York: Harcourt, Brace & World, Inc., 1971.

_____. "The Religion and Literature." *Selected Essays (SE)*. London: Faber & Faber, 1980. 388-401.

_____. "Ulysses, Order, and Myth." *Selected Prose (SP)*. Ed. Frank Kermode. New York: Harcourt Brace Jovanovich, 1975.

_____. *The Use of Poetry and the Use of Criticism (UPUC)*. London: Faber & Faber, 1975.

_____. _Collected Poems, 1909-62._ London: Faber, 1963. [Abbreviated as _CP_]

_____. _To Criticize the Critic and Other Writings._ Lincoln: U of Nebraska P, 1965. [Abbreviated as _CC_]

_____. "Letter." _Church Times_ 24 Feb. 1928: 212.

_____. _On Poetry and Poets._ London: Faber, 1957. [Abbreviated as _OPP_]

_____. "A Reply to Mr. Ward." Ed. Joe-Yong Noh. _T. S. Eliot's Publications in the Criterion: 1922-1939._ Seoul: Dongin Publishing Co., 1995. 101-05.

_____. _Sacred Woods._ London: Faber & Faber, 1968. [Abbreviated as _SW_]

_____. _Selected Essays._ London: Faber and Faber, 1980. [Abbreviated as _SE_] Faber and Faber Children's Rights Guide 2010. 25 August 2010. <http://www.bigapple1.info/downfile/045600_RightsGuide-London 2010.pdf>.

_____. _Selected Prose._ Harmondsworth, Middlesex: Penguin Books, 1953. [_SP_로 표기함]

_____. _Christianity and Culture._ San Diego, New York, London: A Harvest/HBJ Book, 1977.

_____. "The Future of Illusion, by Sigmund Freud." (_The Criterion_ VIII, Vol. 3, 1929: 350-53). Ed. Laurence Spurling. _Sigmund Freud: Critical Assessments._ 56-58

"Emile Durkheim." _The Free Encyclopaedia Wikipedia._ 2014. 11 Nov. 2014. <http://en.wikipedia.org/wiki/%C3%89mile_Durkheim>.

Freud, Sigmund. _The Future of an Illusion._ Seattle: Pacific, 2010. Print.

Gibbons, Tom. "T. S. Eliot's "Animula": A Source for 'Boudin.'" _Oxford Journals_, Notes and Queries (March 1984) 31(1): 77-a-77. 22 Sep. 2011. http://nq.oxfordjournals.org/content/31/1/77-a.extract.

Gordon, Lyndall. *Eliot's Early Years*. New York: Oxford UP, 1977.

_____. *Eliot's New Life*. New York: Oxford UP, 1988.

Haber, Honi Fern. *Beyond Postmodern Politics*. London: Routledge, 1994.

Harding, Jason. "Keeping Critical Thought Alive: Eliot's Editorship of the *Criterion*." Ed. David E. Chinitz. *A Companion to T. S. Eliot*. Chichester, West Sussex, UK: Wiley-Blackwell, 2009. 388-410.

Harwood, John. *Eliot to Derrida: The Poverty of Interpretation*. Ipswick, England: Ipswick Book Co. Ltd, 1995.

Holmes, John. "Eliot on Roistering Cats." *Boston Evening Transcript* 15 (Nov. 1939): 15.

Hutcheon, Linda. *The Politics of Postmodernism*. London: Routledge, 1989.

Joh, Byung-Hwa. "Ash-Wednesday: the Anima on the Scene." *Journal of the T. S. Eliot Society of Korea* 20.2 (Fall/Winter 2010): 171-95.

"John of the Cross." 10 Jan. 2015. <http://en.wikipedia.org/wiki/John_of_the_Cross>.

Julius, Anthony. *T. S. Eliot: Anti-Semitism and Literary Form*. New York: Cambridge UP, 1995.

"Karl Marx." *The Free Encyclopaedia Wikipedia*. 2014. 5 Nov. 2014. <http://en.wikipedia.org/wiki/Karl_Marx.>

Kenner, Hugh. "The Possum in the Cave." Ed. Stephen J. Greenblatt. *Allegory and Representation*. Baltimore: John Hopkins UP, 1981. 128-44.

Lee, Han Mook. "The Biblical Intertextuality in Yeats's Poetry." *The Yeats Journal of Korea* 6 (1996): 151-64.

_____. "W. B. Yeats's Use of the Bible in His Poetry." *W. B. Yeats and His Connections* (1996): 109-20.

_____. "Sounds and Senses in T. S. Eliot's Poetry: Images of Sound."

Journal of the T. S. Eliot Society of Korea 12.1 (2002): 107-25.

The Letters of T. S. Eliot. Vol. 1. 1898-1922. Ed. Valerie Eliot. San Diego, New York, London: A Harvest/HBJ Book, 1988.

_____. *The Letters of T. S. Eliot. Volume 3: 1926-1927*. Ed. Valerie Eliot & John Haffenden. London: Faber & Faber, 2012. [Abbreviated as *Letters*]

MacGregor, William Bruce. *T. S. Eliot: Metaphors for Presence*. Dissertation. U of Colorado at Boulder, 1981.

Magliola, Robert R. *Phenomenology and Literature*. West Lafayette, Indiana: Purdue UP, 1977.

Malamud, Randy. "Eliot's 1930s Plays: *The Rock*, *Murder in the Cathedral*, and *The Family Reunion*." Ed. David E. Chinitz. *A Companion to T. S. Eliot*. Chichester, West Sussex, UK: Wiley-Blackwell, 2009. 239-50.

Martin, Graham. "Language and Belief in Eliot's Poetry." Ed. Graham Martin. *Eliot in Perspective*. London: Macmillan, 1970. 112-31.

Matthiessen, F. O. *The Achievement of T. S. Eliot*. Oxford: Oxford UP, 1958.

Maxwell, D. E. S. *The Poetry of T. S. Eliot*. London: Routledge & Kegan Paul, 1954.

McCabe, Susan. *Cinematic Modernism: Modernist Poetry and Film*. Cambridge: Cambridge UP, 2005.

McGrath, Alister E. "Chapter 23: The Psychology of Religion." *Science & Religion: An Introduction*. Oxford, UK: Blackwell, 1999. 178-81.

Medcaff, Stephen. "Eliot, David Jones, and Auden." Eds. Andrew Hass, David Jasper, and Elisabeth Jay. *The Oxford Handbook of English Literature and Theology*. London: Oxford UP, 2007. 523-42.

"Mercia Eliade." *The Free Encyclopaedia Wikipedia.* 2014. 5 Nov. 2014. <http://en.wikipedia.org/wiki/Mircea_Eliade.>

Merrill, Christopher. "Other Echoes: Eliot's Liturgy." *Journal of the T. S. Eliot Society of Korea* 13.1 (2003): 179-85.

Moody, A. D. *Thomas Sterns Eliot: Poet.* Cambridge: Cambridge UP, 1949.

_____. *Thomas Stern Eliot: Poet.* London: Cambridge UP, 1979.

_____. *Thomas Stearns Eliot, Poet.* 2nd ed. Cambridge: Cambridge UP, 1994.

_____. *Tracing T. S. Eliot's Spirit: Essays on His Poetry and Thought.* New York: Cambridge UP, 1996.

Morrison, Paul. *The Poetics of Fascism.* Oxford, England: Oxford UP, 1996.

Mouffe, Chantal, ed. *Deconstruction and Pragmatism.* London: Routledge, 1996.

New King James Version. *Luke* 2: 25-26. 30 Oct. 2012. http://www.biblegateway.com/passage/?search=Luke+2&version=NKJV.

Noh, Jeo-Yong. *Biographical Themes in T. E. Eliot's Early Poetry.* Seoul, Korea: Dae-Hak Publishing, 1985.

_____. "T. S. Eliot and the *Action Française* Condemnation." *Journal of the T. S. Eliot Society of Korea* 10 (2001): 39-66.

Norris, Christopher. *Contest of Faculties.* London: Methuen, 1985.

_____. *The Truth about Postmodernism.* Oxford, England: Blackwell, 1995.

_____. *Truth and the Ethics of Criticism.* Manchester, England: Manchester UP, 1994.

Perl, Jeffrey M. *Skepticism and Modern Enmity: Before and After Eliot.* Baltimore: Johns Hopkins UP, 1989.

Putnam, Richard. *Pragmantism*. Oxford, England: Blackwell, 1995.

Raine, Craig. *T. S. Eliot*. New York: Oxford UP, 2006.

Ricks, Christopher. *T. S. Eliot and Prejudice*. London: Faber & Faber, 1994.

Ricoeur, Paul. *Interpretation Theory: Discourse and the Surplus of Meaning*. Fort Worth: Texas Christian UP, 1976.

Roby, Kinley E. *Critical Essays on T. S. Eliot: The Sweeney Motif*. Boston: G. K. Hall & Co., 1985.

Romer, Karen T. "T. S. Eliot and the Language of Liturgy." *Renascence*, 24.3 (Spring 1972): 119-35.

Rose, Margaret A. *Parody: Ancient, Modern, and Post-modern*. New York: Cambridge UP, 1993.

Rosen, Stanley. *Hermeneutics as Politics*. Oxford, England: Oxford UP, 1987.

Royce, Joshia. *The Problem of Christianity*. 2 Vol. Chicago: Gateway-Henry Regney, 1968.

Royle, Nicholas. *After Derrida*. Manchester, England: Manchester UP, 1995.

Russell, J. B. *The Devil*. Ithaca: Cornell UP, 1977. 15 Sep. 2010 <http://www.realdevil.info/1-4-1.htm>.

"Saint Lucy." 12 Oct. 2014. <http://en.wikipedia.org/wiki/Saint_Lucy>.

Schneider, Elisabeth. *T. S. Eliot: The Pattern in the Carpet*. Berkeley & London: U of California P, 1975.

Scholes, Robert. *Semiotics and Interpretation*. New Haven: Yale UP, 1982.

Schuchard, Ronald. *Eliot's Dark Angel: Interactions of Life and Art*. New York: Oxford UP, 1999.

Selden, Raman. *The Theory of Criticism: From Plato to the Present*.

Harlow, England: Longman, 1988.

Seymour-Jones, Carole. *Painted Shadow*. New York: Doubleday, 2001.

Shakespeare, William. *Coriolaus*. Ed. A. W. Verity. Cambridge: Cambridge UP, 1949.

_____. *William Shakespeare: The Complete Works*. Ed. Alfred Harbage. New York: The Viking Press, 1975.

Sharpe, Tony. ""Having to construct": Dissembly Lines in the "Ariel" Poems and *Ash-Wednesday*." Ed. David E. Chinitz. *A Companion to T. S. Eliot*. Chichester, West Sussex, UK: Wiley-Blackwell, 2009. 191-203.

Sharratt, Bernard. "Modernism, Postmodernism, and After." Ed. David Moody. *The Cambridge Companion to T. S. Eliot*. New York: Cambridge UP, 1994.

Sherry, Norman. "The Greenwich Bomb Outrage and The Secret Agent." *Review of English Studies* (New Series) XVIII, No. 72 (1967): 412-28. 22 Sep. 2011. http://res.oxfordjournals.org/content/XVIII/72/412.extract.

Sigg, Eric. *The American T. S. Eliot: A Study of the Early Writings*. Cambridge: Cambridge UP, 1989.

Skaff, William. *The Philosophy of T. S. Eliot*. Philadelphia: U of Pennsylvania P, 1986.

Smith, Carol H. "*The Elder Statesman*: Its Place in Eliot's Theater." Ed. Jewel Spears Brooker. *The Placing of T. S. Eliot*. Columbia & London: U of Missour P, 1991. 145-51.

Sontag, Susan. *Against Interpretation*. New York: Anchor Books, 1967.

Southam, Brian Charles. *A Student's Guide to the Selected Poems of T. S. Eliot*. London: Faber & Faber, 1981.

Stead, Christian. *The New Poetic: Yeats to Eliot.* Harmondsworth: Pelican Books, 1969.

Stead, C. K. *Pound, Yeats, Eliot and the Modernist Movement.* New Bundwick: Rutgers UP, 1986. "T. S. Eliot's Suppressed Lectures." *The Virginia Quarterly Review*, 2004. 22 Oct. 2012. http://www.vqronline.org/vault/2004/03/16/eliot-suppressed-lecture.

The Holy Bible. Luke 2: 25-26. Cleveland & New York: The World Publishing Company, 1962.

Unger, Leonard. "Intellectual Eliot." Ed. James Olney. *T. S. Eliot: Essays from the "Southern Review."* Oxford: Clarendon Press, 1988.

Warren, Charles. *T. S. Eliot on Shakespeare.* Ann Arbor & London: UMI Research Press, 1987.

Welsch, Erwin. "Eliot, Animula, and the Censors." *T. S. Eliot Society Newsletter* 1 (Fall 2003): 4-5. 1 Nov. 2012. http://www.luc.edu/eliot/newsletter/51%20fall%2003.pdf.

Wheeler, Kathleen M. *Romanticism, Pragmatism, and Deconstruction.* Oxford, Smith, Grover. *T. S. Eliot's Poetry and Plays: A Study in Sources and Meaning.* Chicago: U of Chicago, 1974.

Williamson, George. *A Reader's Guide to T. S. Eliot.* London: Thames & Hudson, 1963.

Worthen, John. *T. S. Eliot: A Short Biography.* London: Haus Publishing, 2009.

Yeats, W. B. "The Magi." Ed. Richard J. Finneran. *The Poems of W. B. Yeats.* New York: Macmillan Publishing Co., 1983.

찾아보기

지은이 양병현(영문학 박사)

전남대에서 영문학을 전공하고 미국 애리조나 주립 대학교(Arizona State University)에서 영문학 석사를, 네바다 대학교(University of Nevada, Reno)에서 영문학 박사 학위를 받았다. 주 전공은 영미 비평이론/실제 및 영미아동문학 연구이며, 특히 문화/문학 경제학 연구, 리터러시 코칭 연구 등에 매진하고 있다. 2003년 미국 캘리포니아 대학(University of California, Riverside)에서 인종학연구 교환교수를 지냈으며, 前 한국 문학과종교학회 회장, 前 한국 T.S.엘리엇학회 회장, 前 상지대학교 학술정보원장, 겸직으로 前 입학홍보처장 및 前 인문사회대학 학장, 그리고 현재 상지대학교 교수로 재직 중이다.

주요 저서로는『유비쿼터스 시대 이젠 교육도 경영이다』(공저),『韓의 코드』I & II,『스토리텔링으로 본 문학과 종교』I & II,『20세기 지성 T. S. 엘리엇: 문학과 종교』III,『미국의 리터러시 코칭』,『디지털시대 휴머니즘』,『동북아 성지』등이 있다.

T. S. 엘리엇의 아동 감성교육: 인성교육의 힘 '에어리얼 詩'

초판 발행일 • 2017년 12월 30일

지은이 • 양병현 / 발행인 • 이성모 / 발행처 • 도서출판 동인

주소 • 서울시 종로구 혜화로3길 5 118호 / 등록 • 제1-1599호

Tel • (02) 765-7145~55 / Fax • (02) 765-7165

E-mail • dongin60@chol.com

ISBN 978-89-5506-777-4   정가 25,000원